Thomas Sautner
Milchblume

AF176886

atb aufbau taschenbuch

THOMAS SAUTNER, geboren 1970, arbeitete als Journalist. Heute lebt er als freier Autor, Maler und Berater im nördlichen Waldviertel und in Wien.

Im Aufbau Taschenbuch liegen ebenfalls seine Romane »Fremdes Land«, »Fuchserde«, »Der Glücksmacher« und »Die Älteste« vor.

Mehr zum Autor unter www. thomas-sautner.at

Im kleinen Dorf Legg verläuft in den späten fünfziger Jahren das Leben noch recht beschaulich. Die Bauern beobachten genau den Verlauf der Jahreszeiten, und auch das Befolgen althergebrachter Verhaltensregeln hat einen hohen Stellenwert. Das Wort des Pfarrers und des Bürgermeisters ist Gesetz, und so ist es nur verständlich, dass eine Person wie Jakob für einiges Aufsehen im Alltag der Legger sorgt. Der außergewöhnliche Ziehsohn des Seifritz-Bauern ist in vielerlei Hinsicht besonders: Jede Art von Ungerechtigkeit bereitet dem vermeintlichen Idioten körperliche Schmerzen, am besten versteht er sich mit Tieren, deren Gedanken er zu lesen glaubt. Und bei seinen Fragen an die Liebe und das Leben ist oft nicht zu sagen, ob ein kindlicher Narr oder ein Weiser in ihm steckt. Als sich erschreckende Geschehnisse rund um geschändete Kühe häufen, wird offenkundig, dass sich hinter der heilen Fassade der Dorfgemeinschaft dunkle Geheimnisse verbergen.

Thomas Sautner

Milchblume

Roman

atb aufbau taschenbuch

MIX
Papier aus verantwor-
tungsvollen Quellen
FSC® C083411
www.fsc.org

ISBN 978-3-7466-2823-3

Aufbau Taschenbuch ist eine Markeder Aufbau Verlag GmbH & Co. KG

4. Auflage 2019
© Aufbau Verlag GmbH & Co. KG, Berlin
Bei Aufbau Taschenbuch erstmals 2012 erschienen
© 2007 Picus Verlag Ges. m. b. H., Wien
Umschlaggestaltung U1 berlin, Patrizia Di Stefano unter Verwendung
eines Motivs von plainpicture/Millennium/Innis McAllister
Satz LVD GmbH, Berlin
Druck und Binden CPI books GmbH, Leck, Germany
Printed in Germany

www.aufbau-verlag.de

Für Saskia und Johny

Twenty years from now you will be more disappointed by things you didn't do than by the ones you did do.

So throw off the bowlines. Sail away from the safe harbour. Catch the trade winds in your sails. Explore. Dream. Discover.

Mark Twain

I.

Jakob trug ein wackeliges Blechgestell auf dem Kopf und ging rückwärts. Ein breites Metallband umfasste nicht nur seine Stirn, sondern auch versehentlich eingezwängte Strähnen seines struppigen, flachsblonden Haars. Die Haarspitzen kitzelten Jakob im Gesicht, besonders um die Nase und an der Oberlippe. Am Metallband hatte er ein ausladendes Gestänge befestigt und daran den runden Rasierspiegel seines Vaters, des Seifritz-Bauern. Jakob selbst hatte sich die spektakuläre Vorrichtung ausgedacht. So konnte er im Spiegelbild sehen, wohin sein Weg ihn führte. Schließlich wollte er sich das Verkehrtgehen nicht unnötig erschweren.

An diesem frischen Augustmorgen des Jahres 1957 waren zwei weitere Einwohner von Legg vor Morgengrauen aus den Betten gekrochen. Wie Jakob hatten sie den unteren Teil des im Mondlicht liegenden Dorfes hinter sich gelassen, waren an verblühten Erdäpfelackern entlanggestapft und hatten schließlich den Eigenwald an seinem spitz zulaufenden Ende durchquert, um auf die große Bachwiese zu gelangen. Jetzt hockten sie, der Bürgermeister und der Wirt, keine hundert Meter von Jakob entfernt auf dem Hochstand, die Flinten bereit, und warteten darauf, dass der dichte Bodennebel die taunasse Wiese freigeben würde.

Jakob tat indes Schritt für Schritt, die Beine weit höher hebend, als es in der wadenhohen, tieffeuchten Wiese nötig gewesen wäre. Bloßfüßig, die grobe Stoffhose bis über die Knie gekrempelt, stelzte er ins kalte, weiche Nass der

Wiese. Weit ausholende, balancierende Ruderbewegungen der Arme begleiteten seine Tritte, und immer wieder schmatzte und schlappte es, wenn Wasser, Grashalme und Kräuter ihren engen Weg durch seine Zehen fanden. Jakob versuchte, jede Hektik aus seinen Bewegungen zu nehmen. Weich und fließend wollte er im Rückwärtsgehen dahingleiten, wollte erleben, wie es ist, vorwärts zu kommen beim Zurückgehen, und ob Rückschritte es womöglich erlaubten, der Zeit zu entgehen. Dumm nur, dass er immer wieder nach oben greifen musste, um seine schwankende Vorrichtung zu justieren.

»Das gibt's nicht!« Der Bürgermeister stieß den Wirt mit dem Ellenbogen an. »So ein Trottel«, zischte er, wies mit dem Doppelkinn die Richtung an und hob den Fernstecher wieder vor die Augen.

»Ein Wahnsinn«, sagte der Wirt, als er Jakob durch den Nebel erkannte. »Was hat der Idiot da auf seinem verfluchten Schädel?«

Beide konzentrierten ihren Blick.

»Eine Krone«, befand der Bürgermeister, wandte sich dem Wirt zu und stellte halb verblüfft, halb amüsiert fest: »Eine Krone. Der Narr trägt jetzt eine Krone.«

Pralles Grinsen legte sich über das Gesicht des Wirts, und seine schmalen Augen verrieten, dass ein Gedanke zustande gekommen war. »Ob die Krone wohl gut sitzt?«

Der Bürgermeister zögerte, aber nicht lange, und dann legten die beiden ihre Flinten an.

In diesem Moment bemerkte Jakob einen Rehbock im Spiegel, äsend und wunderschön. Gleich darauf fielen in kurzer Folge zwei Schüsse. Der Rehbock erschrak, sprengte davon Richtung Wald. Jakob fiel zu Boden, lag gestreckt im nassen Gras.

Die Vorrichtung war ihm vom Kopf gefallen. Wasser durchdrang seine Hose und sein dunkles, grob kariertes Holzhackerhemd. Durch seinen Kopf rasten Blitze und sein Scheitel brannte heiß wie frisch angefachte Glut. Jakob wollte sich zwingen, die Augen zu öffnen, um nachzusehen, ob er noch lebte. Als er es geschafft hatte, lag ein dicker Schleier über seinen Augen. Über ihm drehte sich der Himmel, wirbelte und kreiste. Jakob hatte Angst, furchtbare Angst um den Toilettenspiegel des Seifritz-Bauern. Totprügeln würde ihn der Vater, sollte der Spiegel nicht rechtzeitig und unversehrt wieder an seinem Platz sein. Jakob nahm all seine Kraft zusammen. Mühsam drehte er sich aus der Rückenlage zur Seite, stützte sich auf den Ellenbogen und tastete nach der Vorrichtung. Seine Hände strichen über schmieriges Gras. Seine Augen waren wie betrunken. Er stieß an das Metallband, tastete sich hastig am Gestänge entlang und wischte über die feuchtglatte Oberfläche des Spiegels. Komisch, blutverschmiert, dachte er. Aber gottlob, der Spiegel war nicht zersprungen. »Danke«, flüsterte Jakob. Und weil seine Kräfte aufgebraucht waren, kippte er nach hinten.

Es war ein Traum, in den er fiel. Eine mächtige Kraft zog Jakob nach unten, in sich selbst hinein, und ließ ihn in rascher Folge Bilder seines Lebens erkennen. Es begann mit dem jüngst Erlebten: Er sah sich von weit oben, vom Himmel her, wie er im Morgengrauen auf der großen Bachwiese rückwärts ging, ein imposantes Blechgestell auf dem Kopf. Dann folgte eine zurückliegende Episode. Und noch eine, und noch eine. Schließlich sah er sich als Kleinkind. Merkwürdig, dachte Jakob, ich reite auf einem Bären.

Zwei Ohrfeigen, rechts und links, holen ihn zurück.

»Gott sei Dank«, sagte der Bürgermeister, rückte den Jägerhut auf seinem kantigen Glatzkopf zurecht, »wir haben schon geglaubt, du bist tot.«

Jakob lächelte. »Es funktioniert«, flüsterte er, »es funktioniert, ich kann meine eigene Zeit schlucken.«

»Du bist ein verfluchter Idiot«, schimpfte der Wirt, doch seine Empörung war gespielt. »Wieso machst du dauernd so Blödsinn? Da darfst du dich nicht wundern, wenn dir was passiert.«

»Warum habt ihr auf mich geschossen?«, fragte Jakob ruhig.

»Wiiir?«, krähte der Wirt, schüttelte den Kopf und sah, etwas verzagt, zum Bürgermeister.

»Du bist schon selber schuld«, sprach der in lehrerhaftem Ton, zurrte das blutgetränkte Tuch um Jakobs Kopf noch enger. »Was verkleidest du dich auch und setzt dir ein Geweih auf. Froh kannst du sein, von Glück reden und dem Herrgott danken, dass dir nicht mehr passiert ist als der Streifschuss.«

Jakob dachte nach über den Wert dieses Glücks. Weil das dauerte und er deshalb nicht widersprach, wurde der Bürgermeister zufrieden, ruhiger, sanft, und ergänzte dann im Ton eines guten Onkels, der zu einem dümmlichen Kind spricht: »Es war Nebel. Und du warst so gut verkleidet, da haben wir geglaubt, du bist ein Rehbock.«

Das konnte Jakob nicht glauben. Aber ihm gefiel die Idee, dass er für einen Rehbock gehalten worden war. Deshalb lachte er und sagte: »Ein Rehbock, ihr habt geglaubt, ich bin ein Rehbock.«

Der Bürgermeister nickte zufrieden. Und stolz, als hätte er etwas Ruhmreiches vollbracht. Der Wirt sah den Bürgermeister an, atmete erleichtert durch, bekam einen auffordernden Blick zugeworfen und schulterte also Jakobs Körper.

»Ich muss den Spiegel zurückbringen!«, fiel dem Burschen ein, dann schwappte bleiernes Grau in Hals und Augen. Er war wieder bewusstlos.

»Ja, ja«, sagte der Bürgermeister.

Als sie ins Dorf kamen, der Bürgermeister mit der Metallkonstruktion in der Hand, der Wirt mit Jakobs Körper über der Schulter, wurde vom Kirchturm her gerade sechs Uhr geläutet. Der Erste, der sie kommen sah, war der Pfarrer.

»Was hat er denn diesmal angestellt?«, rief er und schlug die Hände vor der Brust zusammen.

Rasch senkte der Wirt den Blick und tat, als ob er unter Jakobs Last vor Schnaufen nicht antworten könnte.

»Grüß Gott, Herr Pfarrer!«, rief der Bürgermeister und hielt die Metallkonstruktion in die Höhe. »Mit dem Trumm da auf dem Kopf hat es ihn mitten auf der Bachwiese hingeschnalzt. Das scharfe Blech hat seinem blöden Schädel ein Scherzi abrasiert. Kann dem Herrgott danken, dass nicht mehr passiert ist!«

»Mein Gott!«, stöhnte der Pfarrer sorgenvollen Blicks, die Hände übers Herz gelegt.

»Wir bringen ihn zum Seifritz-Bauern!« Der Bürgermeister zog den Hut zum Gruß.

Gut zehn Minuten später, beim Eintreffen am Hof, kam Jakob wieder zu Bewusstsein.

»Hast du dich wenigstens bedankt?«, fragte der Seifritz-Bauer scharf, nachdem ihm vom Bürgermeister erzählt worden war, sein Sohn sei von ihnen auf der Bachwiese aufgelesen worden.

Jakob blickte vom Gesicht des Vaters, das vor Aufregung gerötet war, in das scheinbar emotionslos abwartende des Bürgermeisters und von dort in das schwitzende des Wirts. Er versuchte nachzudenken. Ihm war speiübel, und rund um ihn lag die Welt in Wellen.

»Na, wird's bald!«, schrie der Seifritz-Bauer und holte, einer Angewohnheit folgend, aus, um dem Burschen mit dem Handrücken übers Gesicht zu fahren. »Willst dich gefälligst bedanken!«

»Danke«, sagte Jakob, leise. Dann torkelte er zur Seite, sank, mit dem Rücken gegen die Hausmauer gelehnt, in die Hocke und stützte seinen wild pochenden Kopf in die Hände.

Auf ihren Wegen, die die Einwohner Leggs an diesem Sommertag zu erledigen hatten, sahen sie Blutstropfen, die anzeigten, wo Jakob getragen worden war. Nicht wenige Bewohner gingen eigens eine Dorfrunde, manche sogar bis zum abseits gelegenen Seifritz-Hof, um sich ein Bild von der Blutspur zu machen. Und so wussten spätestens um die Mittagszeit alle in Legg, welchen idiotischen Unsinn Jakob, der Dorftrottel, diesmal wieder getrieben hatte.

✻

Mein Name ist Jakob. Aber die Menschen im Dorf sagen meist Idiot zu mir. Oder Schafskopf. Manchmal auch Trottel, Verrückter, Hornochs. Oder einfach nur Depp. Das finde ich noch am nettesten, Depp. Jedenfalls halten sie mich für schwachsinnig.

Die meiste Zeit verwenden die Leute darauf, sich über mich lustig zu machen. Das ist nicht angenehm, hat aber auch was Gutes: Damit verscheuchen sie ihre Traurigkeit und ihre Langeweile. Zumindest für kurze Zeit. Wenn sie

Ärger auf Gott und die Welt haben, also auf sich, schaffen sie sich Erleichterung, indem sie mich anrempeln, mir Kopfnüsse verabreichen, und manchmal verdreschen sie mich auch. Ich könnte mich wehren gegen sie. Ich bin zwar nicht groß, dafür sehnig und ziemlich stark. Aber immer wenn ich knapp davor bin, ihnen eins zu verpassen, springt in meinem Inneren ein Gefühl auf und ab, dass es nicht recht ist, sie zu schlagen, und dass ja eigentlich nichts so wichtig sein kann, um dafür jemand anderem wehzutun. Dieses Gefühl ist ziemlich blöd. Es führt dazu, dass ich oft grün und blau bin am ganzen Körper.

Dabei sind die Menschen so liebebedürftig. Da bin ich ganz sicher. Unser Nachbar, der Huber-Bauer, zum Beispiel. Den habe ich einmal dabei beobachtet, wie er mit einer seiner Kühe Liebe gemacht hat. Er hat sich den Melkschemel untergestellt, um hoch genug zu stehen, er ist ja nicht sehr groß, der Huber-Bauer, und als er fertig war, hat er den Hinterleib der Kuh ganz inniglich umarmt und seinen massigen Körper eine Zeit lang auf dem ihren ruhen lassen. »Liesl«, hat der Huber-Bauer dabei zufrieden geseufzt und die gescheckten Flanken des Tieres gestreichelt, »oh, meine Liesl!«

Liesl, so hat die Kuh geheißen. Ich glaub, der Huber-Bauer hat sie sehr gern gehabt.

Die meisten Menschen in Legg haben es gut, die müssen nicht viel denken. Ich habe den Kopf ständig voller Bilder und Ideen. Unaufhörlich purzeln sie in meinem Kopf herum. Das Allerschlimmste aber sind die Fragen. All die Fragen, die sich in meinem Schädel zusammenbrauen und immer komplizierter werden, je mehr ich darüber nachdenke. Ich mach das wirklich nicht absichtlich. Mir passieren die Gedanken über die Tiere und die Pflanzen, über den Mond, die Sonne und die Sterne am Himmel, und besonders über die Menschen und wie sie miteinander umgehen. Wenn man nicht aufpasst, glaub ich, macht das auf die Dauer wirklich wahnsinnig. Vielleicht haben die Leute recht, und ich bin es schon.

Eine Frage verwirrt mich ganz besonders: Warum sind so viele Menschen böse zueinander, obwohl sich eigentlich alle danach sehnen, freundlich behandelt zu werden? Eine meiner wildesten Ideen ist, dass sie vielleicht genau deswegen so böse sind. Wegen ihres Wunsches nach Freundlichkeit und nach Liebe und weil sie nie genug davon bekommen. Das macht sie so wütend. Oder traurig. Oder beides.

Ich glaube, um andere Menschen wirklich verstehen zu können, ist es nötig, sich in sie hineinzuversetzen. Das ist nicht einfach, aber ich habe da einen Trick. Unsere Nachbarin, die alte Huber-Bäuerin zum Beispiel, war eine seelengute Frau. Aber wenn sie über den Hof gegangen ist, hat sie jedes Mal mit ihrem Stock nach den Hendln geschlagen. Einmal hat sie eines mit voller Wucht am Kopf getroffen. Es ist tot liegen geblieben. Und die alte Huber-Bäuerin hat nichts Besseres zu tun gehabt, als noch einige Male auf das Tier einzudreschen. Dann ist sie wortlos zurück in die Stube getrippelt und hat mit weichem, zufriedenem Gesicht beim Kochen geholfen. Ich habe die Angewohnheit der alten Huber-Bäuerin, die wirklich eine sehr, sehr freundliche Frau war, nie verstanden. Der Sache näher gekommen bin ich erst, als es fast zu spät war und die Alte schon im Sterbebett gelegen ist. An einem Sonntag, der Huber-Bauer und seine Frau waren in der Kirche, habe ich mich ins Haus geschlichen und mir die Sachen der Alten angezogen. Mit einem Strick habe ich meine Füße ganz eng zusammengebunden, damit ich nur noch so kleine Schritte habe machen können wie sie. In der Mitte des Stricks habe ich noch einen Strick befestigt und mir das andere Ende um den Hals gebunden. So habe auch ich nur tief gebückt gehen können. Dann habe ich mir ihren hölzernen Gehstock geschnappt und bin raus in den Hof, zu den Hendln.

Die zusammengebundenen Füße haben das Gehen ziemlich mühsam gemacht, und obwohl ich es nicht eilig gehabt hab, ist bald Ärger in mir aufgestiegen, weil ich nicht rascher vorangekommen bin. Wenig später habe ich am Nutzen meines Herumtrippelns zu zweifeln begonnen und bin noch giftiger geworden. Als dann wegen des Stricks um meinen Hals und meines gebückten Körpers die Rückenschmerzen dazugekommen sind, habe ich einem nervig neben mir gackernden Hendl einen Schlag mit dem Stock versetzt. Verblüfft bin ich stehen geblieben. So einfach können die Dinge sein! Rasch bin ich zurück zum Haus. Im Eifer hat es mich beinahe über die Türschwelle geschmissen. Aufgeregt habe ich an die Kammertür der Alten geklopft. Ich wollte ihr sagen, dass ich sie endlich verstehe und dass sie kein schlechtes Gewissen haben muss wegen der Hendln, wo sie ja doch im Sterben lag und sich die Menschen, wenn es dem Ende zugeht, plötzlich so viele Gedanken über die Rechtschaffenheit ihres Lebens machen. Sie hat nicht geantwortet. Ich bin trotzdem rein. Ich habe gedacht, sie schläft oder hört mich nicht. Erst als ich an ihr gerüttelt hab, habe ich gemerkt, dass sie tot ist. In dem Moment ist irgendwo am Hof eine Tür zugefallen. Ich habe mich umgedreht und da ist schon der Huber-Bauer hinter mir in der Stube gestanden und hat mich mit offenem Mund angestarrt. Ich habe »Grüß Gott« gesagt und wollte ihm erklären, was ich in der Stube seiner Mutter mache, warum ich ihre Kleider anhab, dass ich jetzt weiß, warum sie immer nach den Hendln gedroschen hat, und dass sie leider tot ist. Für den Moment waren das aber viel zu viele Sachen, und so habe ich nur noch ein zweites Mal »Grüß Gott« gestammelt. Der Huber-Bauer hat schrecklich losgebrüllt und ist auf mich zugestürzt wie ein Stier. Er war sicher aufgeregt, weil ich das Kopftuch seiner Mutter umgebunden gehabt hab, meine Unterarme aus ihrer viel zu engen Wollweste geragt sind, ich mich in gebückter Haltung auf ihren Gehstock gestützt habe und meine Beine nur unzureichend von ihrem Rock verdeckt worden sind. Und das an einem Sonntag, dem Tag des Herrn. Jedenfalls hat mich der Huber-Bauer aus dem Haus geprügelt, und diesmal hätte ich mich wegen der Stricke um den Hals und die Füße nicht einmal wehren können, selbst wenn ich gewollt hätte.

Zu allem Verdruss hat mir der Huber-Bauer noch lange Zeit danach vorgehalten, dass ich es gewesen sei, der seiner Mutter den Rest gegeben habe, der sie unter die Erde gebracht habe, ihr Sargnagel gewesen sei. Für die Tratschweiber im Dorf bin ich heute noch der Mörder der Alten. »Pfui Teufel!«, kreischen sie, wenn ich ihnen über den Weg laufe, und dann spucken sie nach mir, als wäre ich der Leibhaftige.

Bereut habe ich das Ganze trotzdem nicht. Wenn man den Dingen auf den Grund gehen will, muss man eben damit rechnen, dass Außergewöhnliches an die Oberfläche kommt und dass manche kein Verständnis dafür aufbringen. Einmal ist sogar auf mich geschossen worden. Das war, als ich auf der großen Bachwiese rückwärts gegangen bin, um herauszufinden, wie sich dadurch die Dinge verändern. Ich glaube, wenn der Bürgermeister oder der Wirt alleine am Hochstand gesessen wäre, keiner der beiden hätte auf mich geschossen. So aber wollten sie einander wahrscheinlich imponieren. Und dann haben sie auf mich geschossen, obwohl sie es vielleicht gar nicht wollten. Ich glaube, so wie sie verstellen sich viele, einfach um andere zu beeindrucken, um geachtet zu werden, wenn schon nicht gemocht. Aber du merkst, ich denke schon wieder viel zu viel nach. Und vielleicht rede ich mir das alles ja auch nur ein. Vielleicht ist nicht einmal auf mich geschossen worden. Damals hat es mir jedenfalls niemand geglaubt. Und je länger ich darüber nachdenke, umso mehr zweifle ich selbst daran. Das ist das Teuflische: Die Wahrheit verändert sich im Kopf. Und je mehr Menschen sich mit der Wahrheit beschäftigen, desto weniger ist sie wiederzuerkennen. Sie teilt sich, verändert sich, wird eine ganz andere. Eigentlich müsste sie dann auch ihren Namen ablegen, die Wahrheit. Aber das tut sie nicht.

Das Einzige, was ich heute mit Sicherheit weiß, ist, dass mich der Bürgermeister und der Wirt damals zum Hof meines Vaters gebracht haben. Sie haben zwar gewusst, dass mein Vater nichts von mir hören und sehen will. Aber was ist ihnen schon anderes übrig geblieben? Dass meine Eltern nicht viel auf mich halten, hat sich schon früh gezeigt. Der Huber-Bauer hat mir einmal von einem Kartenabend mit meinem Vater erzählt. Mitten im Spiel sei der damalige Knecht meines Vaters ganz außer sich in die Stube gestürzt und habe geschrien, dass er mich im Stall neben einem offenen Sack Unkrautvernichtungsmittel gefunden habe. Ich rührte mich nicht, sei schneeweiß im Gesicht und mein Körper schon kalt. Er glaube, hat der Knecht gekeucht, er glaube, ich sei tot.

»Aber woher«, hat mein Vater seelenruhig gesagt und

mit der Hand eine abwiegelnde Geste gemacht, »das bisschen Unkrautvernichtungsmittel wird ihn schon nicht umbringen.« Auf die Frage des Huber-Bauern, ob sie nicht wenigstens nachschauen sollten, was mit mir sei, hat mein Vater gesagt, weil er gerade ein gutes Blatt in der Hand gehabt hat: »Das hättest du wohl gern. Nein, nein. Komm, spiel weiter. Der erholt sich schon wieder.«

Mein Vater hat recht behalten. Der Knecht, der von meinem Vater wenig später rausgeschmissen worden ist, weil er seine Nase immer in fremde Angelegenheiten gesteckt hat, hat bald erleichtert festgestellt, dass ich wieder atme. Kurz darauf hat sich mein Körper von dem Gift befreit, indem er es aus allen möglichen Öffnungen hat rinnen lassen.

»Unkraut vergeht nicht«, hat mein Vater selbstsicher gesagt. Sein Gesicht aber hat kurz darauf angeblich einen Ausdruck angenommen, der seine Enttäuschung über die Sache selbst verraten hat. So hat es mir zumindest der Huber-Bauer im Rausch erzählt, und dann hat er mir laut lachend mehrere Male auf die Schulter geklopft und die Worte meines Vaters wiederholt: »Unkraut vergeht nicht! Oh nein! Unkraut vergeht nicht!«

Zu der Zeit, als ich das Unkrautvernichtungsmittel in mich gestopft hab, muss ich knapp vier Jahre alt gewesen sein. Damals und auch lange danach habe ich zwei Dinge noch nicht gewusst: Erstens, dass nicht ich der Grund bin für das Sprichwort »Unkraut vergeht nicht«. Und zweitens, dass der Seifritz-Bauer und die Seifritz-Bäuerin nicht meine richtigen Eltern sind. Das habe ich erst vor Kurzem erfahren. Ich bin fast erleichtert darüber, dass sie nicht meine richtigen Eltern sind. Weißt du, ich habe mich immer wieder gefragt, warum sie mich schlechter behandeln als ihre anderen Kinder, schlechter fast als die Knechte.

Jetzt weiß ich warum. Jetzt weiß ich, dass ich nichts falsch gemacht hab und mir auch nichts vorwerfen muss. Es ist nicht daran gelegen, wie ich war. Es ist nur daran gelegen, wer ich war.

Etwas Wichtiges habe ich noch nicht erzählt. Ich finde, das solltest du wissen, wenn du schon so nett bist und mir zuhörst. Was ich noch nicht erwähnt hab, ist, dass mich die Menschen im Ort nicht nur für einfältig halten. Mein Körper hat nämlich eine dumme Angewohnheit: Wenn ich Menschen sehe, die anderen wehtun, dann verkrampfen sich die Muskeln meiner Hände und Arme. Steinhart werden sie dann. Ohne dass ich es will, zieht es meine Arme zum Gesicht, schau, ungefähr so, und Finger, Hände und Unterarme spannen sich mit aller Kraft nach innen. Sie schauen dann aus wie die Beine einer toten, zusammengekauerten Spinne. In der blöden Stellung bin ich gefangen, bis die Panik nach und nach wieder aus meinem Kopf rieselt. Dass auch diese lästige Angewohnheit etwas damit zu tun hat, dass der Seifritz-Bauer und die Seifritz-Bäuerin nicht meine richtigen Eltern sind, weiß ich auch erst seit Kurzem. Jedenfalls ist es so, dass die Menschen auch das Wort Krüppel in den Mund nehmen, wenn sie auf mich zeigen. Um ganz ehrlich zu dir zu sein, ich bin also der schwachsinnige Krüppel dieser Gegend. Dass ich das nicht ernst nehmen kann und darüber lachen muss, ja – das könnte durchaus bedeuten, dass sie recht haben.

2.

Jakob roch den Regen, lange bevor der erste Donner über den Himmel rollte. Er hielt kurz inne und streckte die Nase hoch in die Luft. Über dem Eigenwald hatte sich eine Wolkenfront breitgemacht. Wie ein mächtiges Tier hockte sie da, wie ein mächtiges, hungriges Tier auf der Lauer, kurz vor dem Sprung. Jakob packte die Heugabel und ließ sie noch rascher ins frisch geschnittene Gras gleiten. In üppigen Büscheln schwang er es auf eine der Dutzenden Heukraxen, die er tags zuvor errichtet hatte. Entastete, knochentrockene Fichtenwipfel, kreisförmig verkeilt. Mehrere Meter standen die Kraxen auseinander, die meisten bereits über und über beladen mit Gras.

Jakob arbeitete hart. Er genoss es, sog mit tiefen Zügen das saftige Grün ein. Der September neigte sich dem Ende zu, und so würde es für heuer die letzte Mahd sein. Wie klug der Schöpfer doch gewesen ist, als er die Jahreszeiten geschaffen hat, überlegte Jakob, ewige Abwechslung hat er uns damit geschenkt. Weich wippten die Halme auf seiner Heugabel. Ihr Duft ließ ihn daran denken, wie wertvoll das Gras war. Und was für ein Segen, ja, was für ein Segen der Natur, dachte er beeindruckt. Nur Sonne und Regen braucht es, um Pflanzen immer wieder wachsen zu lassen. Ewig wachsen sie, bis in alle Zeit. Immer wieder aufs Neue. Einfach so. »Ein Wunder!«, rief Jakob lauthals, »ein Wunder!« Rund um ihn arbeiteten seine Eltern und die anderen Kinder der Seifritz-Bauern, sie schüttelten die Köpfe über Jakobs scheinbar grundloses Entzücken. Nur Silvia, die Jüngste, schien zu verstehen. Sie lächelte, und ihre Bewegungen beim Aufschichten des

Grases wirkten mit einem Mal unbeschwerter, flotter als zuvor.

Jakob bemerkte die verständnislose Reaktion der Eltern nicht. Auch nicht jene der beiden jüngeren Brüder, die ihrem Vater nacheiferten und abfällige Gesichter machten. Aber ebenso entging ihm Silvias Lächeln. Wie wild schichtete er Gras auf.

»Jakob, verflucht, du schmeißt ja die Hälfte daneben!«, schrie der Seifritz-Bauer. Jakob aber hörte ihn nicht, war wie entrückt. Die Arbeit sollte erledigt sein, bevor die ersten Tropfen fielen.

»Jakob, du Hornochs!«, brüllte der Bauer, und weil der Bursche noch immer nicht reagierte, fühlte er sich provoziert – noch dazu, da die anderen rundherum standen und alles mitbekamen. Heißes Blut schoss dem Bauern ins Gesicht, färbte es dunkelrot, beinahe violett. An seiner Stirn schwoll eine Ader, dick und dicker, pulsierend blau. Jakobs Brüder Hans und Fritz wussten, was gleich kommen würde. Die Fäuste des Seifritz-Bauern hatten sich um den Stiel der Heugabel gespannt. So fest, dass die Knöchel weiß hervortraten, so heftig, als wollte der Vater den hölzernen Griff zerreiben unter seinen Pranken. Und dann reichte das nicht mehr. Dann bewegte blanke Wut seinen massigen Körper nach vorne. Wie im Rausch war er jetzt, einem Bullen gleich, sein Ziel im Visier.

»Jakob«, rief Silvia, aber keineswegs laut, vielmehr wie beiläufig.

Sofort sah Jakob auf. Sein Blick folgte der Richtung, die Silvias Hand ihm anzeigte. Und dann duckte er sich. Über ihm durchschnitt die schwere Heugabel des Vaters surrend die Luft. Der starke Schwung und der fehlende Widerstand ließen den Bauern das Gleichgewicht verlieren. Er kippte zur Seite, fiel schreiend zu Boden.

Jakob hatte keine Ahnung, weshalb sein Vater derart in Rage über ihn war. Doch er wusste, was zu tun war. Er rannte davon. Ruckartig richtete indes der Seifritz-Bauer seinen schweren Körper wieder auf. Eine Strähne seines glatten, braunen Haars hing ihm ins Gesicht. Er schrie und fluchte und schleuderte Jakob die Heugabel hinterher. Sie verfehlte ihr Ziel.

Die Mutter blickte Jakob nach, seufzte erfahren und machte sich wieder an die Arbeit. Hans und Fritz taten sich schwer, ihr Lachen zu unterdrücken. Lustig war es, dass ihr Bruder so panisch davonjagte und wieder der Dumme war, doch der Vater, der energisch Gras aus seinem Hemd schüttelte, hätte ihr Lachen auch anders verstehen können. Deshalb blickten sie rasch zu Boden. Silvia senkte ebenfalls den Kopf, schmunzelnd, besann sich dann aber und tat es ihrer Mutter gleich, fuhr mit der Arbeit fort.

Die erste Böe kam wie eine Warnung, frischte nur kurz die Luft auf und brachte ein paar harmlose Tropfen. Dann war Stille. Bis mit einem Mal, wie aus dem Nichts, ein Brausen und Rauschen über den Wald ging und der Wind ein Laken über die Familie zog, grau und feucht. Plötzlich fröstelte es sie, hielten sie klamm inne, wie verwurzelt nach oben gaffend alle, wie gelähmt von höherer Macht. Und dann kam die Gewissheit, schlug ein auf sie vom Himmel her, überraschend wie stets, angekündigt wie immer. Sturmwind und Regen vereinigten sich zum tobenden Ungetüm, das gab sich, krachend, brüllend, Blitze werfend, seiner Kraft hin. Schwer ließ es sein Gewicht auf die Wiese fallen, drang ein in die Heukraxen, prasselte gegen die vibrierenden, dünnen Fensterscheiben des Hofes, peitschte das Dach und riss an den Obstbäumen, die den Hof umstanden. Der Himmel dröhnte, Donnerschläge.

Jakob war so schnell gerannt, dass er seinen Lauf vor dem Scheunentor nur noch hatte bremsen können, indem er sich mit einem Poltern dagegenkrachen ließ. Nichts Ungewöhnliches war das, so tat er es oft, auch bei schönem Wetter, einfach aus Lust am Übermut. Er atmete durch, genoss seinen wilden Herzschlag, hörte ihn in den Ohren, spürte ihn in der Brust. Als das Frohsein drohte, an Kraft zu verlieren, bog Jakob seinen Körper gegen das schwere Tor, zerrte es zur Seite und wandte sich um. In seinen Augen spiegelten sich zuckende Blitze, die krachend auf dem nahen Hügel niedergingen. Grell glühende Beine eines riesigen Weberknechts. Jakobs Kehle entfuhr ein laut jauchzendes »Jiiiihaaaaa!«.

Noch immer umklammerten seine Hände den beinahe schulterhohen Eisengriff des Scheunentors. Wieder schickte der tiefgraue, tobende Himmel einen ohrenbetäubenden Blitz in den Erdboden. Noch näher diesmal. »Jiiiiiiihaaaaaaaaaa!«, schrie Jakob. Er genoss seine zügellose und doch ehrfürchtige Begeisterung. Als der schaurige Moment beinahe ausgekostet war, kroch Gänsehaut über seinen Rücken, seinen Nacken.

Jakob atmete durch und schwang seinen Körper ins Innere der Scheune. Die knapp zwanzig Kühe und die paar Jungstiere waren aus Angst vor dem Unwetter eng aneinandergerückt. Jakob wusste, welche Gefahr das bedeutete. Mit seiner Masse zog das Vieh Blitze an. Der Bursch lief im Halbdunkel auf die Tiere zu, drängte in ihre Mitte, plärrte »Auseinander! Auseinander!« und schwenkte seine Arme wie ein hysterischer Vogel seine Flügel. Die Kühe torkelten ängstlich in alle Richtungen, machten ein paar schnelle Schritte. Kurz darauf fuhr ein Blitz so nahe in die Erde, dass die Scheune bebte.

Und dann versank der Stall für Momente in tintendunklem Nichts, in Stille, angespannt und absolut. Fest umhüllt schien der Raum, gefangen in einem schweren, schwarzen Tuch.

»Jiiiiiiiihaaaaaaaaaaaa!«, kreischte Jakob. Der Schrei erschreckte die Tiere und löste ihre Muskeln. Sich aneinanderreibend brachten sie ihre Körper in Bewegung, gingen vorsichtig umher, und ihr Atem beruhigte sich. Darüber hinaus schien es, als habe Jakobs Schrei ein Loch in den Himmel gerissen. Mit einem Mal ließ der Regen nach. Bedächtig schoben sich die Wolkenschichten auseinander, öffneten einen Spalt. Daraus ergoss sich sanftes Licht, das auf die Erde fiel.

Stunden später, zum Abendessen, stellte die Seifritz-Bäuerin einen wuchtigen Emailtopf mit Erdäpfelsuppe auf den Küchentisch. Die Seifritz-Großmutter, die dürr war und ebenso zäh wie mürrisch, hatte den Kochvorgang und jeden Handgriff der Schwiegertochter mit Argwohn beobachtet. Die Bäuerin hatte es über sich ergehen lassen, hatte kein Wort darüber verloren. Sie war es gewohnt, die Alte so gut es ging zu ignorieren. Zumindest hat die Hexe die zwei Dutzend Erdäpfel geschält und geschnitten, beruhigte sie sich. Sie wollte sich nicht ausgenutzt und drangsaliert vorkommen, sonst würde sie die Alte irgendwann einmal noch erschlagen. Die Großmutter wiederum hatte sich eine Angewohnheit zugelegt, die es ihr erlaubte, ihre Meinung zu äußern, ohne sich dabei der Mühe unterziehen zu müssen, ihre dünnen, meist klebrig eingetrockneten Lippen auch nur einen Spalt weit zu öffnen: Ein in hohem Ton papageiartig herausgepresstes »Mmm!« reichte. Damit ließ sich vortrefflich maßregeln, ließ sich nörgeln, zurechtweisen, kritisieren oder minutenlang einfach nur vor sich hin jammern. Wenn sie etwa ihrer Schwiegertochter beim Salzen der Suppe zusah, musste sie nur dieses hohe »Mmm!« krächzen, und die Seifritz-Bäuerin wusste, dass sie ermahnt worden war, nur ja nicht das Essen zu versalzen. Die Großmutter beherrschte eine beachtliche Vielzahl dieser »Mmm!«. Und wusste sie variantenreich einzusetzen. Feinste Nuancierungen in Tonfall, Lautstärke und Eindringlichkeit ergaben unterschiedliche Bedeutungen, die von den anderen am Hof im Laufe der Zeit erlernt worden waren.

Und weil Gewohnheiten anderer anstecken, entfuhr Fritz, dem jüngsten Sohn der Seifritz-Bäuerin, im Gespräch mit seiner Mutter einmal dieses hexenhafte »Mmm!«. Fritz bemerkte seinen Fehler bereits, als er noch die Lippen aneinandergepresst hielt, um den Mmm-Ton summend ausklingen zu lassen. Doch es war zu spät. Die Ohrfeige seiner Mutter fiel derart leidenschaftlich aus, dass sich der Bub unter dem Küchentisch liegend wiederfand, mit geplatztem Trommelfell. Die Taubheit auf seinem linken Ohr sollte nie wieder vergehen. Seit jenem Vorfall, über den niemand in der Familie auch nur ein Wort verlor, war das »Mmm!« am Seifritz-Hof jedenfalls wieder ausschließliches Privileg der Alten.

Viel geredet wurde generell nicht am Hof. Das aber war nichts Besonderes zu jener Zeit in Legg. Auch an diesem Abend war es still in der Küche. Und das, obwohl schon die ganze Familie, Ellenbogen an Ellenbogen, beim Tisch saß. Lediglich ein dumpfes »Glonk« durchbrach in kurzen Abständen die Luft, wenn die Bäuerin, Suppe austeilend, mit dem Schöpflöffel an die dickwandigen Steingutteller stieß. Nachdem sie fertig war und auch Jakob einen Teller vor sich hatte, sahen alle zu Silvia. Sie nickte, faltete ihre Hände und senkte den Blick. Die anderen taten es ihr gleich.

»Lieber Gott, sei unser Gast und segne, was du uns

bescheret hast.« Nach kurzem Innehalten sah Silvia auf. Alle anderen schaufelten bereits Suppe in ihre Münder. Ihre Oberkörper waren weit nach vorn gebeugt, ihre Gesichter tief über den Tellern, die Ellenbogen auf die Tischkante gestützt. Nur die Handgelenke bewegten sich. Eilig wurden die Löffel in die Teller getaucht, zu den Mündern geführt, in die Teller getaucht, zu den Mündern geführt. Alle waren hungrig, waren erschöpft von der Plackerei. Niemand machte auch nur eine Bewegung zu viel.

»Morgen müssen wir viel weiterbringen«, brummte der Seifritz-Bauer, als er seinen Teller ausgekratzt hatte, »die Erdäpfel gehören aus dem Boden, spätestens zu Allerheiligen müssen wir fertig sein. Und am oberen Feld gehört das Wintergetreide gesät.«

»Holz müsst ihr viel schlagen«, flüsterte der Großvater. Immer deutlicher war ihm anzusehen, dass seine Kräfte zur Neige gingen. Abgearbeitet war er, hager und zerbrechlich. »Wird heuer ein harter Winter«, sagte er, »danach ist der Schupfen leer, und das frische Holz braucht erst Zeit zum Trocknen.«

»Woher weißt du denn, dass der Winter hart wird, Großvater?«, fragte Silvia und schubste ihren blonden Zopf nach hinten. Jakob versank in den Grübchen ihrer Wangen.

»Sitzt im Oktober das Laub noch fest am Baum, fehlt ein strenger Winter kaum«, reimte der Großvater eine Bauernweisheit, worauf die Großmutter, ohne die Nase aus dem Suppenteller zu nehmen, ergänzte: »Hält der Herbst das Laub lang fest, sorg dich um ein warmes Nest.«

»Behalten die Bäume im Herbst die Blätter, rechne auf strenges Weihnachtswetter«, sagte der Großvater.

»Will das Laub nicht von den Bäumen weichen, ist das ein hartes Winterzeichen«, rief die Großmutter.

»Ja, reicht schon«, murrte der Seifritz-Bauer.

»Graben sich die Mäuse tief ein, wird's ein harter Winter sein«, wisperte der Großvater.

Und die Großmutter krächzte: »Kommt die Feldmaus schon jetzt ins Dorf, kümmere dich um Holz und Torf.«

»Ist jetzt endlich Ruh!«, schrie der Bauer und ließ damit Silvias Lachen abrupt enden.

Mit plötzlich wachem Blick, doch ohne die Stimme zu erheben, sagte der Großvater: »Noch ist es mein Hof. Und auf meinem Hof wirst du deiner Mutter und mir nicht das Wort verbieten.«

»Aber bald ist es unser Hof«, sagte Hans und schnitt eine hämische Grimasse.

»Genau«, eiferte der um zwei Jahre jüngere Fritz.

»Gell, Vater, ist doch so«, drängte Hans, »bald gehört der Hof uns.«

»Haltet den Mund!« Der Seifritz-Bauer stieß den Suppenteller davon, dass der Löffel darin schepperte. »Der Großvater stirbt nicht so schnell«, sagte er in einem Ton, der retten sollte, was zu retten war.

»Ihr könnt es alle nicht mehr erwarten, dass ich unter der Erde bin, gell«, flüsterte der Alte, und in seiner ruhigen Stimme lag gedämpfter Gleichmut. Den hatte er sich im Laufe seiner Krankheit zugelegt, zum Schutz, weil er feststellen hatte müssen, dass mit seiner Kraft auch der Respekt der anderen verloren ging. Sein eigener Sohn behandelte ihn abfällig, und wenn dessen Söhne es ihm gleichtaten, war ihm das nur deshalb unrecht, weil er sein Erbe nicht leichtfertig aufs Spiel setzen wollte. Freilich, ein strenges Regiment hatte er schon geführt, als er noch vor Kraft strotzte. Aber Watschen und Stockhiebe austeilen gehört nun einmal dazu, wenn man Verantwortung trägt. Zeitlebens hatte er doch nur versucht, seinen Sohn ordentlich zu erziehen.

Jakob konnte nicht verstehen, warum Menschen einander das Leben so schwer machten, für nichts und wieder nichts. Noch weniger kapierte er, wieso das sogar innerhalb einer Familie geschehen konnte. Gut, Vater wollte, dass ihm Großvater endlich den Hof überschrieb. Und Großvater wollte das nicht, so weit war Jakob der Sachverhalt klar. Aber was in Herrgotts Namen zermarterte sich der Bursche den Kopf, was würde sich einer der beiden vergeben, einfach dem anderen seinen Willen zu lassen. Es war doch, fand er, völlig einerlei, wem der Hof gehörte. Das Dach, unter dem sie schliefen, würde so oder so nicht schöner, das Feld, das sie beackerten, so oder so nicht mehr Früchte tragen, und das Brot, das sie aßen, so oder so nicht saftiger werden. Es war zum Aus-der-Haut-fahren. Jakob erkannte den Zweck dieser Gehässigkeiten nicht. Und sogar wenn es einen geben sollte, woran Jakob immer stärker zweifelte, würde er so viel schweres Blut wert sein? Vielleicht lag sein Unverständnis ja auch wieder einmal darin begründet, sagte er sich, dass er tatsächlich das war, was alle in ihm sahen: ein weltfremder Idiot.

Obgleich sich Jakob, anders als seine jüngeren Brüder Hans und Fritz, nicht an den Gehässigkeiten zwischen Großeltern und Eltern beteiligte – meist waren es Sticheleien und kleine Bosheiten –, verursachten sie ihm jedes Mal körperliches Unbehagen. Die dicke Luft in der Stube schnitt ihm den Atem ab und ließ seinen Körper unerträglich heiß werden. In ihm wuchs der Drang, sofort den engen Raum zu verlassen, um nicht auf der Stelle ohnmächtig zu werden. Da Flucht aber selten möglich war, weil Vater ihn nicht vom Tisch oder der Küchenarbeit entließ, hatte sich Jakob darauf verlegt, Ablenkung zu suchen, sobald die anderen die Zeit vergifteten. Er hatte sich angewöhnt, seine Gedanken mit Sinnvollem zu beschäftigen, mit Schönem. Meistens mit Silvia. Ihr Wesen und ihr Anblick vereinten für ihn das feinste, entzückendste und edelste nur Vorstellbare. Jakob kannte ein Wort, das seine Gefühle für Silvia sehr gut ausdrückte: Liebe. Als er eines Abends gründlich nachdachte, stellte er fest, dass er für niemand anderen ein derartiges Gefühl empfand. Nicht für seine Eltern, seine Brüder, die Großeltern, ja nicht einmal für die Hunde, Schweine, Krähen und Raben, mit denen er sich so gut verstand. Es bestand kein Zweifel: Jakob war ausschließlich in Silvia verliebt, auf eine unschuldige, reine Art freilich. Schließlich war Silvia mit ihren sechzehn Jahren sechs Jahre jünger als er und obendrein seine Schwester. Schon alleine deshalb würde er es nie wagen, sich ihr zu nähern. Noch viel mehr aber deshalb nicht, weil sie viel zu fein, zu edel, ja zu heilig war für ihn, eigentlich zu heilig für die ganze Welt, fand Jakob.

Auch an diesem Abend zog er es vor, sich nicht der feindseligen Stimmung auszusetzen, die sich in der Stube breit und breiter machte und die ihm kaum noch Platz zum Atmen ließ. Jakob flüchtete sich in Silvias Gesicht. Verlor sich im Glanz ihrer himmelblauen Augen, in ihren Sommersprossen, ihrem Haar, das sie wie immer zu einem Zopf geflochten hatte, und in den Grübchen, die sich in ihren Wangen bildeten, sobald sie lächelte.

Alles andere rund um sich vergaß Jakob. Das ließ ihn gleichsam in den Himmel schweben. Seine Ohren wurden taub für Irdisches, vernahmen nur noch Gemurmel. Seine Augen kannten nur noch Silvia, badeten in ihrem Antlitz und ließen sich darin treiben wie in einem Sommerteich.

Jakob genoss es in seinem Himmel, wunderbar lange Momente, eine herrlich sanfte Zeit. Doch plötzlich fiel ihm auf, dass sich Silvias Ausdruck verändert hatte, sie ihm ihr Gesicht zuwandte, mit dem Finger in eine Richtung deutete und ihre Augen alarmierend groß wurden. Gleichzeitig spürte Jakob unter seinen auf der Tischplatte ruhenden Händen ein dumpfes Dröhnen. Kurz darauf donnerte der Seifritz-Bauer abermals seine Faust auf die Tischplatte.

»Schau die Silvia gefälligst nicht so verliebt an, du Trottel!«, brüllte er. »Das ist deine Schwester, du Hornochs!«

Jakob zuckte zusammen.

»Eine Sünde ist es«, ermahnte ihn die Bäuerin, doch nicht in bösem Ton. »Weißt du das eh, Jakob?«, fragte sie. »Unter Geschwistern ist es eine Sünde. Eine Sünde, die der Herrgott schwer bestraft.«

»Wenn du sie auch nur einmal anrührst«, tobte der Seifritz-Bauer und drohte, einer Gewohnheit folgend, mit der Hand, um seiner Aussage Nachdruck zu verleihen. »Wenn du sie nur einmal anrührst«, wiederholte er, »brech ich dir alle Knochen!«

Jakob blieb ruhig sitzen. Er nickte. Dass sie böse zueinander sind, daran finden sie nichts, dachte er verwundert, aber dass ich Silvia lieb anschaue, das halten sie nicht aus. »Komisch«, sagte er, doch das war nicht für die anderen gedacht. Er suchte nur nach einer Erklärung für eine seiner Beobachtungen. Vielleicht, probierte er einen Gedanken aus, vielleicht ist ihnen die Liebe so fremd geworden, dass sie misstrauisch werden, wenn sie ihnen woanders auffällt.

»Was ist komisch?«, schrie der Bauer, der das halblaute »Komisch« des Burschen auf sich bezogen hatte und seine Autorität angegriffen sah. Weil Jakob diesen Zusammenhang nicht herstellen konnte und auch sonst nicht wusste, was nun am besten zu tun oder zu sagen war, blies er alle Luft aus seinen Lungen, vielleicht würde ja das beim Konzentrieren helfen. Doch die zähe Masse, die seine Gedanken umschloss und blockierte, wollte nicht weichen. Da fuhr der breite Handrücken des Bauern laut klatschend über sein Gesicht.

»Was ist komisch?«, tobte der Bauer. Sein Gesicht war glühend rot.

»Viel«, sagte Jakob und senkte nachdenklich den Kopf.

»Geh, lass ihn doch, Vater«, bat die Seifritz-Bäuerin. »Er kann ja nichts dafür. Er weiß ja nicht, was er sagt.«

Später, beim Hinausgehen, streifte Silvia Jakobs Hand. Er wagte nicht, sich umzusehen. Der Vater ging mit schwerem Schritt hinter ihnen. Aber Jakob musste sich auch nicht umsehen. Er fühlte Silvias Blick. Ganz deutlich fühlte er ihn. Und noch etwas fühlte er: Silvias Herz empfand wie das seine.

Im Hof, der zu seiner abgelegenen Kammer führte, machte Jakob einen Luftsprung. »Jiiiiiihaaaaaaa!«, kreischte er. »Juuuhuuiiiiii!« Silva hörte seine Jauchzer. Auf ihren Wangen bildeten sich Grübchen.

✳

Ich schlafe abseits von den anderen in einer kleinen Kammer, gleich neben dem Stall. Das ist recht praktisch. Wenn es im Winter zu kalt ist, mache ich einfach die Tür auf, und schon strömt die tierwarme Luft zu mir herein. Ich habe mir lange nicht überlegt, warum ausgerechnet ich in der Kammer untergebracht bin, weg von allen anderen. Als ich dann darüber nachgedacht hab, rätselte ich, was mein Vater sagen würde, wenn ich ihn darauf anspräche. Du bist der Älteste, hätte er antworten können, um es sich zu ersparen, mir wieder einmal meine Schwachsinnigkeit zu erklären. Aber er hat eine viel bessere Antwort gefunden. Er hat gesagt: »Also so was Deppertes kannst auch nur du fragen.« Dann hat er vorwurfsvoll den Kopf geschüttelt und ist davongegangen.

Früher haben die Knechte in der Kammer geschlafen. Aber einen Knecht haben wir ja schon lange nicht mehr. Sobald ich alt genug war, um nicht nur Frauen- und Kinderarbeit zu verrichten, sondern richtige Männerarbeit, hat der Vater keinen Knecht mehr eingestellt. Er hat ja dann mich gehabt, und ich arbeite gut. Meine Kammer ist gerade so geräumig, dass meine Bettstatt bequem hineinpasst, der große Leinen-Strohsack und der Polster, gefüllt mit Haferspelz. Am Fußende steht noch die Kiste mit meinen Sachen und dem Sonntagsgewand drin: Hose, Rock und Hemd, ordentlich zusammengelegt, mit wildem Thymian dazwischen. Am Kopfende stapeln sich Bücher, fast einen Meter hoch. Die haben sich im Laufe der Zeit angesammelt. Wenn ein Buch irgendwo herrenlos herumliegt, schnapp ich es mir. Damit mich die anderen nicht verspotten, habe ich erst gar nicht behauptet, dass ich die Bücher lese. Von Anfang an habe ich gesagt, dass sie nur dazu da sind, die feuchte Wand abzudichten. Und damit der Frost und die Kälte aus der Wand nicht so ungehindert in meinen Kopf wachsen können. Das passiert manchmal. Ich fühle sie, die Kälte, wie sie ganz langsam meinen Kopf umschließt und durch meine Schädeldecke kriecht. Knapp bevor sie durch ist und in mein Hirn eindringen kann, reibe ich mir ganz schnell über die Haare. Das hat noch immer geholfen. Aber die Bücher, die lese ich auch. Ich verstehe zwar nicht jedes Wort, aber das ist, glaube ich, sowieso nicht das Wichtigste. Das Wichtigste ist doch das Staunen über das Neue.

Sonst kenne ich niemanden, der liest. Außer der Lehrerin freilich, aber in die Schule gehe ich ja schon lange nicht mehr. Der Bürgermeister liest wahrscheinlich auch. Und der Herr Pfarrer. Der Wirt nicht, glaube ich. Und die anderen Bauern rundherum sicher auch nicht. Kein Wunder, dass ihnen langweilig ist, wenn sie einmal nichts zu tun haben. Dann kommen sie bei mir vorbei, meistens sind es Kurt und Franz, die Buben vom Lagler-Hof. Außer dem Huber-Bauern und seiner Frau sind sie unsere einzigen Nachbarn. Sie stiften mich gerne an, irgendeinen Blödsinn zu machen. Dafür bin ich, ehrlich gesagt, leicht zu haben. Zum Beispiel bin ich schon stundenlang im Hendlstall auf einem Querbalken gehockt, wie ein Hendl eben, und habe danach Körner vom Boden aufgepickt. Schon komisch, mir wäre es nicht eingefallen, das zu tun, es war ihre Idee, aber sie haben dann einen Grund mehr gehabt, mich Verrückter zu nennen.

Dem Lagler Kurt und dem Lagler Franz habe ich auch die Idee zu verdanken, mich in andere Menschen, Tiere und Pflanzen hineinzuversetzen. Aber auch in den Wind, den Schnee, den Blitz und den Morgentau. Viel Zeit habe ich in der Hundehütte am Lagler-Hof verbracht, mit einer Kette um den Hals. Mit den Schweinen habe ich aus den Trögen gegessen und mich mit ihnen im Schlamm gewälzt. Und ich habe so getan, als wäre ich eine Kuh und bin nächtelang auf allen vieren mit den Kühen im Stall gestanden. In einer dieser Nächte bin ich auch draufgekommen, dass ich die Sprache der Tiere verstehe.

Ich bin nicht ganz sicher, wie ich das mache, mit den Tieren zu reden. Es ist eine Mischung aus Gespür, In-die-

Augen-Schauen und Sprache. So entsteht ein schönes Gefühl. Ich habe es auch mit Pflanzen probiert. Aber so sehr ich mich anstrenge und konzentriere, Pflanzen sagen mir nichts. Ich habe es mit allem versucht, mit Bäumen, mit Hafer, Gerste, Roggen, Erdäpfeln, Klee, mit Dutzenden Blumen und Kräutern. Aber nichts. Einmal habe ich schon geglaubt, es funktioniert. Ich bin in einem Kukuruzfeld gesessen und habe auf einmal Gedankenfetzen aufgefangen. Komisch, habe ich mir gedacht, der Kukuruz hat Schmerzen. Bis ich bemerkt habe, dass das Gefühl nicht vom Kukuruz gekommen ist, sondern von einem Feldhasen. Wir haben einander nicht bemerkt. Als es dann doch passiert ist, sind wir beide erschrocken. Er ist rasch davon. Sein linker Hinterlauf ist wie abgestorben an seinem Körper gebaumelt.

Als ich mich zwei, drei Jahre später mit manchen Tieren schon recht ordentlich habe unterhalten können – ganz besonders gut geht es mit Hunden, Schweinen, Krähen und Raben –, da habe ich den Fehler gemacht, es zu erzählen. Freilich war ich wieder der Idiot. Die Leute im Wirtshaus haben sich auf die Schenkel geklopft und gegrölt: »Der Jakob, der hört das Gras wachsen!« Das würde mir gefallen, aber es stimmt leider nicht. Sie haben gejohlt: »Dass der Jakob weiße Mäuse sieht, wissen wir ja, aber jetzt ist er schon so übergeschnappt, dass er auch noch mit ihnen redet!« Ja, das stimmt.

Ehrlicherweise muss ich sagen, dass die meisten Tiere einen ziemlich einfachen Geist haben. Die meiste Zeit denken sie nur ans Fressen, Saufen, Schlafen und an körperliche Liebe. Und übers Wetter machen sie sich auch so ihre Gedanken. Was meinst du? Ja, da hast du wahrscheinlich recht. Die meisten Menschen beschäftigen sich auch nicht mit viel mehr.

3.

Der Seifritz-Bauer machte ein griesgrämiges Gesicht. Das tat er schon eine ganze Weile. Er fand, seine Familie sollte ruhig merken, wie groß die Verantwortung war, die er für sie trug.

»Ich frag mich, wo das Zigeunerpack heuer bleibt«, beendete er schließlich das Schweigen, und so wussten alle, womit sich sein Kopf die letzte Stunde beschäftigt hatte. Weil niemand reagierte, besah der Bauer die Glut im Pfeifenkopf und meinte dann: »Lästig wie die Wanzen sind sie, die Zigeuner, aber wenn man sie braucht, kommen sie nicht.«

»Wirst ihnen zu wenig gegeben haben, letztes Jahr«, sagte die Bäuerin, ohne die bedächtige Arbeit zu unterbrechen, in die sie schon eine kleine Ewigkeit versunken war. Mit glasig verlorenem Blick rührte sie im Butterfass.

»Blödsinn«, reagierte der Bauer schroff. »Außerdem hat dich niemand um deine Meinung gefragt«, schnauzte er seine Frau an und spuckte eine Ladung Tabaksaft, die sich säuerlich in seinem Mund angesammelt hatte, in die Ecke. Klatschend landete der Schwall auf dem Boden, zog, weil mit Nachdruck ausgeworfen, eine Schleimspur beinahe bis zur Mauer und hinterließ einen bräunlich glitschigen Extrakt, der alsbald begann, in die Maserung des Holzbodens einzudringen.

»Nicht in den Herrgottswinkel!«, schrie die Großmutter. Heiliger Zorn durchzuckte ihr Gesicht.

»Ja, ist schon recht«, zischte der Bauer. Immer waren alle gegen ihn. Alle wussten ihm was zu sagen. Aber der Alte, ausgerechnet der Alte, brachte den Mund nicht auf.

Sicher, er hätte ihn auch direkt fragen können, wann er denn nun glaube, dass die Zigeuner auftauchten, um wie jedes Jahr beim Dreschen und den anderen Winterarbeiten zu helfen. Aber den Alten darauf anzusprechen, das ging nicht, ärgerte sich der Seifritz-Bauer. Schließlich war er der Herr im Haus, und nicht der kranke Greis.

»Sie kommen noch diese Woche«, sagte der Großvater leise und brachte seinen schmächtigen Körper mit vorsichtigen Bewegungen in eine bequemere Position. Mehr sagte er nicht, denn auch er hatte seinen Stolz.

Die Bäuerin linste zu ihrem Mann. Der entließ seinen gewölbten Wangen einen dicken Schwall Pfeifenrauch und tat, als hätte er keinerlei Interesse an einer weiteren Erklärung des Großvaters. Seine Frau seufzte, schüttelte müde den Kopf und sagte: »Also, wieso kommen die Zigeuner noch diese Woche?«

Im aschgrauen, faltigen Gesicht des Großvaters zeigte sich eine kleine, triumphierende Freude.

»Sie kommen noch diese Woche«, begann er und machte eine Pause, um die Spannung zu erhöhen, »weil das Kraut am Rübenacker gestern zum ersten Mal mit einer Eisschicht überzogen war. Sie kommen, weil sie bemerkt haben, dass der Atem ihrer Pferde mit jedem Tag feuchter wird.«

»Sie kommen«, fuhr ihm der Bauer ins Wort, um keinen Zweifel an seiner Autorität aufkommen zu lassen, »weil es bisher zu warm war für die Jahreszeit, ihnen aber jetzt der Arsch friert in ihrem Planwagen.«

Als am nächsten Tag um die Mittagszeit die ersten Sonnenstrahlen durch den zähen Nebel drangen, waren die Bauern ringsum damit beschäftigt, Erdäpfel aus dem feuchten Boden zu klauben. Die beiden Felder des Seifritz-Bauern lagen zwischen dem Feld des Huber-Bauern und den drei Feldern des Lagler-Hofs. Wenn sich die Bauersleute aus ihrer gebückten Haltung aufrichteten, um hin und wieder ihr Kreuz durchzustrecken, beobachteten sie verstohlen die anderen Familien, maßen mit ihrem Blick, wie weit sie mit der Ernte waren, und versuchten in ihren Gesichtern abzulesen, ob sie ebenso erschöpft waren und ob ihre Glieder ebenso schmerzten.

Besonders schwer hatten es die Bauersleute vom Huber-Hof. Sie waren kinderlos, und so mussten sie zu zweit all die anfallende Arbeit erledigen. Würde einer der beiden einmal ernsthaft und für längere Zeit krank, käme es zu einem schlimmen Ende mit ihnen und ihrem Gehöft. Niemand sprach offen darüber, aber alle in der Gegend wussten das und auch, was dann geschehen würde. Der Seifritz-Bauer wartete doch längst darauf, den Huber-Hof zu übernehmen. Nur er kam dafür in Frage, denn am Lagler-Hof hatten seit dem tödlichen Unfall des Bauern die Söhne Kurt und Franz das Sagen. Und die wollten nichts wissen von der Landwirtschaft, warteten nur noch auf den Tod des Großvaters. Der war seit zwei Jahren bettlägerig, und lange würde es nicht mehr dauern, bis er das Zeitliche segnete. Dann würde die Lagler-Buben nichts mehr halten, dann würden sie den Hof und den ganzen dazugehörigen Krempel verkaufen und mit dem Erlös in die Stadt gehen und dort ihr Glück versuchen.

Die Lagler-Buben Kurt und Franz, deren Feld am nächsten zur Landstraße lag, waren es auch, die den von zwei Rössern gezogenen Planwagen zuerst bemerkten.

»Die Zigeuner!«, rief Franz, der Jüngere der beiden.

Jakob blickte auf, da bog der Planwagen von der Landstraße in den Güterweg ein.

»Die Zigeuner sind da!«, rief nun auch Silvia. Und dann hielt es keinen mehr.

Hauen fielen zu Boden, und grobe Stiefel hinterließen tiefe Abdrücke in weicher, aufgeworfener Erde. Manche rannten quer über den Acker, manche taten nur ausladende Schritte, je nachdem, ob sie sich ihre Freude anmerken lassen wollten oder nicht. Die Zigeuner würden nicht nur nützlichen Krimskrams von ihrer Reise mitgebracht haben, Zwirn, Kämme, Knöpfe, Hosenträger, exotische Gewürze und allerlei klebrige Süßigkeiten, sie würden auch die unglaublichsten Geschichten mit im Gepäck führen und magische Karten, mit denen sich die Zukunft deuten ließ. Ja, die Fahrenden würden ihnen in der herannahenden Winterszeit die bunteste Abwechslung zu Füßen legen. Alle freuten sich auf sie.

»Sperrt die Hühner weg und bringt alles in Sicherheit, was nicht niet- und nagelfest ist«, krächzte die Seifritz-Großmutter. Den anderen hinterher krächzte sie es, aber mehr aus Gewohnheit, mehr als jährlich wiederkehrendes Begrüßungsritual denn als ernst gemeinte Warnung. Die Fahrenden würden den ganzen Winter bei ihnen verbringen, ihren Wagen samt Rössern im großen Stadel unterstellen und erst wieder abziehen, wenn die Sonne im Frühling eine höhere Bahn zog. Zumindest bis dahin, das wusste die Großmutter, würden sie nichts anrühren. Nichts, was nicht das Ihre war. Denn blöd sind sie ja nicht, die Zigeuner, dachte die Großmutter, und dabei mischte sich ein eigentümlicher Respekt in ihre Gedanken, eine zumeist unterdrückte Anerkennung, die sie rasch wieder zu verscheuchen suchte, indem sie Silvia, die im vollen Lauf schon beinahe den Planwagen erreicht hatte, nachschrie, sie solle sich nur ja vor den Zigeunerbuben in Acht nehmen, den dreckigen. Aber auch diese Warnung blieb ungehört. Die Großmutter hatte nicht allzu viel Kraft in ihre Stimme gelegt.

Wenig später tauchten aus allen Himmelsrichtungen Menschen auf. Sie schritten über die Felder und die Wiesen, eilten den Weg entlang, kamen vom nahen Dorf, bogen in Gruppen von der Landstraße herein. Wie aus heiterem Himmel waren sie aufgetaucht, und es dauerte nicht lange, da drängte sich eine dicke Traube schwatzender und ungeniert mit den Fingern zeigender Menschen um den Wagen der Fahrenden. Niemand hatte sie alarmiert oder herbeigerufen. Aber in Legg war es nun einmal so, dass es nicht einmal eine fremde Katze geschafft hätte, sich unbemerkt dem Dorf zu nähern.

Und so gaffte Jung und Alt in den mittlerweile von seiner Plane befreiten Wagen und bestaunte all die unbekannten, teils funkelnden, teils fremdländisch anmutenden Wunderdinge, die von der vielköpfigen Zigeunerfamilie präsentiert wurden. Abseits hielten sich anfangs nur der Bürgermeister und der Pfarrer. Schließlich galt es, den anderen ihre Würde vor Augen zu führen. Doch bald wurden auch ihre Hälse länger. Schritt für Schritt, die sie glaubten voreinander geheim halten zu können, näherten sie sich dem Wagen. Immer mühevoller wurde ihnen die Kontrolle über ihren angestrengt erhabenen Gesichtsausdruck, immer stärker zog das Treiben sie in seinen Bann, und immer bedingungsloser ließen sie sich vom Durcheinander anstecken, um schließlich und endlich gänzlich dem Zauber zu erliegen: mit selbstvergessenen Gesichtszügen, kindlich glänzenden Augen und vor Begeisterung offen stehenden Mündern.

*

Ich war noch ein Kind und muss hohes Fieber gehabt haben, als die Zigeuner vor vielen Jahren zum ersten Mal bei uns vorbeigekommen sind. Als sich Fabio über mich gebeugt hat, war ich sicher, er sei ein Geist.

Der Geist hat nach Tabak gerochen und nach frisch gestriegeltem Pferdefell. Er hat seine tellergroße Hand auf meine nasse Stirn gelegt und mir dann so fest mit der anderen auf die Brust gegriffen, dass ich hätte glauben können, er habe es auf mein Herz abgesehen. Trotzdem bin ich nicht erschrocken, habe es ganz ruhig über mich ergehen lassen. Irgendwie habe ich nämlich gefühlt, dass es ein guter Geist war. Als er mir mit seinem Handballen ein Auge zugehalten und das andere mit Zeigefinger und Daumen weit aufgezwängt hat, haben mich seine buschigen Augenbrauen beeindruckt und sein kunstvoll gezwirbelter Bart.

»Dein Sohn braucht dringend einen Arzt«, hat Fabio zu meinem Vater gesagt.

Aber der hat gemeint: »Ach wo, der wird schon wieder«, und hat eine seiner wegwerfenden Handbewegungen gemacht.

»Wenn du dir keinen Arzt leisten kannst«, hat Fabio nicht nachgegeben, »werde ich ihm helfen. Er stirbt sonst.«

»Der stirbt nicht so schnell«, hat der Vater gebrummt und verärgert dreingeschaut. »Ich kenn ihn. Unkraut vergeht nicht. Spar dir deine Zeit.«

»Keine Sorge«, hat Fabio gesagt und mich angeschaut. Dann hat er sich zu meinem Vater umgedreht. »Ich verlange nichts dafür.«

Dieser Geist ist klug, habe ich mir damals gedacht. Er ist kaum bei uns, und schon kennt er die Ängste der Menschen hier. Meine, und die meines Vaters.

»Mund auf«, hat Fabio befohlen, als er wenig später mit mir allein gewesen ist, und dann hat er mir einen Holzlöffel mit einer pelzig weichen Masse in den Mund geschoben. »Du hast Glück, Jakob«, hat er gesagt und sich scheinbar mit mir gefreut, und ich habe seine großen, gelben Zähne gesehen. »Du hast großes Glück«, hat er wiederholt und zufrieden genickt. »Die Milchblume blüht üppig und stark. Sie wird dir neues Leben schenken, deinem Gesicht Farbe einhauchen und Ruhe in dein Blut zaubern.« Ich habe die Augen geschlossen und gleich wieder geöffnet, als Zeichen, dass ich verstanden habe. Als Zeichen für mich, dass alles in Ordnung ist, hat er gelächelt. Und dann hat er sich mit einem Satz verabschiedet, von dessen Gewissheit eine so starke Kraft ausgegangen ist, dass er alleine wahrscheinlich ausgereicht hätte, mich wieder gesund werden zu lassen. Er hat seinen festen Blick auf mich gerichtet und gesagt: »Die Milchblume wird dich heilen.«

Erst später, erst als ich wieder auf den Beinen war und den Zigeunern ihren halben Wintervorrat Medizin weggegessen hatte, habe ich erfahren, was mich ins Leben zurückgeholt hat. Es war natürliches Penizillin. Fabios Frau hat es gezüchtet. Das hat sie immer gemacht vor dem Winter. Dazu hat sie am Rand eines Teiches eine Grube ausgehoben, sie mit Tonerde abgedichtet und ein kleines Loch in den Boden gestochen, damit die Grube immer frisch und feucht blieb. Dann hat sie darin Frischkäse auf Weidendarren gebettet und die Grube mit einem Holzdeckel und mit Erde verschlossen. So hat sie den Frischkäse zum Schimmeln gebracht. Oder wie Fabio gesagt hat: »So ließ sie die Milchblume erblühen.«

An dem Abend damals, als mein Fieber noch so hoch war, dass ich im Traum verworrenes Zeug dahergeredet hab, ist Fabio noch einmal zu mir in die Kammer gekommen. An seiner Hand hing, kopfüber und scheinbar leblos, unser größter und schönster Hahn. Fabio hatte die Hand fest um seine Klauen geschlossen und ihn wie einen Sack Zwiebeln hereingetragen. Ich habe gefürchtet, dass er ihn für mich kochen wollte. Ich habe gefürchtet, Vater würde das sicher überhaupt nicht gut finden.

»Der Hahn wird dich schützen«, hat Fabio gesagt, die Tür hinter sich zugezogen und das Tier, es schien nun wieder lebendig, neben das Kopfende meines Strohbetts platziert. »Der Hahn«, hat Fabio mit dem verständigen Ton eines Arztes gesagt, »der Hahn wird den Totengeistern befehlen, ins Schattenreich zurückzukehren.«

»Und zwar ohne dich«, hat er nach einer kurzen Pause ergänzt. Daraufhin hat sich unser Gockel aufgerichtet, zwei-, dreimal mit den Flügeln geschlagen und gleich darauf wieder den ihm zugewiesenen Platz eingenommen. Sein Auftritt war wie mit Fabio abgesprochen.

Ich habe noch einen weiteren Löffel Milchblume in den Mund geschoben bekommen. Dann hat sich Fabio verabschiedet und mich mit meinen Fieberphantasien allein gelassen. Und mit dem Hahn. Sein rhythmisches Scharren hat mich in meinen wirren Schlaf begleitet.

Das war der Tag, an dem ich Fabio kennengelernt habe. Fabio ist das Oberhaupt seiner Sippe. Neben seiner Frau und den Großeltern besteht seine Familie aus sieben Kindern jeden Alters. Die Großmutter findet, nebeneinandergestellt schauen sie aus wie die Orgelpfeifen.

Seit ich Fabio und die Seinen kenne, ist die Zeit von Spätherbst bis Frühlingsbeginn meine liebste Jahreszeit.

Es ist die Zeit, in der Fabio mit seiner Familie bei uns den Winter verbringt und im großen Stadel die Rösser abschirrt und den Planwagen unterstellt. Außer Silvia sind Fabio und seine Leute die Einzigen, die mich behandeln, als wäre ich normal. Vielleicht machen sie das, weil sie sich selbst wünschen, normal behandelt zu werden. Mit ihnen fühle ich mich so leicht und froh, dass ich Fabio einmal gefragt habe, ob ich nicht auch Zigeuner werden könne. Daraufhin hat er gelacht und geantwortet, dass niemand Zigeuner werden kann, der es nicht schon einmal gewesen ist. Damals habe ich seine Antwort nicht verstanden. Er hat sie in einem geheimnisvollen Ton gesprochen, und seine zusammengekniffenen Augen haben mich vermuten lassen, dass er selbst nicht ganz sicher ist, was seine Antwort für mich zu bedeuten hat. Überhaupt redet Fabio immer in Geschichten. Und ich glaube, hin und wieder überrascht er sich selbst damit. Als ich ihn einmal darauf angesprochen habe, hat er mich groß angeschaut. Dann haben sich seine Backen aufgebläht, und plötzlich hat er angefangen, loszuprusten. Laut und kehlig hat er gelacht, hat sich überhaupt nicht mehr erfangen, hat sich auf die Schenkel geschlagen und seinen Bauch gehalten. Vor Lachen hat er sich sogar vor mir auf dem Boden gewälzt, wirklich, dieser erwachsene Mann hat sich vor mir auf dem Boden gewälzt. In dem Moment habe ich geglaubt, das hört nie wieder auf. Weil ich das nicht wollte, habe ich ihn mitten in seine Ausgelassenheit hinein gefragt, ob ich was Blödes gesagt hab. Da hat er sich endlich beruhigt. Er hat sich die Tränen aus den Augen gewischt, mich mit beiden Händen bei den Schultern genommen und beteuert, dass ich der Letzte sei, der sich blöd vorkommen müsse. Das Verrückte in der Welt ist, hat er gesagt, dass die Klugen immer voller Zweifel sind, die Dummen aber stets so sicher. Gelacht habe er, weil ich, der ich von allen als Idiot verspottet werde, der Erste sei, der sein Geheimnis entdeckt habe. Ja, hat er gesagt, ja, ich hätte recht, er sei manchmal wirklich selbst von seinen Antworten überrascht. Das liege daran, dass er von seinem Urgroßvater gelernt habe, auf schwierige Fragen nicht mit Ja oder Nein zu antworten, weil die Wahrheit meist eine andere Farbe habe als Weiß oder Schwarz. Und dass er sich bemühe, keine vorgefertigten Antworten zu geben. Stattdessen versuche er, auf eine Art zu antworten, die es sowohl dem, der frage, als auch ihm selbst ermögliche, Unbekanntes zu entdecken und Ungedachtes zu denken.

»Hüte dich vor allzu raschen Urteilen«, hat Fabio zu mir gesagt. »Oft sind sie, bemerkt oder nicht, Vorurteile, also versteinerte Meinungen. Sie hindern dich, unvoreingenommen dein Hirn und dein Herz zu befragen.« Als er so geredet hat, ist er auf einen neuen Gedanken gestoßen. »Es ist erstaunlich«, hat er gemeint, »wie viel wir nicht wissen. Aber noch erstaunlicher ist, was wir als Wissen betrachten.«

»Wenn man bescheiden ist«, habe ich mich sagen getraut, »ist man der Wahrheit wahrscheinlich näher.«

Daraufhin hat mich Fabio, glaube ich, beeindruckt angeschaut. Ein bisschen zumindest. Jedenfalls ist in unserem Gespräch eine anerkennende Pause entstanden. Das war schön.

Und ich habe aufpassen müssen, nicht allzu stolz darauf zu sein.

Ich glaube, dass Fabio mehr vom Leben weiß und kennt als das, was zwischen Erde und Himmel für jedermann zu sehen ist. Und ich bin froh, dass er mein Freund ist. Einmal hat er mich zu sich gerufen und gesagt, dass er ein

Geschenk für mich habe: Die Klaue eines Hahns. Er hat mir die Kralle gezeigt und betont, dass er sie selbst im Feuer gehärtet habe. Er hat gemeint, so wie mir der Hahn damals, als wir uns kennengelernt haben, geholfen habe, die Nacht zu überleben, so würde mir auch die Hahnenkralle gute Dienste erweisen. Die Kralle, hat mir Fabio erklärt, sei schlimmer als der Schlagring, weil sie nicht nur betäube, sondern das Fleisch aufreiße. Vor nicht allzu langer Zeit verwendeten die Zigeuner sie zum Schutz gegen Wölfe. Fabio hat mir vorgeführt, wie die Kralle in die Hand zu legen ist. Wenn die Faust fest um die Waffe geschlossen ist, ruht ihr flaches Ende sicher in der Höhlung der Handfläche. Er hat erzählt, dass die jungen Zigeuner diese Waffe im Verlauf einer rituellen Zeremonie bekämen und damit zu vollwertigen Mitgliedern der Sippe würden. Ich sei zwar kein Zigeuner, aber er wolle mir mit diesem Geschenk seine Wertschätzung zeigen. Und dass ich nun reif genug sei, weise damit umzugehen.

Ich bin sicher, meine Ohren haben geglüht damals, vor Ehrgefühl, aber noch viel mehr vor Scham. Ich habe den Kopf gesenkt. Und wahrscheinlich habe ich gestottert, als ich Fabio daran erinnert hab, dass eine Lähmung in meine Arme schießt, sobald ich Gewalt mit ansehen muss. Und dass ich mich noch kein einziges Mal verteidigt habe, ja wirklich, kein einziges Mal, aus Angst vor meiner Kraft, aus Angst, zu fest zuzuschlagen. »Es tut mir leid«, habe ich zu Fabio gesagt, »aber ich habe leider keine Verwendung für dein Geschenk.« Er hat gelächelt, und dabei haben sich die Spitzen seines gezwirbelten Barts gehoben. »Du hast tiefe Abscheu vor Gewalt«, hat er gesagt, »eine Abscheu, die ihren Ursprung in deinem Inneren, in deiner Vergangenheit hat.« Deshalb, hat er gemeint, bekäme ich diese Krämpfe, wenn ich Gewalt sähe. Deshalb würde ich auch niemals zuschlagen. Und dennoch, hat er gemeint, dennoch werde einmal der Moment kommen, der danach verlangen würde, ein anderer zu sein, rasch ein anderer.

Nachdem er das gesagt hat, wollte er gar nicht wissen, ob ich sein Geschenk nun doch haben möchte. Bevor ich abwehren konnte, hat er mir die Hahnenkralle ganz einfach in die Hand gelegt. Ich war überrascht. Es war ein gutes Gefühl. Ich habe sie mit meinen Fingern umschlossen.

4.

Am frühen Morgen des Allerheiligentages fand Jakob im Stall des Huber-Bauern die tote Kuh. Sie musste verblutet sein oder an inneren Verletzungen gestorben. Aus ihrem Geschlecht ragte ein hölzerner Besen.

Breitbeinig stand Jakob vor dem Tier. Der Hals der Kuh war tief eingeschnürt, vom Seil, mit dem sie am Kobel festgezurrt war. Auch einer ihrer Hinterläufe war an den Balken gebunden. Jakob zitterte, flach ging sein Atem.

»Wer war das?«, fragte er halblaut, wie mit sich selbst redend. Die anderen Tiere standen da, als sei nichts geschehen. Manche waren völlig reglos, andere stiegen im Stehen von einem Bein aufs andere.

Jakob sah auf. »Wer war das?«, schrie er plötzlich, »sagt mir, wer das war!«

Die Kühe wandten ihre Köpfe ab, manche blickten zu Boden.

Da bemerkte er, dass auch die nächststehende Kuh blutete. Ein leises Bächlein rann aus ihr, verteilte sich an der Innenseite ihrer Hinterläufe, versickerte in ihrem Fell. Und zwischen den Beinen war sie schlimm geschwollen.

Jetzt erst begriff der Bursche. Tränen schossen ihm in die Augen. Und mit einem Ruck wurde er hart wie Stein. Der Krampf zwang seine Arme in die Höhe, dicht vor sein Gesicht. Finger, Hände und Unterarme spannten sich unkontrolliert nach innen. Eine willenlose Marionette war Jakob jetzt, und aus der Ferne riss jemand ungestüm an den Schnüren. Gefangen war er, in seinem hart gewordenen Körper.

Etwa eine Stunde später fand er sich am Küchentisch des Huber-Bauern wieder. Ihm gegenüber saßen der Bauer und seine Frau. Vor ihm stand ein dickwandiges Glas mit Milch. Jakob konnte seine Arme wieder bewegen. Seine Hände ruhten auf den Oberschenkeln.

In der Stube war es still. Als Jakob seinen Kopf hob, sah er, dass sich die Lippen des Huber-Bauern bewegten.

»Sag mir, ob du es warst«, wiederholte der Bauer. Dann entstand eine Pause. Jakob war, als würde die Luft flimmern im Raum.

»Nein«, antwortete er, als sein Gehirn die Frage verarbeitet und verstanden hatte. »Nein, ich war es nicht.«

Müde sah der Bauer den Burschen an. »Gut, ich glaube dir.«

»Darfst die Milch da trinken«, sagte die Bäuerin.

Jakob nickte. Schluckweise trank er von der zimmerwarmen, fetten Milch. Sie war von der Lieblingskuh des Huber-Bauern, von Liesl. Der Bauer selbst hatte am Vorabend Hand an sie gelegt, sie gemolken, ein letztes Mal.

»Wir haben überhaupt nichts gehört«, rätselte die Bäuerin und wog den Kopf. »Die Viecher müssen doch geschrien haben vor Schmerzen.«

»Die meisten Tiere leiden still«, sagte Jakob leise.

Nach ihm waren es die Fahrenden, die verdächtigt wurden. Fabio, ihr Familienoberhaupt, hörte sich die Anschuldigungen ruhig an. Dann erbat er sich vom Huber-Bauern etwas Geduld. Er solle bitte warten, gleich werde er wieder bei ihm sein. Fabio, dessen stets stolze Haltung seinen Anzug weniger abgetragen erscheinen ließ, als er es war, und dessen elegante Bewegungen sein fortgeschrittenes Alter kaschierten, schlüpfte ins Innere des Wagens. Die umstehenden Bauern hörten ihn in der fremden Sprache der Fahrenden zu seiner Familie sprechen. Nach einer Weile sahen sie einander schulterzuckend und kopfschüttelnd an, denn der Mann redete in heftigem Ton und viel länger, als ihnen nötig schien. Niemand freilich ahnte, woran das lag. Es lag daran, dass sich der Anführer der Sippe in aller Ausführlichkeit und Leidenschaft ausließ. Über die Bauern ausließ. In für sie unverständlicher Sprache. »Schon wieder!«, rief er. »Wie im letzten Dorf. Irgendeiner von diesen Primitivlingen hat eine Kuh geschnackselt, und jetzt wollen sie es auf uns schieben. Degenerierte Inzüchtler sind das, alle miteinander. Verfluchte Bauernschädel! Gestraft sind wir, mit ihnen zu tun zu haben.« Keine Sekunde hingegen gab sich der Fahrende damit ab, seine Söhne zu befragen, ob einer von ihnen der Kuhschänder gewesen sei.

Vor dem Planwagen warteten indes die Huber-Bauersleute sowie der Seifritz-Bauer, seine Frau und dessen Söhne Hans, Fritz und Jakob. Endlich verstummte Fabios Rede. Die Bauersleute hatten kein Wort von dem verstanden, was im Wohnwagen palavert worden war. Mit feierlicher Miene klappte Fabio die Plane zurück. So elegant und vornehm das Familienoberhaupt den Wagen bestiegen hatte, so elegant und vornehm stieg er nun wieder herab. Er ging auf den Huber-Bauern zu, stellte sich ihm gegenüber. »Huber-Bauer«, begann er. »Wir kennen uns nun schon viele Winter. Ich und meine Familie schätzen dich sehr. Lass mich dir versichern, wir ahnen den Schmerz, der dir angetan wurde, und die Wut, die in dir ist. Aber niemand von meiner Familie ist schuld an deinem Leid, darauf gebe ich dir mein Wort.«

»War ja nicht anders zu erwarten«, sagte die Huber-Bäuerin abfällig und wandte sich zum Gehen.

»Als Zeichen unseres Mitgefühls laden wir euch heute

Abend zu Essen und Wein«, fuhr der Fahrende fort. »Und wenn ihr wollt, wird euch meine Mutter die Karten legen. Vielleicht wissen ja sie, wer es gewesen ist.«

»Die haben Dreck am Stecken«, sagte der Seifritz-Bauer zum Huber-Bauern, nachdem sie den Stadel verlassen hatten. »Warum würden sie dich sonst zum Essen einladen, die haben doch ein schlechtes Gewissen.«

»Nicht jeder ist schlecht, der Gutes tut«, hörte sich Jakob sagen. Gleich darauf spürte er den Handrücken des Seifritz-Bauern brennend über sein Gesicht fahren.

»Außerdem kannst du dir sicher sein, dass sie uns heut noch ein Hendl stehlen«, stichelte der Seifritz-Bauer, ohne weiter auf Jakob zu achten. »Woher sollen sie sonst so viel Essen hernehmen, dass sie uns alle einladen können?«

»Ich glaub«, reagierte der Huber-Bauer und sah im Davongehen weiter zu Boden, »sie haben eh nur mich und meine Frau eingeladen.«

Am Abend hockte Fabios Sippe gemeinsam mit den Huber-Bauern, der vollzähligen Familie des Seifritz-Bauern, den Lagler-Buben Kurt und Franz, dem Bürgermeister sowie dem Pfarrer auf Strohballen gedrängt rund um das kleine Feuer, das Fabio in einem Erdloch angefacht hatte. Über den Flammen hing, mit einer Kette an einem Dreibein befestigt, ein schwerer Kessel mit Fasan-Erdäpfel-Gulasch. Dem Seifritz-Bauern schmeckte es besonders gut. Er hatte sich eigens die Nachmittagsjause gespart, um nun ordentlich zuschlagen zu können.

Außer den züngelnden Flammen des Lagerfeuers erhellten nur zwei in die Auslassungen der Steinmauer gestellte Ölfunzeln den gut sieben Meter hohen Stadel. Und so bemerkte im Halbdunkel niemand, dass Fabios Frau auch das fette und nahrhafte Fleisch von zwei Igeln in den Kessel geschnitten hatte. Es war ihr angesichts der zahlreich gewordenen Gäste notwendig erschienen.

Als sich Bauersleute und Fahrende, erwärmt von Rotwein und Gulasch, schmatzend und mit der Zunge schnalzend die letzten Speisereste aus den Zähnen saugten, erkundigte sich das Oberhaupt der Fahrenden, ob seine Mutter nun die Karten befragen solle. Der Huber-Bauer sah zu seiner Frau. Und nickte.

Fabios Mutter Mara war eine stämmige, kleine Frau. Von der ganzen Sippe schien sie am besten genährt. Ihre runden Wangen glänzten im Schein des Feuers, und wären nicht ihre langen, schlohweißen Haare gewesen, man hätte glauben mögen, sie sei nicht viel älter als ihr Sohn.

Mara wartete, bis alle Blicke auf sie gerichtet waren. Und dann wartete sie noch ein bisschen länger. Dabei blickte sie bedeutungsvoll ins Feuer. Die Bauersleute begannen auf den Strohballen herumzuwetzen, atmeten betont schwer und räusperten sich mehrere Male, da hob die Alte wortlos die linke Hand aus ihrem Schoß, streckte sie mit einem Ruck empor und ließ sie so für einen Moment im Stadel schweben. Alle Augenpaare waren auf sie gerichtet. Langsam, sehr langsam senkte sich ihre Hand und ihre fleischigen Finger glitten entlang ihres üppigen Busens unter ihren schweren, schwarzen Wollumhang. Als ihre Hand wieder zum Vorschein kam, hielt sie einen beinahe kreisrunden Fächer Spielkarten zwischen den Fingern. Für die Zuseher musste es scheinen, als trüge sie die Karten stets in dieser aufgefächerten Form unter ihrem Gewand. Überraschend geschickt ließ sie die Karten zwischen ihren dicken Fingern zu einem Paket zusammengleiten, um sie gleich darauf, wie von selbst, wieder fächerförmig auseinanderlaufen zu lassen. Hin und her. Vor und zurück. Hin und her. Bevor das langweilig werden konnte, schrie sie laut auf. »Souu!« Die Bauersleute, die jungen nicht minder als die alten, zuckten erschrocken zurück. »Nun sag mir«, sprach Mara mit kehliger Stimme und fixierte den Huber-Bauern mit stechendem Blick, »sag mir, wie die Kuh hieß, die gestern Nacht getötet wurde.«

»Liesl«, sagte der Huber-Bauer, wobei ihm beinahe die Stimme versagte.

»Liesl«, wiederholte er, weil er fürchtete, nicht verstanden worden zu sein.

Mara schloss die Augen. Dann ließ sie sich von ihrem Strohballen nach vor auf die Knie fallen und senkte den Kopf zur Brust. Kein Laut war jetzt im Stadel zu hören. Jakob glaubte, die Stille als ein Knacken in seinem Hinterkopf spüren zu können. Niemand wagte es, auch nur laut auszuatmen, alle saßen regungslos auf ihren Plätzen. Fabios Mutter bewegte sich nicht. Ihr weißes Haar schimmerte im Schein des Feuers.

»Liiihhhhhhhhhhsl«, stöhnte da die Alte und ließ ihre raue Stimme vibrieren. Sie setzte den Stapel Karten mit den Symbolen nach unten auf den staubigen Boden. »Liiihhhhhhhhhsl«, beschwor sie erneut den Geist des Tieres. Den anderen stieg Gänsehaut über Arme, Schultern, Nacken. Mit flacher Hand drückte Mara auf den Kartenstapel und begann, ihn auf dem Boden zu verteilen. Als ob sie in einem Kessel rührte, formte ihr Arm immer größere kreisende Bewegungen. Weiter und weiter.

»Liiiiisl!«, schrie sie plötzlich gellend auf. Wieder zuckten die Menschen rund um sie zurück. Da griff Mara nach einer Karte, hob sie nahe an ihr Gesicht, schlug die Augen zufrieden nieder und legte sie vor sich auf den Boden. Im Schein des Feuers war die Herz neun zu erkennen.

Die Alte sah auf, atmete tief durch, und dann sagte sie zum Huber-Bauern: »Du musst nicht weit gehen, nicht weit, um den Täter zu finden, nicht weit.«

Daraufhin wiederholte sie das Schauspiel, rührte die Karten, beschwor durch Namensrufung die Hilfe der toten Kuh und wählte schließlich nach einem ohrenbetäubenden »Liiiiisl!« eine der Karten, zog sie dicht an ihre Augen und – blieb stumm.

Die anderen bemerkten, dass die Karte in ihrer bisher so sicheren Hand zu zittern begann.

»Die Karte gibt keine genaue Auskunft«, sagte sie, plötzlich schlicht und ohne jede Dramatik. Das Schicksal lasse sich nun einmal nicht gern über die Schulter schauen. Und sie könne dem Huber-Bauern nur das sagen, was sie ihm bereits gesagt habe, nämlich dass er nicht weit gehen müsse, um den Täter zu finden, nicht weit. Dann schmiss Mara die Karte ins Feuer. Mit der Symbolseite nach unten glitt sie in die Glut.

✻

Im November hat der starke Nordwind für eisige Kälte gesorgt. Beim Kirchgang haben die Männer ihre Hüte am Kopf festhalten müssen. Sonst hätten die Sturmböen sie geholt und über die krustig gefrorenen Felder gewirbelt.

Der Huber-Bauer war so in Gedanken, dass er seinen Hut auch noch festgehalten hat, als er schon in die Kirche eingetreten ist. Und der Pfarrer, der wie immer beim Eingang gestanden ist, um die Leute zu mustern, hat sich teuflisch aufgeregt darüber. »Nimm gefälligst den Hut ab, wenn ich dir den Segen gebe«, hat er gezischt. Der Huber-Bauer ist zusammengezuckt. Seine Unhöflichkeit hat er gar nicht bemerkt. Weil der Pfarrer aber in dem Ton mit ihm geredet hat, hat er den Hut erst recht aufbehalten, kurz nachgedacht und dann gebellt: »Wenn dein depperter Segen nicht einmal durch den Hut geht, ist er sowieso nix wert.«

Ich habe das gut gefunden vom Huber-Bauern. Er war nicht so scheinheilig wie alle anderen. Aus Trotz hat er als Einziger in der Kirche seinen Hut aufbehalten, die ganze Messe über. Alle rundherum haben ihn deswegen mit ihren Blicken durchbohrt. Und seine Frau hat ihm immer wieder was zugewispert und ihn in die Rippen gestoßen. Aber er hat durchgehalten. Obwohl seine Ohren unter der Krempe feuerrot geleuchtet haben.

Der Pfarrer hat die ganze Messe lang über sein Lieblingsthema geredet. Die Sünde. Er hat Dutzende Stellen in der Bibel gefunden, die über die Sünde Auskunft geben, und am Schluss hat er von der toten Kuh im Stall des Huber-Bauern zu reden begonnen. Schwere Sünde sei begangen worden, hat er geschimpft, denn die Unzucht mit Tieren sei streng, streng verboten, und das Zu-Tode-Quälen, auch von tierischem Leben, nicht recht. Obgleich, hat der Pfarrer gesagt, obgleich auch die Kuh Sünde auf sich geladen haben müsse, denn sonst hätte der Herrgott sie nicht derart streng bestraft. »Oh ja!«, rief der Pfarrer und dabei hat er seinen Zeigefinger in die kalte Kirchenluft gestoßen, »Gottes Strafe kann furchtbar sein!« Und wir alle sollten uns nur ja hüten vor bösen Gedanken, Worten und Taten. »Amen.«

Ich habe überlegt, welche bösen Gedanken die Kuh gehabt haben könnte, Worte und Taten sind bei Liesl ja nicht in Frage gekommen. Schließlich habe ich nicht anders können, als zu finden, dass Gott ziemlich kleinlich sein muss, wenn er so streng ist. Gleich darauf habe ich ein furchtbar schlechtes Gewissen bekommen wegen meiner Gedanken. Genau solche gotteslästerlichen Ideen wird der Pfarrer gemeint haben, ist mir eingeschossen, und ich habe versucht, sie zu verscheuchen. Aber es ist nicht gegangen.

Die Strafe Gottes hat nicht lange auf sich warten lassen. Beim Nachhausegehen haben mich die Lagler-Buben Kurt und Franz in die Zange genommen. Sie haben ihre Arme um meine Schultern gelegt, ganz so, als seien wir Freunde. Aber ich und sie und alle rundherum haben gewusst, dass wir keine Freunde waren. Trotzdem, bis auf Silvia war meine Lage allen völlig gleichgültig. Und Silvia ist vom Seifritz-Bauern rasch am Oberarm genommen worden, als sie sich mit besorgtem Gesicht nach mir umgedreht hat. Kurt und Franz haben mich mit immer langsamerem Schritt geführt, und als alle anderen außer Reichweite waren, sind sie mit mir in einen schmalen Waldweg eingebogen und haben mich gegen einen Baumstamm gedrückt. Das alles hat mich nicht überrascht, ich habe auch keine Angst gehabt. Ich habe geglaubt, dass sie mir einfach wieder einmal eine Abreibung verpassen wollen, und mich darauf gefasst gemacht. Bis Kurt, der Ältere und Gröbere der beiden, zu mir gesagt hat, dass sie alles wüssten. Dass sie mit angesehen hätten, was ich gemacht hätte. Dass ich es gewesen sei, ja ich, der es mit der Kuh getrieben hätte. Dass ich es gewesen sei, der ihr danach den Besenstiel in den Unterleib gerammt hätte. »Perverse Sau!«, hat Kurt geschrien und mir ins Gesicht gespuckt.

Ich habe auf einen gestreckten Faustschlag gewartet, auf beißende Ohrfeigen, harte Fußtritte, ich habe endlich ordentlich verprügelt werden wollen, erlöst von meinen Gedanken, aber nichts ist passiert. Vielleicht haben Kurt und Franz gewusst, dass sie mir einen schlimmeren Schmerz nicht mehr hätten zufügen können. Um mich hat sich alles gedreht. Ich habe versucht, zu überlegen, habe versucht, herauszufinden, ob es stimmen konnte, was die beiden da behaupteten. Ich bin es gewesen, der den Kühen das angetan hat? Das Herz in meiner Brust hat so laut gepumpert, dass ich überhaupt nicht mehr ordentlich habe nachdenken können. Kurt und Franz hatten mich beobachtet. Alle beide. Das weiche Moos ist mir eingefallen, in das ich schon oft meine Lust entladen hab, die flauschigen Federn der Hühner und Küken, die ich eigens gesammelt habe und in meiner Truhe versteckt hielt, faulig weiche Äpfel, in die ich schon meinen Samen ergossen hab, der Kürbis, der nass-glitschige Lehm und sogar das schöne Rheuma-Katzenfell der Großmutter. Bevor ich meine Gedanken beieinandergehabt habe und habe antworten können, hat Kurt gesagt, dass sie mich nicht verraten würden.

»Was?«, habe ich gefragt, weil für mich damit alles nur noch komplizierter geworden ist.

»Wir verraten dich nicht«, hat Kurt wiederholt, und dabei ist er mir mit seinem pockennarbigen Gesicht so nahe gekommen, dass ich geglaubt hab, seine beiden prallen Eiterpickel an der Oberlippe und am Nasenflügel schmecken zu können.

Sie würden dichthalten und mich nicht verraten, hat er gesagt, aber nur, wenn ich für sie eine gute Tat vollbrächte. Es sei etwas, das mir auf den ersten Blick vielleicht schlecht und unrecht vorkommen könnte, aber in Wirklichkeit sei es gut, sehr gut. Stimmt's, hat Kurt gesagt, und sein jüngerer Bruder Franz hat rasch genickt.

Die Lagler-Brüder wollten, dass ich für sie ihren Hof anzünde. Wenn er abgebrannt wäre, würde ihnen die Versicherung viel Geld zahlen und sie könnten in die Stadt gehen. Mich würde niemand verdächtigen. Und sogar wenn, wäre das kein Problem. Sicher nicht. Denn ich sei ja behindert, ein Schwachsinniger, und niemand, keine Menschenseele, werde mich Deppen jemals zur Rechenschaft ziehen.

Ich weiß nicht warum, aber plötzlich haben sie mich losgelassen. Ich habe mir mit dem Ärmel ihre Spucke aus dem Gesicht gewischt.

5.

In Legg dachte bald niemand mehr an die Sache mit den geschändeten Kühen. Zumindest sprach keiner mehr darüber. Irgendwie war das Thema allen unangenehm. Und das, obwohl die Leute hier wie anderswo nicht gerade heikel waren. Für gewöhnlich hatten sie teuflischen Spaß daran, scheinheilig die Nase zu rümpfen beim Besprechen und Ausweiden von Grauslichkeiten. Doch diesmal war es anders. Diesmal überstieg das Geschehene die Grenzen des Erträglichen. Der abstoßende Hergang im Kuhstall des Huber-Bauern war ihnen auf eine eigentümliche Weise peinlich, weil nicht gänzlich fremd. Deshalb waren die Menschen erleichtert, abgelenkt zu werden, anderes zum Reden zu haben. Etwas, das sie nicht betraf. Etwas, worüber sie den Kopf schütteln konnten, ohne dabei in Gedanken über sich selbst zu verfallen. Diese neue Ablenkung verdankten sie Jakob. Wie so oft.

Silvia war die Erste, die ihn sah. Ihre Lippen begannen zu zittern, als sie ihn hoch oben bemerkte. Die Angst um ihn ließ sie die dicken Schneeflocken nicht spüren, die der Wind ihr zuwehte und um sie tanzen ließ. Die Flocken landeten auf ihrem Gesicht, veränderten rasch ihre Form, schmolzen, und so sah es aus, als würde Silvia weinen. Sie hörte ihr Herz schlagen, dröhnend in ihrem Kopf, wild in ihren Ohren. Sie kniete nieder. Kniete mit gesenktem Kopf im frischen, knöcheltiefen Schnee, den die Wolken der Nacht übers Land verteilt hatten. Das Mädchen faltete die Hände und dann hörte es nicht mehr auf, um Jakobs Leben zu beten.

Er war weit oben, am Rand des Himmels. In der Krone der allerhöchsten Buche war sein Körper zu erkennen. Bis an die Spitze des Baumes war Jakob geklettert, so hoch, bis es nicht mehr weiterging, so hoch, dass er selbst nun der höchste Ast war, und sein emporgestreckter Arm der himmlischste Zweig. Den Wipfel der Buche hatte er fest zwischen die Beine genommen. Ganz oben stand er, auf den letzten dünnen Ästen. Dass sie ihn zu tragen vermochten, war erstaunlich. Jakobs linke Hand griff nach unten, zog seinen Körper gegen den Wipfel.

Baumwipfel-Jakob. Schneeflockenumkreist. Im Winterwind wogte er hin und her. Sanft und doch bedrohlich neigte er sich nach rechts. Und wieder nach links. Wie selbstverständlich malte der Wind mit seinem Körper eine elliptische Bahn in die kalte Morgenluft.

Er hatte die Angst spüren können, als er so weit geklettert war wie noch nie. Doch die Neugier war stärker gewesen. Jakob wollte wissen, wie es ist, im Himmel zu sein. Wollte den Schneeflocken entgegenstreben und war gespannt, ob die Kristalle noch reiner sein würden, noch feiner, ganz oben, in ihrem Element, der Luft. Er wollte sich wiegen im Wind, wie es für gewöhnlich nur die Vögel und die Bäume vermögen. Und jetzt, da der Wind ihn schaukelte und er eins war mit seinen Träumen, und also schicksalsergeben, war nichts mehr da von seiner Angst.

Am Tag zuvor hatten sie begonnen, das Korn zu dreschen. Als altmodisch galt das, auch schon zu jener Zeit. Doch der Seifritz-Bauer hatte nachgerechnet und nachgerechnet und war schließlich nach langem Hin und Her und mit heißem Kopf zum Ergebnis gelangt, dass sich eine Korndreschmaschine nicht lohne – seiner groben Schätzung nach.

Zu siebent waren sie also auch diesen Winter auf dem Heuboden gestanden, im Kreis, und hatten auf die Ähren eingeschlagen: der Seifritz-Bauer, seine Söhne Hans, Fritz und Jakob sowie Fabio und dessen zwei Älteste. Abwechselnd hatten sie das Korn mit den Dreschflegeln bearbeitet. Hatten, um Takt zu halten, beim Schlagen mit den Holzstangen rhythmisch alte Bauernsprüche geleiert: »Huckt a Madl hinterm Stadl, flickt und naht und is gaunz stad.« Sieben Männer im dumpfen Chor: »Huckt a Madl hinterm Stadl, flickt und naht und is gaunz stad.« Immer und immer wieder: »Huckt a Madl hinterm Stadl, flickt und naht und is gaunz stad.«

Die hohe Kunst des Dreschens verlangte Anfängern einiges ab. Hielt man etwa die Drischel aus Respekt zu fest, konnte man sich leicht verletzen. Wurde die Stange aber ungeübt zu locker gehalten, machte sie einen Satz, und die erfahrenen Drescher hatten allen Grund zu spöttischem Gelächter. Mit dem richtigen Griff hatte Jakob längst keine Schwierigkeiten mehr. Sein Problem war ein anderes: die Träumerei. Wenn die Hölzer knatternd und polternd auf die Ähren und den Bretterboden niedergingen, geriet Jakob ob des eintönigen Rhythmus alsbald ins Schwärmen, driftete ab. Dann waren es nur noch seine Arme und seine Schultern, die sich für das Ausführen der Schläge zuständig fühlten. Losgelöst von Jakobs Geist erfüllten sie ihre Arbeit, selbständig und der gelernten Gewohnheit folgend. Der Kopf des Burschen unternahm indes abenteuerliche Ausflüge, wollte sich niemals lange allein mit der eintönigen Drescherei abfinden und galoppierte deshalb umher ohne Weg und Ziel, erklomm neue Höhen und landete letztendlich doch immer nur beim Wichtigsten überhaupt, bei Silvia. Ab da war es um Jakob freilich vollends geschehen. Fehlte es beim Dreschen aber mehr als nur einen

Augenblick an Konzentration, schlugen die Enden der Hölzer krachend aneinander, vibrierten schmerzhaft in den Händen. Dann setzte es eine Kopfnuss für den Verursacher der beißenden Unterbrechung. Also für Jakob.

Ihre Tagesarbeit, etliche Säcke gedroschenes Korn, hatten die Männer mit schmerzendem Rücken auf den Dachboden geschleppt. Drei Säcke wurden zur Seite gestellt. Der Seifritz-Bauer würde sie zur Mühle bringen und mit frischem Mehl zurückkehren. Das Stroh wiederum wurde verstaut, damit die Frauen und Kinder in den nun wieder länger werdenden Winterabenden Bänder für die nächste Ernte fertigen konnten. Zudem freuten sich an den ersten Wintertagen alle auf ein neues Bett. Nun war es nämlich an der Zeit, die alten Strohsäcke aus Leinen zu leeren, in die Scheune zu tragen und mit frischem, duftendem Stroh neu zu füllen.

Der ungewohnt starke Duft des Strohs war es auch gewesen, der Jakob an diesem Morgen noch zeitiger als sonst hatte erwachen lassen. Es würde ein wunderbarer Tag werden, das fühlte Jakob, noch bevor er die Augen aufschlug. Er genoss das lustige Vibrieren seines Herzens und wurde prompt belohnt für seine Fröhlichkeit: Als er seine Nase gegen die dünne Fensterscheibe der Kammer presste, schickte ihm der Mond Schneeflocken vor die Augen, wehte sie ihm zu, einer Einladung gleich. Da wusste Jakob, dass er sich nicht lange bitten lassen dürfe, dass es sich nicht gehöre, das Leben ungegrüßt vorbeistreichen zu lassen, wenn es doch, wie so oft, nur eines kleinen Hopsers bedurfte, um mitten hineinzuspringen.

Als Jakob seine Handflächen auf den dicken, kalten Stamm seiner Lieblingsbuche gelegt hatte, wusste er, dass er diesmal ganz hinaufklettern würde. Gleich, wie schwer es ausgerechnet heute sein würde, bei all dem frischen Schnee, den klammen Fingern und dem Wind.

Als der Seifritz-Bauer nach Jakob schrie, den Dreschflegel über dem Kopf schwingend und mit hochrotem Kopf wegen der vielen Wut, war der Bursche nicht mehr von dieser Welt. Längst war er Teil des Stammes, waren Arme und Finger Äste und Zweige geworden, auf die der Schnee sich legte. Die beißende Kälte in seinen Gliedern fühlte Jakob nicht mehr, und der Schmerz in seiner Hand, mit der er den Baum umklammert hielt, war verflogen.

»Du Hornochs!«, brüllte sich der Seifritz-Bauer die Seele aus dem Leib. »Komm sofort runter, du arbeitsscheuer Narr! Aber auf der Stelle, sonst breche ich dir alle Knochen!«

Es war nicht das Geplärre des Bauern, das Jakob herunterklettern ließ. Silvia war es. Plötzlich und auf einen Schlag hatte er ihre Gedanken gefühlt, gerade in dem Moment, als ihn der Wind in einer wunderbaren Seitwärtsdrehung nach hinten schaukeln ließ. Jakob öffnete die Augen, blickte nach unten und sah sie sofort. Sie kniete am Boden. Im Schnee. Der Anblick zerrte an seinem Herzen.

Silvia entfaltete ihre Hände erst, als Jakobs klobige Schuhe vor ihr in den Schnee traten, hob erst ihren Kopf, als sie sein schnelles Atmen und sein verlegenes Hüsteln über sich hörte. Erst als sie ihn leibhaftig vor sich hatte, stand sie auf. Und dann tat sie etwas, das sie noch nie zuvor getan hatte. Zum allerersten Mal in ihrem Leben gab sie ihm eine Ohrfeige. Eine feste. Der Bauer war so überrascht, dass er völlig vergaß, selbst Hand an Jakob zu legen. Mit offenem Mund senkte er den eben noch so bedrohlichen Dreschflegel, schluckte und sah Silvia nach, die mit energischen Schritten davonmarschierte. Ähnlich stutzige Gesichter machten Hans und Fritz, die sich um das Schauspiel einer Zurechtweisung ihres Bruders betrogen fühlten. Und auch Jakob war verwirrt. Zuerst glaubte er sich ungerecht behandelt und schmerzlich verletzt. Doch noch bevor der Abdruck von Silvias Hand auf seiner Wange an Kontur verloren hatte, bemerkte er mit einem immer breiter werdenden Grinsen, dass die Ohrfeige seiner Schwester kein so schlechtes Zeichen gewesen sein konnte.

Die sonst so weichherzige Silvia hatte aber nicht nur alle Umstehenden erstaunt. Sie selbst war von ihrem Gefühlsausbruch derart überrascht worden, dass ihr schwarz wurde vor Augen. Mit angestrengter Konzentration versuchte sie, ihren Taumel loszuwerden. Dann setzte sie einen grimmigen Blick auf und hielt ihn durch, den ganzen Weg. Als sie beim Hof angelangt war und mit wild klopfendem Herzen das Geschehene so halbwegs geordnet hatte, nahm ein beängstigender Gedanke in ihrem Kopf Gestalt an. Und als sie kurz darauf mit hochroten Backen in die Küche trat, gestand sie sich schließlich ein: Sie hatte sich verraten. Ihre Ohrfeige hatte sie verraten. Nichts hätte deutlicher zeigen können, dass sie fortan Anspruch auf Jakob erhob. Und diese Ohrfeige, die ihr passiert war, war es auch, die all ihre bisherigen Versuche, die Zuneigung zu Jakob als innigliche Schwesterliebe zu deuten, als Selbsttäuschung bloßstellte. Jedem, wusste Silvia, jedem, der Augen im Kopf hatte, jedem mit auch nur halbwegs intaktem Verstand musste nun klar sein, was los war. Spätestens jetzt waren ihre Gefühle offengelegt.

Ihre Sorgen waren völlig unbegründet. Den Geist des Vaters etwa erhellte nicht der Funke einer Ahnung. Das hatte Silvia dem Umstand zu verdanken, dass der Seifritz-

Bauer nicht gerade wendig war in seinen Gedanken. Es dauerte für gewöhnlich erstaunlich lange, bis er etwas erkannte, das es bisher nicht gegeben hatte oder hatte geben dürfen. War aber eine Idee erst einmal in seinem Hirn drinnen, bekam man sie auch schwer wieder heraus. Der Seifritz-Bauer war da kein Einzelfall. Alle Legger hielten hartnäckig an ihren Sitten fest, an ihrem Aberglauben, ihren Vorurteilen. So behielt die Welt ihre beruhigende Ordnung, war überschaubar in einem handlich engen Rahmen.

Eine Abweichung vom Gewohnten war an diesem Tag lediglich bei Jakob zu bemerken. Oder auch nicht, denn bei ihm passten verrückte Anwandlungen schließlich ins Bild. Und so dachten sich der Bauer und seine Söhne Hans und Fritz an diesem Tag nicht sonderlich viel, als Jakob beim Korndreschen von besonderen Kräften beseelt zu sein schien. Als könnte er endlos mit demselben Eifer weiterarbeiten, war es den ganzen Tag über sein Dreschflegel, der am stärksten und lautesten auf den Boden polterte. Jakob war es auch, der beim Rufen der rhythmischen Drescher-Sprüche so überschwänglich und ohrenbetäubend einsetzte, dass ihn die anderen verblüfft anstarrten. Und so waren es diesmal sie, die aus dem Takt gerieten.

*

»Wenn du nicht willst, dass dich alle für verrückt halten«, hat Silvia einmal zu mir gesagt, »dann musst du normal sein.« Daraufhin habe ich wahrscheinlich zu lange und zu laut lachen müssen, aber ich habe nicht anders können. Silvia hat es überhaupt nicht lustig gefunden. Sie hat ein bitterernstes Gesicht gemacht und gefragt, ob es mir egal sei, dauernd verspottet zu werden. Ich habe sie angeschaut, und in dem Moment habe ich so sicher wie noch nie gewusst, dass ich wirklich ein Idiot war. Ihr verzweifelter Blick hat es mir bewusst gemacht. Nie habe ich bemerkt, dass die Beleidigungen und Erniedrigungen, die an mir nur vorbeigeschwebt und abgeklatscht sind, ihr furchtbar zugesetzt haben. Und dass so ihre Gefühle für mich immer wieder durcheinandergeraten sind.

Also habe ich mich bemüht, ein erwachsenes Gesicht zu machen. Das war ziemlich schwierig, aber ich glaube, es hat funktioniert. Und dann habe ich sie gefragt, was man denn so tut, wenn man normal ist. Sie hat sofort eine Antwort gewusst. Wenn man normal ist, hat sie gesagt, klettert man zum Beispiel nicht bei Schneefall und Eiseskälte an die Spitze eines Baumes, um sich im Wind zu schaukeln. »Und was noch?«, habe ich gefragt, weil ich geglaubt habe, ihr fällt so rasch nichts mehr ein, und sie hat gesagt, dass man, wenn man normal ist, nicht versucht, Hühnereier auszubrüten. Dass man, wenn man normal ist, nicht direkt vom Euter einer Kuh saugt. Dass man, wenn man normal ist, nicht mit rasendem Anlauf vom Stadeldach springt, weil man glaubt, fliegen zu können dank des starken Windes, und als Tragflächen vier Hendln benutzt, die beim Sturz nach unten panisch mit den Flügeln schlagen und kreischen wie am Spieß, zwei in der rechten und zwei in der linken Hand. Und dass man, an dieser Stelle hat Silvia ein Pause gemacht, als zögere sie, das Beispiel, das sie im Kopf gehabt hat, auch wirklich auszusprechen, dass man, wenn man normal ist, auch nicht ausprobiert, wie es ist, aus dem Sautrog zu essen, und auch nicht tagelang wie die Rindviecher nur Stroh futtert.

Die beiden letzten Dinge, das mit dem Sautrog und das mit dem Stroh, waren mir ein bisschen peinlich. Keine Ahnung, wer ihr das erzählt hat. Gott sei Dank hat sie nichts von meinen Versuchen gewusst, zu kacken wie die Vögel, von den Bäumen herunter. Was meinst du? Nein, von der Sache mit dem Misthaufen hat sie auch nichts mitbekommen. Auf jeden Fall habe ich versucht, ein kluges Gesicht zu machen. Lach nicht! Ja, ja, ich habe wahrscheinlich komisch ausgeschaut, beim Klugdreinschauen. Aber das tun alle, die das versuchen. Auf jeden Fall habe ich ihr fest in die Augen geschaut und gesagt: »Aber Silvia, wenn ich anfange, nur noch normal zu sein, dann bin ich ja irgendwann einmal so wie alle anderen. Dann mache ich irgendwann einmal nur noch das, was ich soll, und nicht das, was ich will. Den anderen geht es jetzt schon so. Um nur ja nicht aufzufallen, haben sie ihren Willen aufgegeben. Und zwar wegen der anderen anderen. Und die wiederum wegen der anderen anderen.« Daraufhin hat Silvia gezwinkert, als sei ihr das zu kompliziert gewesen.

»Weißt du, Silvia«, habe ich gesagt, »was ich tue, halten die meisten für verrückt. Aber doch nur, weil sie es nicht verstehen. Und was ihr Gespött betrifft, Silvia: Vielleicht bin ich ja wirklich ein Narr, aber ich bin glücklich. Andere sind das nicht. Sie rackern und schuften und trösten sich damit, dass es ihnen dafür irgendwann einmal besser geht. Sie heben sich ihr Leben auf, Silvia! Und sie schaffen Dinge zur Seite für eine spätere Zeit, die für sie nie kommen wird. Sie legen Münze auf Münze und merken nicht, dass sie dadurch vergeuden, was sie haben könnten: Freiheit, Silvia! Jeden Moment in ihrem Leben fürchten sie sich davor, etwas zu verlieren. Fürchten, um etwas betrogen zu werden, sind misstrauisch, vermuten hinter jeder guten Tat einen bösen Gedanken, klammern sich an ihren guten Ruf und schimpfen über Leute, die auch glauben, einen guten Ruf zu haben. Das Wertvollste aber, das Gott uns geschenkt hat, auf das achten sie am wenigsten: auf die Liebe und die Freude in uns und die unendlichen Möglichkeiten, sie Tag für Tag aufs Neue zu erleben. Und deshalb, Silvia, genau deshalb will ich nicht so sein wie all die anderen, deshalb will ich nicht normal sein.«

Als ich fertig war, hat sich ihr Gesicht verändert. Und ich habe einen neuen Schimmer in ihren Augen gesehen. Am Anfang hat sie noch gefordert, ich solle normal sein, jetzt aber haben mir ihre Augen gesagt, dass sie froh war und erleichtert. Weil ich von der Wirkung meiner Worte beeindruckt gewesen bin und ich mir gewünscht habe, dass dieser herrliche Moment länger anhielte, habe ich noch eine meiner geborgten Klugheiten hervorgekramt. Ich habe gesagt: »Silvia, lebe das Leben, von dem du fühlst, dass es das deine ist. Nicht das der anderen. Lebe dein Leben. Das, von dem du fühlst, dass du es leben musst. Und lebe es bald, sonst ist es irgendwann zu spät.« Das habe ich zu ihr gesagt. Was ich ihr nicht gesagt hab, war, dass all die gescheiten Sprüche nicht auf meinem Mist gewachsen sind. Ich habe sie von Fabio. Du weißt ja, er ist mein Lehrer.

Silvia hat mich beeindruckt und liebevoll angeschaut. Und ich habe mir gedacht: Fabio ist ein wirklich, wirklich guter Lehrer.

6.

»Heuer wirst du zu Weihnachten das letzte Mal bei uns sein«, sagte Jakobs Vater und starrte auf die Tischplatte, als liege dort etwas. »Nächstes Jahr zu Mariä Lichtmess geb ich dich als Knecht zum Huber-Bauern. Aber du darfst weiterhin bei uns in deiner Kammer schlafen. So will's der Huber-Bauer. Er will dich über Nacht nicht am Hof haben. Deine Mahlzeiten kriegst du aber schon bei ihm. Du brauchst also nicht mehr zu uns ins Haus. Wenn du mit dem Abendbrot fertig bist, darfst du dich auch bei ihm waschen. So ist es nicht notwendig, dass du noch bei uns reinkommst. Du kannst direkt über den Hof in deine Kammer.«

In Jakobs Gesicht stand ein Ausdruck, den der Seifritz-Bauer auch nicht zu deuten gewusst hätte, wären seine Augen auf den Burschen gerichtet gewesen. Erst als der Seifritz-Bauer die Worte »hast du alles verstanden« sagte, sah er kurz auf, senkte aber gleich wieder den Blick und fingerte in der Rocktasche nach seiner Pfeife.

Jakob blickte auf seine vor der Brust verschränkten Arme. Und dachte nach: Ich habe nichts gegen den Huber-Bauern. »Gut«, sagte Jakob leise, worauf der Seifritz-Bauer zufrieden den Kopf hob und leicht wippend wieder senkte. Ich soll aber nicht bei ihm schlafen. »Gut«, sagte Jakob leise, worauf der Bauer großzügig sein Nicken wiederholte. Der Huber-Bauer will sicher deshalb nicht, dass ich bei ihm schlafe, weil ich ihn sonst beim Liebemachen mit seinen Kühen erwischen könnte. »Ist in Ordnung«, sagte Jakob, worauf der Seifritz-Bauer leicht irritiert aufsah. Das Essen aber bekomm ich künftig schon bei ihm.

»Auch recht«, sagte Jakob leise, worauf der Seifritz-Bauer erstmals seinen Blick auf Jakob beibehielt. Waschen soll ich mich auch bei ihm. »Gut«, sagte Jakob, und der Seifritz-Bauer setzte ein selbstsicheres, gelangweiltes Gesicht auf. Nach dem Waschen soll ich gleich in meine Kammer, in der Früh sofort zum Huber-Bauern, den ganzen Tag arbeiten und dann wieder in die Kammer. Das bedeutet doch, dass ich Silvia nicht mehr sehe.

»Nein!«, schrie Jakob und sah mit erschrockenen Augen auf. In die ebenso erschrockenen Augen des Seifritz-Bauern.

»Nein, das will ich nicht!«

»Was heißt, das will ich nicht!«, brüllte der Bauer, schnellte von seinem Sessel auf und beugte sich mit ausholender Armbewegung über den Tisch. An seiner Schläfe begann eine Ader dicker zu werden.

Jakob verzichtete darauf, sich zum Schutz die Hände vors Gesicht zu halten. Nun geht's um alles, dachte er. Jetzt nur das Richtige sagen, nur das Richtige.

»Aber Mutter, aber Vater«, bat er, »dann sehe ich euch ja gar nicht mehr.«

In der Stube schien die Zeit wie eingefroren. Der Arm des Bauern blieb für Sekunden in der Luft stehen. Die Mutter, die sich bei Jakobs Satz erstmals vom Herd umgewandt hatte, sah zu ihm, die Hände ins Geschirrtuch gekrallt. Die Stricknadeln der Großmutter hatten aufgehört, leise aneinanderzuklacken. Der Großvater schien bitter zu lächeln, so, als habe er alles kommen sehen.

»Du bist alt genug!«, bellte der Bauer und befreite sich damit von einem ungeahnten Gefühl, von dem er meinte, es jetzt überhaupt nicht brauchen zu können. »Mutter und ich haben es so entschieden!«, schrie er mit möglichst viel Zorn in der Stimme. »Und damit ist es so!« Dann schlug er seine flache Hand auf die Tischplatte, weil, wie so oft in seinem Leben, alles unsäglich schwierig war. Hans und Fritz hatten sicherheitshalber aufgehört, einander anzugrinsen. Silvia rannte aus der Stube. Die Großmutter krächzte eines ihrer dezentesten »Mmm«.

Am nächsten Tag war Wintersonnwende. Am Abend hockten wie immer alle in der Küche. Diesmal aber waren die Bauersleute noch maulfauler als sonst. Das lag am unguten, ja beklemmenden Gefühl, das alle befallen hatte, wegen Jakob. Es war nicht üblich, das eigene Kind vom Hof zu jagen, um es bei einem anderen Bauern in Lohnarbeit zu schicken. Ganz und gar nicht üblich. Das wusste auch Jakob. Und die anderen ahnten, dass er es wusste. Und so wartete zu Beginn dieser längsten Nacht des Jahres jeder darauf, ob die Sache noch eine Wendung nehmen würde, ob irgendjemand den Mund auftun würde. Doch in den Köpfen dieses Abends waren nur Überlegungen, die keine rechte Form finden wollten, war nur ein Durcheinander, das sich nicht in Worte gießen ließ, war nur ärgerliches Rauschen, in dem kein Gedanke auch nur irgendwo Halt zu finden schien. Beklemmend war es in der Stube, irgendwie auch viel zu warm, eng, und ausweglos. Als sich die Stille so sehr aufgeladen hatte, dass sie unmöglich mehr zu ertragen war, bewegte der Seifritz-Großvater eine Lippe von der anderen. Sieben Augenpaare fixierten ihn.

»Friert es am kürzesten Tag, wird das Korn billig.«

So groß die Enttäuschung über diese dürre Bauernregel auch war, sie verschaffte Erleichterung. Ähnlich einem Windhauch bei großer Schwüle. Anstatt des ersehnten reinigenden Gewitters.

»Das reimt sich ja nicht einmal«, bemerkte die Großmutter und formulierte nach kurzem Nachdenken:

»Friert es am kürzesten Tag im Jahr, ist es Weihnachten hell und klar.«

»Und das Korn wird billig«, sagte der Großvater.

※

Mein Vater, der Seifritz-Bauer, hat mich an den Huber-Bauern verkauft, haben die Leute gesagt. Damit haben sie gemeint, dass die vierzig Schilling Lohn, die mir als Knecht vom Huber-Bauern im Monat zugestanden sind, direkt in die Hosentaschen meines Vaters gewandert sind. Aber das war schon in Ordnung. Ich habe ja nach wie vor freies Logis gehabt am Hof.

Andere haben so getan, als würden sie noch mehr wissen: Dass mein Vater bis vor Kurzem vom Pfarrer jeden Monat zwanzig Schilling Erziehungsgeld gekriegt habe, weil ich zu den Schwererziehbaren gehörte und weil es für Eltern eine besondere Plage sei mit einem wie mir. Und dass ich zudem auch noch behindert sei, das müsse ja abgegolten werden. Die zwanzig Schilling habe mein Vater vom Pfarrer aber nur unter der Bedingung bekommen, dass ich mich ordentlich benehme und er aus mir einen braven Christenmenschen mache, haben die Leute gesagt. Ein braver Christenmensch ist, glaub ich, nicht aus mir geworden. In die Kirche gehe ich zwar manchmal, aber ich bin nicht sicher, ob der liebe Gott gehen würde, bei so einem Pfarrer. Und ich fürchte, so etwas denkt man nicht als braver Christenmensch. Aber zumindest hat mich mein Vater für die Arbeit am Feld und im Wald gut abgerichtet, finden die Leute. Da gibt's nix, sagen sie, arbeiten tue ich brav. Und das, obwohl die meisten, wenn sie mich zum ersten Mal sehen, keine großen Erwartungen in mich setzen. Zum Beispiel der Bischof, der einmal mit dem

Pfarrer bei uns vorbeigeschaut hat. Er hat mich gleich für das gehalten, was ich für alle anderen längst war, nämlich ein zurückgebliebener Depp. »Um Gotteslohn ziehen diese Eltern den Buben auf«, hat der Herr Pfarrer damals gesagt zum Herrn Bischof, und der hat mitleidig genickt und ist dann rasch wieder gegangen. Zu dieser Zeit muss es besonders schlimm mit mir gewesen sein, denn damals hätte mich mein Vater am liebsten verschenkt, sagen die Leute, aber es hat sich niemand gefunden. Und gestorben bin ich halt auch nicht, obwohl ich vom Heuschober gefallen bin, Unkrautvernichtungsmittel in mich hineingestopft habe, und einmal hatte ich sogar die schwarzen Blattern. Damals ist es angeblich so schlimm um mich gestanden, dass mir der Pfarrer schon die letzte Ölung gegeben hat. Aber der liebe Gott, erzählen die Leute, hat mich auch nicht haben wollen. Und so bin ich halt wieder gesund geworden.

Die Leute haben mich auch aufgeganselt, dass ich nur ja nicht glauben brauch, es sei Zufall, dass mich der Seifritz-Bauer gerade jetzt als Knecht zum Huber-Bauern gebe. Das tue er nur, weil ich aus dem Alter heraußen sei, bis zu dem der Pfarrer das Erziehungsgeld zugesagt hat. Die Leute haben behauptet, dass ich aus einem einzigen Grund bisher am Hof habe bleiben dürfen: weil es für meinen Vater ein gutes Geschäft war. Nämlich einen Knecht zu haben, für den er nicht nur keinen Groschen hat zahlen müssen, sondern sogar noch Geld eingestreift hat. Ich habe dem Gerede damals nicht geglaubt.

Zu Weihnachten, meinem letzten am Seifritz-Hof, bin ich sehr gut behandelt worden. Vielleicht so gut wie noch nie. Zum ersten Mal habe ich, wie die anderen auch, ein Geschenk bekommen. Ein Paar warme Socken. Und der

Christbaum war herrlich geschmückt, mit Äpfeln, Nüssen und ein paar Naschereien, und am Abend haben wir gemeinsam Weihnachtslieder gesungen, wie eine richtige Familie, und alle haben sich bemüht, gute Christenmenschen zu sein. Zum vielleicht ersten Mal haben meine Eltern versucht, lieb zu mir zu sein. Und es ist ihnen auch gelungen. Ausgerechnet jetzt. So ist mir der Abschied doch noch ziemlich schwer geworden, nicht nur wegen Silvia.

Weil es draußen so kalt war, haben am Weihnachtsabend sogar die Hendln in die Stube dürfen. Darauf hat die Großmutter bestanden, weil es immer schon so gewesen ist bei großer Kälte, hat sie gesagt, und weil die Hendln sonst nicht so schöne, große Eier legen. Den Bauern hat es geärgert, aber er hat nachgegeben. Ein paar Tage davor hat er auch schon nachgegeben. Der Greißler hat ihn mit gutem Zureden wie jedes Jahr dazu gebracht, dem Großvater Tabak zu kaufen. Griesgrämig hat er »na, dann gib halt her« gebrummt und den billigsten Tabak genommen, den er hat bekommen können. Und der Großvater hat wie jedes Jahr Hans, Fritz und mich geschickt, um für seinen Sohn ebenfalls Tabak zu kaufen, den billigsten, den wir haben kriegen können. Eigentlich blöd, habe ich mir gedacht, würden sie sich ihren Tabak selber kaufen, könnten sie welchen rauchen, den sie mögen. So aber haben sie, glaube ich, nur den Trost gehabt, dass es dem anderen auch nicht schmeckt.

Für den Seifritz-Bauern ist zu Weihnachten wahrscheinlich ein bisserl viel zusammengekommen. Nach den Hendln in der Stube und dem schlechten Tabak im Mund hat er sich auch noch darüber ärgern müssen, dass der Großvater den Nachttopf in die Küche mitgeschleppt hat – um nicht überrascht zu werden, hat der Großvater gesagt, vom Drang. Denn wenn der einmal da ist, der Drang, »uiii«, hat der Großvater gejault, dann geht's ganz schnell. Aufs Plumpsklo, das bei uns im Hof neben dem Stall steht, geht der Großvater nicht gern, schon gar nicht im Winter. Denn wenn der Wind weht, pfeift es ganz schön frisch durch das in die Holztür geschnitzte Herzerl. Und wenn ein Sturm über die Schneedecke jagt, ist es noch ungemütlicher, da kommt der Eiswind dann auch von unten. Das mag der Großvater überhaupt nicht auf seine alten Tage. Und so hat er halt immer den Nachttopf dabei.

Seine Wut darüber hat der Seifritz-Bauer nicht, wie sonst immer, an mir ausgelassen. Wahrscheinlich wegen Weihnachten. Stattdessen hat er sich bei einem unserer Schweine abreagiert. Er ist aus der Küche gestürzt, in den Hof raus, hat die Axt aus dem Hackstock gerissen, ist in den Stall und hat der Susi mit einem einzigen Hieb den Kopf gespalten. Das Blut ist damals bis an die Latten des Schweinekobels gespritzt und auch an der Decke vom Stall sieht man es heute noch kleben. Als wir die Susi gefunden haben, war die Axt noch immer in ihrem Schädel, und Rudi, unser zweites Schwein, hat das warme Blut von Susis Kopf getrunken. Oft kennen Tiere keine Grenzen, dann sind sie wie Menschen.

So leid es mir um Susi getan hat, in den nächsten Tagen hätte sie sowieso dran glauben müssen, weil wir kein Fleisch mehr gehabt haben. Und so war es eben gleich um sie geschehen. Der Seifritz-Bauer ist nach dem Totschlagen mit irgendwie gelöstem Gesicht wieder in die Stube gekommen. Grimmig ausgeschaut hat er freilich schon, mit dem vielen Schweineblut im Gesicht und den verklebten Haaren. Ganz ruhig hat er sich an den Tisch gesetzt, sich seine Pfeife wieder angezündet und gesagt: »So, jetzt könnt ihr die Sau ausnehmen.«

Die Mutter hat sich geärgert, weil sie ausgerechnet noch spät am Heiligabend die Susi hat ausnehmen müssen. Aber wenn wir gewartet hätten, wäre ihr Fleisch vielleicht schlecht geworden. Die Susi hat sicher zweihundertfünfzig Kilo gewogen, das haben wir geschätzt, weil Mutter fast fünfundzwanzig Kilo Schweinsfett hat auslassen können. Den Sauschädel habe ich im Schnee eingegraben. So haben wir ihn ein paar Wochen aufheben können. Und die Sauhaut hat die Mutter im Ort an den Greißler verkauft. Das Fleisch selbst ist von der Großmutter noch am selben Abend im Schaff eingesurt worden, damit es lange hält. Mit Pökelsalz, Kümmel, Wacholderbeeren, Knoblauch und Pfefferkörnern hat sie es eingeschlichtet. Dann hat sie das runde Brett darübergelegt und mir angeschafft, es mit der Holzschraube niederzupressen.

Wegen der vielen Arbeit sind wir am Weihnachtsabend erst sehr spät schlafen gegangen, aber die Zeit ist uns vergangen wie im Flug. Das war sicher wegen der Weihnachtslieder, die Silvia und Mutter und wir anderen bei der Arbeit gesungen haben. Auch die Großeltern waren bis zum Schluss dabei.

Obwohl der Großvater ein paar Mal am Tisch eingenickt ist, hat er darauf bestanden, bei uns zu bleiben. Vielleicht ist es sein letztes Weihnachten, hat er gemeint und beobachtet, ob wir auch traurig genug dreinschauen. Vielleicht war es ihm zu wenig, vielleicht hat er mehr Aufmerksamkeit wollen, denn gleich darauf hat er ein verzwicktes Gesicht gemacht und extra laut »uiii« geschrien. Als ich seinen Nachttopf auf dem Misthaufen ausgeleert habe, sind die Sterne am Himmel gestanden. Kristallklar. Wie frisch gewaschen und poliert. Wunderschön war das.

7.

Jakob war gespannt, ob er es schaffen würde. Er hatte den Schubkarren voll mit dampfendem Rinderdung beladen und musste ihn auf den Misthaufen fahren – über ein wippendes Brett, das an diesem Morgen leicht vereist war. Jakob entschied sich, es mit Schwung zu versuchen. Schon während des Anlaufs, noch bevor das Rad des Karrens das Brett auch nur berührt hatte, wusste er, dass seine Entscheidung keine gute gewesen war. In der Sekunde, als er ausrutschte, sah er sich bestätigt. Und als er samt der Schubkarrenladung Kuhmist in den Misthaufen klatschte und langsam darin einsank, wunderte er sich, warum er seinen Anlauf nicht abgebrochen hatte. Als Nächstes beschäftigte ihn der Gedanke, dass er, hätte er kein schlechtes Gefühl gehabt, vielleicht gar nicht ausgerutscht wäre. Allerdings, so kam ihm etwas später, als er bereits bis zu den Oberschenkeln eingesunken war, dürfte tief in ihm der Wunsch geschlummert haben, geradewegs in den Misthaufen zu rasen, andernfalls hätte er doch rechtzeitig gebremst. Somit, befand Jakob nach vielem Hin und Her, mittlerweile bis zu den Hüften im Mist steckend, somit könne er eigentlich rundum zufrieden sein. Schließlich sei exakt das passiert, was er sich insgeheim gewünscht habe.

Eine ganze Weile später, als Jakob sämtliche Überlegungen über Wunsch und Wirklichkeit, über Plan und Absicht sowie über Zufall und Vorsehung abgeschlossen hatte, bemerkte er, dass er feststeckte. Jetzt erst spürte er auch, dass sein Gesicht schmerzte. Der Winterwind biss darauf herum, tausendnadelfein.

Blöd, dachte Jakob, blöd, dass ich beim Versinken nicht meine Arme nach oben gehalten habe, dann könnte ich jetzt wenigstens mein Gesicht mit den Händen bedecken, um es vor dem eisigen Wind zu schützen. So was Blödes, dachte Jakob noch einmal. Da vorerst aber nun einmal nichts zu machen war und den Burschen jene Bewegungen, die ihm noch möglich waren, nur noch tiefer in den Mist saugten, schloss er zum Schutz die Augen und versuchte die Zeit sinnvoll zu nutzen. Mit allerlei Überlegungen.

An diesem Morgen schien der Nebel im Himmel zu schwimmen. Er war so milchig dicht, dass kein Unterschied mehr war zwischen Himmel und Schnee, und niemand hätte sagen können, wo nun der Boden endete und der Himmel begann. Der eisige Wind aus dem Norden, der nachts dazugekommen war, verblies den Nebel diesmal nicht, sondern lud ihn mit peitschend schmerzender Kälte auf, formte Eisnebel aus ihm.

Körniger Schnee biss drei Finger dick an ächzenden Zweigen. Und der Eisnebel, unnachgiebig und wild, machte mit kaltem Atem, dass das kristallene Weiß mit jedem Stoß noch üppiger wurde, noch schwerer – ein raues Kunstwerk der Natur, anfangs bezaubernd anzuschauen, doch dann, von einem Moment auf den anderen, bedrohlich, keinerlei Rücksicht nehmend auf die Gebrechlichkeit von Pflanzen, Sträuchern, Bäumen. Schwer lag das Eis auf Ästen und Zweigen, sodass sie sich neigten und in erstaunlicher Spannung den Boden berührten. Etliche brachen ab, gingen nieder, knarrend und knackend. Wald, Felder, Wege, Höfe, alles gehörte jetzt dem Winter. Er regierte mit eisiger Hand.

Anfangs glaubte der Seifritz-Bauer, Jakob habe sich versteckt, wolle ihm einen seiner dummen Streiche spielen. Er sah in der Kammer des Burschen nach, schritt durch den Stall, stach ungestüm im Stadel mit der Heugabel ins Stroh. Verärgert und vor Kälte zitternd stapfte er auch noch eine Runde ums Gehöft. Dann aber reichte es, dann war seine Geduld zu Ende. Breitbeinig stellte er sich mitten in den Hof, stemmte seine Beine in den verschneiten Boden und sein ganzer Körper vibrierte vor Wut: »Du Rindsviech! Wenn du nicht sofort rauskommst zur Arbeit, dann gnade dir Gott!« Da kam Jakob die Idee, nach Hilfe zu rufen.

Letztlich war es Fabio, der ihn mit einem Seil und einem seiner Rösser aus dem Misthaufen zog, begleitet von einem sumpfigen Geräusch, anfangs satt saugend, nämlich beim ersten Ruck, dann schlürfend, als Jakobs Brustkorb befreit war, und schließlich in haltloses Schmatzen übergehend, als der Körper des Burschen dem Schlimmsten entrissen war. Schlussendlich ein glitschig schlabberndes Finale.

»Habe ein Nachsehen mit deinem Buben«, versuchte Fabio den Seifritz-Bauern zu beruhigen, »du weißt ja, in den Raunächten ist der Himmel offen, da wirkt eine besondere Magie. Kein Wunder, dass Jakob durcheinander ist.«

»Himmel offen«, schimpfte der Seifritz-Bauer, »besondere Magie! Wenn ich mir so was geleistet hätte, als ich jung war!«

»Du wirst sehen, wenn der Dreikönigstag einmal um ist und alle zwölf Raunächte überstanden sind, wird auch Jakob wieder vernünftiger sein.«

»Wer's glaubt, wird selig!«, schrie der Seifritz-Bauer,

spürte aber, dass der schlimmste Ärger schon wieder verflogen war. Das machte ihn unrund. Denn er fand, er hatte, verdammt noch einmal, das Recht auf Ärger. Schon lange nämlich keimte tief in ihm die Ahnung, dass er Jakob Dinge durchgehen ließ, die ihm selbst, zu seiner Zeit, unmöglich gewesen wären. Er konnte nicht anders, als zu finden, dass all diese Sonderlichkeiten, die sich der Bursche herausnahm, nicht nur irgendeinem dubiosen Selbstzweck dienten, sondern vielmehr und darüber hinaus gegen ihn gerichtet waren, gegen ihn höchstpersönlich. Mit seinen Anwandlungen tanzte ihm der Rotzbub doch in einem fort auf der Nase herum!

»Es ist klug von dir, deinen Buben nicht zu bestrafen«, rief Fabio ihm nach.

Kruzifix, ärgerte sich der Seifritz-Bauer.

Obwohl er die Raunächte dem Fahrenden gegenüber als belanglos abgetan hatte, glaubte der Bauer doch fest an ihre dämonische Wirkung. So wie viele hatte er von seinen Eltern nämlich nicht nur Aussehen und Gewohnheiten geerbt, sondern auch deren Glauben und Aberglauben. Und so war er überzeugt, dass man in diesen Tagen gut daran tat, den Hof erst gar nicht zu verlassen. Draußen nämlich, da trieben sich, sobald es eindunkelte, allerlei Geisterwesen umher. Um sie zu verscheuchen und den Hof vor Verwünschungen zu bewahren, gingen die Bauern Jahr für Jahr mit glosenden Kräutern ums Gehöft und durch die Zimmer. Nur der heilige Rauch, wussten sie, hatte die Kraft, all die bösen Geister fernzuhalten.

Die Raunächte waren auch Losnächte, entschieden also über Wohl und Weh. Nicht zuletzt entschieden sie über das Los der Witterung. Anhand des Wetters in den zwölf Raunächten ließ sich für die Bauersleute das Klima des folgenden Jahres ablesen. Jeder der zwölf Tage entsprach einem der zwölf Monate. So, wie sich das Wetter am jeweiligen Tag verhielt, würde auch der entsprechende Monat ausfallen.

Aber nicht nur für die Bauern, auch für die Fahrenden waren die Losnächte von Bedeutung. Fabio etwa machte sich jedes Jahr am Tag vor der ersten Raunacht auf, um rechtzeitig vor Mitternacht beim Großen Stern zu sein, einem jahrhundertealten Kreuzweg, in dessen Mitte nicht weniger als acht Wege zusammenliefen. »Kein Kreuzweg vereint stärkere Kraftlinien als dieser«, sagte der Fahrende einmal zu Jakob. Er vermochte aus Geräuschen, die er im Zentrum des Kreuzwegs durch konzentriertes Horchen vernahm, Prophezeiungen anzustellen; Prophezeiungen, die seiner Sippe schon des Öfteren geholfen hatten, Unheil aus dem Weg zu gehen und nutzbringende Gelegenheiten wahrzunehmen.

Jakob bürstete, schrubbte und wusch sich im Hof den gröbsten Jauchedreck vom Körper. Danach nahm er ein rasches, weil eiskaltes Bad im hölzernen Schaff, kam dann in die Stube, um sich am Herd aufzuwärmen, und dachte sich nicht viel dabei, als er anmerkte, dass es in der Küche nach Kot rieche.

»Na ausgerechnet du hast es notwendig«, sagte der Großvater und kontrollierte mit möglichst beiläufigem Blick, ob der Deckel am Nachttopf festsaß.

»Ich will euch alle beide jetzt nicht in der Küche haben«, beschloss die Seifritz-Bäuerin. »Silvia und ich fangen gleich an, Brot zu backen. Da können wir zwei wie euch hier nicht brauchen.« Sie sagte es mit ehrlich empörtem Gesicht und besah dabei Jakob, dann den Großvater und dann, besonders abfällig, dessen Nachttopf.

Alle zwei, drei Wochen buk die Bäuerin frisches Brot. So lange reichte der Vorrat, wenn sie den Backofen, der acht Laibe fasste, bis in den letzten Winkel befüllt hatte. Und das tat sie stets, schließlich sollte die wertvolle Hitze des Ofens nicht vergeudet werden. Silvias Aufgabe war es, das ausgekühlte Brot in die Speisekammer zu tragen und die Laibe auf die an der Wand befestigte Brotleiter zu schlichten. Nach gut zwei Wochen war der letzte Wecken freilich schon hart, also wurde er in Milch eingebrockt oder eine Brotsuppe gekocht. Ein anderes Küchenge-heimnis der Bäuerin war, den Laib zum Aufweichen der steinharten Rinde in ein feuchtes Tuch zu wickeln. Doch gleich, ob frisch oder alt: jeder Wecken wurde vor dem Anschneiden vom Hausherrn mit drei Kreuzzeichen ver-sehen, als Geste des Danks an den Herrgott. Am Backtag selbst, wenn das Haus warm erfüllt war mit dem Geruch frischen Brots, hielt es niemanden lange draußen. Alle wollten in die Küche, um nur ja nicht den herrlichen Duft zu verpassen und die heißen Feuerflecken. Einige Klum-pen Brotteig wurden nämlich zu großen, runden Fladen ausgewalkt und nach den Laiben in den Backofen gescho-ben. Kamen die Feuerflecken heiß aus dem Ofen, wurden sie mit Schweineschmalz bestrichen und je nach Ge-schmack mit Kümmel, Graumohn oder Knoblauch be-streut.

Überall in Legg war das Brotbacken und anschließende Verdrücken der frischen Feuerflecken eine der seltenen Abwechslungen. Der Winter war eintönig, und er schaffte es Jahr für Jahr, den Eindruck zu vermitteln, als wolle er nie wieder Abschied nehmen. Während der angsteinflö-ßenden Raunächte bot das Brotbacken zudem eine Aus-rede mehr, das Haus nicht zu verlassen.

Die Furcht vor der Magie der Raunächte, die sich die

Menschen in Legg mehr oder weniger offen eingestanden, führte auch dazu, dass ausgerechnet in den zwölf Tagen zwischen dem Weihnachts- und dem Dreikönigstag alle schadhaften Wäschestücke ausgebessert, sämtliche Säcke geflickt sowie in allen Winkeln und Ritzen eifrig Staub gewischt wurde. Um nur ja nicht hinauszumüssen, wurde zudem der ausgetretene Holzboden mit der Reißbürste bearbeitet und danach gründlich und gleich mehrmals geschrubbt, wurde Wolle gesponnen, wurden Federn geschlissen und überhaupt alle Arbeiten im Haus so sorgfältig erledigt, als gäbe es dafür eine besondere Auszeichnung.

Draußen trieben sich indes gemeine Kobolde und hinterlistige Geister herum. Und mit denen war nicht zu spaßen, das wusste Jung und Alt. Schon so mancher seltsame Unfall war in den Raunächten geschehen, so mancher unerklärliche Sturz in den Tod, und nicht erst ein Baum war wie von Geisterhand ausgerechnet in dem Moment und in jene Richtung umgestürzt, dass er einen Holzfäller mit voller Wucht erschlagen hatte. Wie gefährlich es draußen zuging, bewies sich für die Bauern in Legg zuweilen auch durch den Umstand, dass der Spuk sogar im Inneren der Häuser noch Unheil anzurichten vermochte. Silvia etwa, die brave Silvia, von der alle zu Recht annehmen durften, dass sie jungfräulich und ohne Sünde sei, fiel einmal während einer Raunacht in Ohnmacht. Beim Bügeln. Platsch. Einfach so. Auf den ersten Blick lag das vielleicht am Kohlegas, dem giftigen Dampf, der entstanden war, weil das Bügeleisen am Hof noch immer mit glühenden Kohlen beheizt wurde. Zugegeben, Stubenfenster war auch keines offen gewesen. Tatsächlich aber, und »in Wirklichkeit«, wusste die Großmutter, und tat das mit einem ihrer papageiartig herausgepressten »Mmm!«

kund, in Wirklichkeit war für den Unfall eine andere Ursache ausschlaggebend. Recht lange ließ sich die Großmutter nicht um die Erklärung bitten und so wisperte sie, schmallippig sowie den Kopf beinahe unmerklich vor und zurück wippend, dass die liebe Silvia wohl irgendwelche schlechten Gedanken gehabt haben müsse, denn sonst, krächzte die Alte, ja sonst wäre sie von den Raunachtgeistern gewiss unbehelligt gelassen worden. Das Urteil der Großmutter ließ alle Augenpaare auf Silvia starren, und so glühten die Ohren des Mädchens im Nu. Womit allen Umsitzenden der Wahrheitsgehalt des großmütterlichen Urteils bestätigt schien und damit der Umstand, dass dieses zierliche, freundliche Mädchen irgendwelche dunklen Seiten haben musste. Ihnen allen konnte die liebe Silvia etwas vormachen, den Gespenstern der Raunächte aber blieb nichts verborgen in dieser Zeit, da der Himmel offen war und durchlässig für alle Gedanken, Gefühle und Erscheinungen.

»Mmm!«, krächzte die Seifritz-Großmutter ein letztes Mal in die Stille, auf dass sich jeder Silvias verborgene dunkle Seiten noch lebhafter ausmalen konnte.

Doch das war bereits zwei Winter her. An diesem Abend war nichts dergleichen geschehen und alle waren satt und zufrieden am Seifritz-Hof. Nur noch diese eine letzte Raunacht müsse überstanden werden, wurde geflüstert, dann wäre Heiligdreikönig und im ganzen Land könnten die Menschen, rechtschaffen oder nicht, wieder aufatmen.

Spät war es schon. Schlafenszeit, und im Backrohr wurden die Ziegel angewärmt. Stück für Stück in Tücher gewickelt, würden sie für wohlige Wärme sorgen unter den klammen Bettdecken der winterkalten Stuben.

»Wann fängst du denn an, Holz zu schlagen?«, fragte

der Großvater in die ofenknisternde Stille und wandte sich seinem Sohn zu.

»Nach den Raunächten, wie jedes Jahr«, antwortete der Bauer gereizt.

»Hättest ja die Zigeuner schicken können, wenn du während der Raunächte nicht in den Wald willst«, sagte der Großvater.

»Du weißt doch, dass man die nicht alleine lassen kann. Ist kein Verlass auf sie. Wer weiß, was die anrichten würden im Wald. Nicht auszudenken. Außerdem gehen die Zigeuner in den Raunächten auch nicht raus, wenn's nicht unbedingt sein muss.«

In dieser Nacht schlief der Seifritz-Bauer nicht gut. Tausend lästige Gedanken stoben ihm durch den Kopf. Es verlangte ihn auch danach, seine Frau zu besteigen, aber er scheute davor zurück, denn er hatte das bange Gefühl, ja doch wieder abgewiesen zu werden. Und weil er es satt hatte, sich im engen, knarrenden Bett hin und her zu wälzen, berührten seine gelben, etwas schmierigen und hornhäutigen Fersen den Bretterboden an diesem Dreikönigstag noch vor Morgengrauen. Innerlich fluchend roch der Bauer an seinen alten Socken, zögerte und zog sie dann doch an, schlüpfte in Hose und Holzpantoffel, glitt in sein abgetragenes Hemd, zwängte sich in den Rock, ging in den Stadel, um Holz zu hacken und Späne zum Unterzünden, und schlug sich bereits bei einem der ersten wütenden Hiebe den linken Daumen ab. Gellend schrie er auf, verbot sich dann aber jeden weiteren Laut, ärgerte sich zutiefst über sein Unglück im Allgemeinen und seine Ungeschicklichkeit im Besonderen, weinte sogar kurz, weil er verdammt, verdammt, verdammt war, ein Leben zu führen, wie er es nun eben einmal tat, und da der Daumen nur noch an einem Fetzchen Haut baumelte, nahm der Seifritz-Bauer ein Messer und schnitt den Finger gänzlich weg.

Keine Stunde später trat er in die Stube, um zu frühstücken. Seinen Daumenstumpf hatte Fabios Frau mit blutstillender Salbe versorgt und darüber einen Verband aus Stoffstreifen gebunden. Um peinlichen Fragen zuvorzukommen, setzte sich der Bauer mit den Worten: »Ist beim Holzhacken passiert.« Doch sein Vater kannte keine rasche Gnade. »Gut, dass du nicht in den Wald gegangen bist, Holz zu machen«, sagte der Alte leise. »Wenn du dir schon beim Spanhacken den Finger abschlägst, hättest du dir im Wald wahrscheinlich den ganzen Arm abgetrennt.« Und die Großmutter meinte nach kurzem Nachsinnen und in herzhaft erleichtertem Ton: »Na gottlob sind wir diesmal glimpflich durch die Raunächte gekommen.«

*

Anfangs habe ich geglaubt, nicht richtig zu verstehen. Aber er hat es ein paar Mal wiederholt. Und als ich eigens noch einmal nachgefragt habe, ob er es auch wirklich ernst meint, hat Attila klar und deutlich »Ja« gebrüllt. Attila ist unser Ochse. Weil ich gewusst habe, dass ich nicht mehr lange am Seifritz-Hof bin, weil ja mein Dienstantritt beim Huber-Bauern bevorgestanden ist, wollte ich Attila seinen Wunsch erfüllen. Als es hell geworden ist, bin ich mit ihm raus aus dem Stall. Es hat ganz leicht geschneit, große, dicke Schneeflocken. Gemeinsam sind wir in den Neuschnee gestapft, den Weg entlang, auf die Wiese, und dann sind wir stehen geblieben und haben uns noch einmal in die Augen geschaut. Attila hat den Kopf gesenkt, ich bin auf seinen Rücken gesprungen, habe mich an seine

Hörner geklammert, die Beine so fest es ging um seinen muskelbepackten Körper geschlungen, und dann hat es für Attila kein Halten mehr gegeben. Ich habe gehörige Angst bekommen, weil unser zehnjähriger Ochs losgaloppiert ist, wie vom Teufel geritten. Er ist durch den Schnee gepflügt, ganz so, als wäre er ein Rassevollblut, ist über Feldraine gesprungen, als hätte er nie etwas anderes getan als springen und rennen. Dabei ist Attila zeitlebens immer nur unser braver Ackerochs gewesen.

Erst später habe ich verstanden, warum er so ausgerastet ist. Ungefähr zwei Monate später habe ich es verstanden, als mein Vater mit dem ausgeborgten Steyr-Traktor nach Hause gekommen ist. Ich weiß nicht woher, aber Attila hat wohl geahnt, dass er bald nicht mehr gebraucht wird und dass ihn der Seifritz-Bauer demnächst verkaufen wird.

Ehrlich gesagt, ich habe gefürchtet, Attila würde uns beide um Kopf und Kragen rennen. Sein Fell war schweißnass, und ich habe geglaubt, sein Herz rasen zu hören. Ich habe ihn gebeten, stehen zu bleiben, habe ihn angefleht und ihm ins Ohr geschrien. Aber Attila hat nicht hören wollen. Er hat überhaupt kein Maß mehr gekannt. Stehen geblieben ist er erst, als ihm Fabio in den Weg getreten ist. Keine Ahnung, wie Fabio es geschafft hat, unseren Teufelsritt zu stoppen. Attila hat geschnauft wie eine Dampflokomotive und gebebt, als würden seine Muskeln bersten.

Fabio hat mir geholfen, Attila zurück in den Stall zu führen. Er hat es widerstandslos mit sich geschehen lassen. Bevor wir den Hof erreicht haben, hat Attila kurz haltgemacht, und dann hat er mich mit einem stolzen, dankbaren Blick angeschaut. Da erst habe ich verstanden: Er hat mich nicht nur gebraucht, ihn freizulassen für seinen verrückten Galopp, sondern auch als Zeugen. Als Zeugen seiner immer noch unbändigen Kraft.

Niemand außer Fabio hat etwas von unserem wilden Ausflug mitbekommen. Nur der Huber-Bauer, der auf seinem verschneiten Feld die tiefen Abdrücke bemerkt hat, hat mir am Nachmittag erzählt, dass er Spuren im Schnee gesehen hat. Die seien ungestüm gewesen wie von einem Araberhengst und hätten eine Form gehabt, also wirklich, nein wirklich ungeheuerlich, als sei der Teufel vorbeigeritten. Hier seien sie gewesen, genau hier, hat er geschworen. Zeigen konnte mir der Huber-Bauer die Spuren nicht. Denn der Schnee hatte bereits eine Decke gestrickt, und der aufkommende Wind hat sie behutsam über Attilas Spuren gezogen.

Als ich halbwegs verschnauft habe, bin ich zu Fabio gegangen und habe ihm für seine Hilfe gedankt. Weißt du, was er mir geantwortet hat? Er hat gesagt: »Ich habe zu danken.« Und als ich wissen wollte, wieso, hat er mir erklärt, dass ich es ihm ermöglicht hätte, schon so früh am Morgen eine gute Tat zu vollbringen. Ich habe ihm gesagt, dass ich seine Einstellung sehr anständig fände. Aber Fabio hat nur gelacht und gesagt: »So besonders anständig ist das gar nicht. Weißt du, jede gute Tat wird belohnt. Und je mehr Gutes man der Welt gibt, desto mehr Gutes gibt sie auch wieder zurück.«

»Und wenn sie das nicht tut?«, habe ich gefragt.

»Es ist immer so«, hat Fabio geantwortet. »Du bekommst Gutes stets zurück. Meistens sogar sofort und das doppelt und dreifach. Nicht immer von anderen, aber durch ein schönes Gefühl, das dein Herz umrieselt, sobald du etwas Gutes getan hast.«

Da hat mich eine Erleichterung erfasst, und ein Glück. Ich kannte nämlich das Gefühl, das Fabio beschrieben hat. Erst an diesem Morgen hatte ich es gespürt. An dem Morgen, als Attila mir dafür gedankt hat, dass ich mit ihm geritten bin. Am Sonntagabend hat mich Fabio mit zum Wirt genommen.

»Wir werden uns unterhalten und ein bisschen Geld verdienen«, hat er gesagt, als wir uns zu viert auf den Weg gemacht haben, Fabio, sein ältester Sohn, sein jüngster und ich.

Die Wirtshausstube war voll. An fast allen Tischen ist Karten gespielt worden. Wir haben uns zum Wirt, zum Bürgermeister und zum Pfarrer gehockt. Ich habe gewusst, was zu tun war, also habe ich den Wirt gefragt, ob ich mich zu ihm setzen dürfe, um zuzuschauen. »Geh, Jakob, du verstehst ja sowieso nix davon«, hat er gesagt, aber trotzdem Platz gemacht. Als Fabios ältester Sohn versucht hat, sich neben den Bürgermeister zu zwängen, ist er verscheucht worden: »Nein, Bursche. Du hast mir beim letzten Mal schon in die Karten geschaut.« Weil wir seine Reaktion vorausgesehen haben, hat Fabios Dreikäsehoch den Bürgermeister mit einem Engelsgesicht gefragt, ob er sich denn neben ihn setzen dürfe, damit er etwas lerne. Der Bürgermeister hat ein geschmeicheltes Gesicht aufgesetzt und sofort Platz gemacht. Neben dem Pfarrer hat es keinen Kiebitz gebraucht. Er spielt furchtbar schlecht. Darum ist er auch so beliebt, beim Kartenspielen. Im Rausch verspielt er jedes Mal die ganze Kollekte. Bis zum allerletzten Groschen. So wird die Spende, die einem in der Kirche abgenötigt worden ist, zum Spieleinsatz, der im Wirtshaus zurückgewonnen werden kann. »Gottes Wege sind unergründlich«, hänseln die Bauern den Pfarrer, wenn er nicht kapiert, warum ausgerechnet er immer verliert. Beliebt ist auch, »Gott sei Dank« zu rufen oder »Gelobt sei Jesus Christus«, wenn er kein gutes Blatt hat.

An diesem Abend ist das Spiel lange hin und her gegangen, und bis auf den Pfarrer hat niemand größere Verluste einstecken müssen. Später, als die Stimmung schon feuchtfröhlich war, hat Fabio getan, als seien ihm seine Pfeifenputzer runtergefallen, und er hat seinem Jüngsten angeschafft, unter den Tisch zu kraxeln und sie hervorzuholen. Als der Kleine wieder neben dem Bürgermeister gesessen ist, waren nicht nur die Pfeifenputzer wieder in Fabios Rocktasche, sondern auch Schnüre an den Füßen von Fabio, seinem kleinen Sohn und mir. So konnten wir Fabio geheime Zeichen geben. Und ab da sind auch die Verluste des Bürgermeisters und des Wirtes groß und größer geworden, auf wundersame Weise.

Als Fabio gefunden hat, dass jeder weitere Gewinn zu auffällig wäre, ist ihm eingefallen, dass sein Kleiner jetzt aber schleunigst ins Bett gehöre. Wenn der Herr Pfarrer aber unbedingt wolle, könnten sie noch ein allerletztes Spielchen mit einer Münze versuchen. Fabio sei bereit, hat er gesagt, seinen gesamten Spielgewinn gegen den viel geringeren Betrag einzusetzen, den der Herr Pfarrer noch im Klingelbeutel habe. Und weil er den Bürgermeister und den Wirt bitte, bei diesem Spiel als Zeugen zur Verfügung zu stehen, würde er ihnen, sollte er gewinnen, je ein Drittel des Gewinns abtreten. Der völlig beduselte Pfarrer hat nach kurzem Zureden des Bürgermeisters eingewilligt. Also hat Fabio eine gewöhnliche Münze aus seinem Hosensack gefischt, sie knapp vor der Nase des Pfarrers gedreht und gewendet, rasch gesagt: »Bei Kopf gewinn ich, bei Zahl verlieren Sie«, und dann hat er die Münze wirbelnd in die Luft geworfen und sie scheppernd auf den Tisch springen lassen. »Zahl!«, hat Fabio gerufen: »Leider, Herr Pfarrer, Sie haben verloren!« Als der Pfarrer Anstalten gemacht hat, das Resultat anzuzweifeln, war es nicht Fabio, der ihn hat besänftigen müssen. Der Bürgermeister hat beschwichtigend seine Arme gehoben und gesagt: »Ich kann mich genau erinnern, Herr Pfarrer. Es hat geheißen, bei Zahl verlieren Sie.« Und der Wirt hat bestätigt: »Ja, ganz sicher, Herr Pfarrer, so war es ausgemacht, bei Zahl verlieren Sie.«

Fabio ist ein kluger Mann, stimmt's? Nicht nur, dass er die Habgier des Pfarrers ausgenutzt und dem Bürgermeister und dem Wirt beim Kartenspiel das Geld aus der Tasche gezogen hat. Danach hat er die beiden auch noch zu seinen Verbündeten gemacht und sie so das zuvor an ihn verlorene Geld vergessen lassen. Und während Pfarrer, Bürgermeister und Wirt über das Münzspiel debattiert haben, hat Fabios kleiner Sohn unbemerkt die Schnüre von unseren Füßen gelöst.

Ich habe Fabio gefragt, ob ich noch bleiben dürfe, und er hat gemeint, ich sei alt genug. Dann hat er mir noch ein paar Münzen zugesteckt und ist mit seinen Söhnen aufgebrochen. Ich habe noch ein, zwei Biere getrunken, mir ein paar Lieder im Wurlitzer ausgesucht und mich dann gut gelaunt auf den Heimweg gemacht. Dabei habe ich gar nicht bemerkt, dass die Lagler-Buben mir gefolgt sind.

Erst als ich beinahe bei der Abzweigung war, die zu ihrem Hof führt, habe ich sie gehört, wie sie hinter mir hergelaufen sind. Ich bin stehen geblieben und habe ihre ernsten Gesichter im Mondlicht gesehen. Beide haben sich vor mir aufgebaut und dann hat Kurt, der Ältere, gesagt, dass es jetzt reiche, dass ich nicht so unschuldig tun solle, dass sie mich gesehen hätten, wie ich am Nachmittag eine ihrer Kühe geschnackselt und dann drangsaliert hätte, genauso wie damals die Kühe vom Huber-Bauern. Ich habe mich überhaupt nicht ausgekannt, und dann haben sie gesagt, ich könne ja mitkommen und es mir anschauen. So würde ich mit eigenen Augen sehen, was ich angerichtet hätte. Meine Antwort wollten sie gar nicht hören. Kurt hat mich an einem Arm genommen, Franz hat sich den anderen geschnappt, und dann sind sie, mit mir in der Mitte, zu sich auf den Hof, rein in den Kuhstall, und da war es wirklich so: Die tote Kuh ist gleich neben der Stalltür gelegen, die Augen vor Schmerz verdreht, eine rostige Eisenstange im Hinterleib und rund um sie alles voller Dreck und Blut.

Schlimm genug, dass ich die Kühe vom Huber-Bauern so zugerichtet hätte, haben sie mich angeschrien, aber jetzt auch eine der ihren! Jetzt reiche es endgültig. Jetzt sei ich dran, haben sie gedroht. Alle beide hätten sie mich gesehen, diesmal hätte ich keine Chance, ungeschoren davonzukommen, aber nicht die geringste, haben sie gebrüllt, so nahe vor meinem Gesicht, dass ich die Augen zugemacht habe. Als sie sich in die schlimmste Rage hineingeredet hatten und ich wirklich nicht mehr gewusst habe, wo mir der Kopf steht, sind sie plötzlich ruhiger geworden und haben gesagt: »Aber weil wir uns schon so lange kennen, geben wir dir noch eine letzte Gelegenheit, die Sache wiedergutzumachen.« Einmal hätten sie es mir ohnehin schon angeschafft, jetzt müsse ich es aber auch wirklich tun, jetzt müsse ich ihren Hof anzünden, damit sie die Versicherungssumme bekämen, und wenn mir jemand draufkomme, müsse ich zugeben, dass ich es gewesen sei, ich alleine, ganz alleine. Mir würde ohnehin nichts geschehen, weil ich ja geisteskrank sei und nicht zurechnungsfähig.

Mir war ganz schwindlig. So viele Gedanken und Eindrücke, und in einem fort haben die Lagler-Buben auf mich eingeredet. Ich habe überlegt, was an all dem wahr sein konnte und was nicht. Die Wirklichkeit war schon wieder so furchtbar kompliziert. Ich war bei weitem nicht fertig mit meinen Gedanken, da haben sie mich nach draußen gedrängt und haben geschrien: »Da schau her, du Drecksau, da sind ja sogar noch deine Fußspuren.« Ich habe gestottert, die seien doch von gerade jetzt, aber sie haben gesagt: »Nein, nein, oder siehst du welche von uns?« Und tatsächlich, da waren nur meine, nur meine Fußspuren am Boden und daneben die Kuh, die zu Tode gequälte, arme Kuh.

8.

Jakob schlich im Stall umher. Er war nackt. Ihn fröstelte. Gänsehaut an seinem Körper. Aber das war jetzt nicht wichtig. Er musste jetzt nun einmal nackt sein. Anders ging es ja nicht. Im Stall brannte kein Licht, nur der Schein des Mondes fiel blass durch die schmalen Luken, ruhte schimmernd auf den breiten Rücken der Kühe. Jakob griff nach der Mistgabel. Drehte sie um. Sodass der hölzerne Stiel nach oben ragte. Und dann näherte er sich dem Tier, das am nächsten zum Stallfenster stand. Er ließ seine Hand über das Fell gleiten, strich langsam, Wirbel für Wirbel betastend, über das Rückgrat der Kuh und sog den Duft ein, den ihr massiger Körper verströmte. Jakob stand nun dicht hinter ihr, rückte sich den Melkschemel zurecht, bestieg ihn, festigte seinen Griff um die Mistgabel – und dann spürte er tiefe Freude in sich aufsteigen.

Wie erleichtert er war! Er konnte nicht der Kuhschänder sein. Nie und nimmer hätte er einem Tier Leid zufügen können. Das wusste er jetzt ganz sicher. Sein Experiment war ein voller Erfolg. Nun, da er sich in die Rolle des Schänders hineinversetzt hatte, wusste er, dass er zu derartigem Unrecht nicht fähig war. Befreit stieg Jakob vom Melkschemel und genoss die Vorfreude darauf, für eine Weile wieder unter seine Decke schlüpfen zu können.

»Jakob? Jakob, bist du das?«

»Jakob!«

Fabios Stimme hatte ihn erschreckt.

»Jakob! Was um Himmels willen machst du da?«

Es dauerte eine Weile, bis der Bursche, in einer Hand die Mistgabel, mit der anderen notdürftig sein Geschlecht bedeckend und am ganzen Körper vor Kälte zitternd, Fabio begreiflich machen konnte, was er eben im Stall getrieben hatte. »Du bist mir ein Kauz!«, sagte der Fahrende kopfschüttelnd. »Aber dass du dein Innerstes erforscht hast, ist schon recht. Gut und Böse sind in jedem von uns. Je mehr wir uns das eingestehen, desto eher können wir wählen – und uns für das Gute entscheiden.«

»So«, grinste Fabio. Vor ihm zappelte Jakob, hüpfte splitternackt und zähneklappernd von einem Bein aufs andere. »Und jetzt mach, dass du in deine Kammer kommst, bevor dich jemand hier so sieht und auf dumme Gedanken kommt. Mit deiner Ganslhaut«, rief er Jakob hinterher, »schaust du übrigens aus wie ein gerupftes Hendl!«

Bei den Holzarbeiten, die der Seifritz-Bauer mit Hilfe seiner Söhne sowie der Fahrenden an diesem Tag zu erledigen hatte, konnte es Fabio nicht lassen, immer wieder Kuh- und Hühnerlaute von sich zu geben. Alle, bis auf den Bauern selbstverständlich, lachten über die Blödelei, und bald hallte der Wald voller »Muuuuh!« und »Gogogo!«. Wiewohl den tieferen Sinn des Tiergeschreis nur jener junge Mann begreifen konnte, der noch vor wenigen Stunden splitternackt und zähneklappernd im Stall herumgesprungen war. »Muuuuuuh!«, machte Jakob und kippte vor Lachen in den Schnee.

Wenige Wochen später war Mariä Lichtmess, traditionell der Tag für den Dienstbotenwechsel; und diesmal auch der Tag, an dem Jakob den väterlichen Hof verließ, um beim Huber-Bauern Knecht zu werden. Zwei Dinge stellte Jakob rasch fest. Erstens, dass der Huber-Bauer noch öfter betrunken war, als Jakob ohnedies stets angenommen hatte. Und zweitens, dass sich der bisher recht freundliche Mann erschreckend rasch als Leuteschinder entpuppte.

Tatsächlich genoss es der Huber-Bauer, nun endlich jemanden zu haben, der es sich gefallen lassen musste, herumkommandiert zu werden. Lange genug hatte er selbst alle Drecksarbeit machen müssen – und in der Nachbarschaft mit angesehen, wie leicht es sich der Seifritz-Bauer machte, dank Jakob. Und er, der Huber-Bauer, war schließlich auch kein Niemand, war schließlich auch ein gestandener Bauer. Außerdem sollten die Leute ruhig sehen, dass er jetzt einen Knecht hatte und er selbst also ab sofort ein Herr war. Ja, bisher war er in Legg stets der unbedeutendste, der kleinste Bauer gewesen. Jetzt aber, jetzt war er jemand. Denn er hatte Jakob. Seinen Knecht Jakob.

Der Huber-Bauer kostete seine neue Rolle aus. Wenn er etwa im Vollrausch die Rinne im Plumpsklo nicht, wie vorgesehen, nur zum Urinieren verwendete und sie also vollends verstopft war, musste Jakob ausrücken und sie reinigen. Tat er das, oder andere ihm zugewiesene Arbeiten, nicht rasch und peinlichst genau, wurde er »faule Haut« geschimpft und ihm damit gedroht, dass sein Lohn gekürzt würde. Gut, den bekomme zwar nicht er, sondern der Seifritz-Bauer, aber sein Vater würde sich wohl schön bedanken bei Jakob und schon wissen, wie seiner Faulenzerei und Schlampigkeit beizukommen sei. Der werde ihm die Wadeln schon nach vorne richten. Und wenn es Jakob partout nicht anders wolle, könne er, der Huber-Bauer, ruhig einmal dem Seifritz-Bauern erzählen, was für einen Nichtsnutz er da großgezogen habe. Dann werde Jakob schon sehen, was ihm blühe.

Eigentlich komisch, dachte Jakob, er behandelt mich wie den letzten Dreck, gleichzeitig bin ich der einzige Grund, warum er plötzlich ein Herr ist. Das passt doch nicht zusammen. Er ist doch kein anderer geworden, überlegte Jakob, ist nicht reicher, nicht schöner und bei Gott auch nicht gescheiter oder sonst irgendwie feiner geworden. Nur ich bin es, der ihn zum Herrn macht. Und darauf ist er stolz?

Im Großen und Ganzen änderte sich mit dem Hofwechsel nicht viel für Jakob. Anders als daheim war beim Huber-Bauern nur eines: Am Seifritz-Hof sah Jakob weder als Kind noch als junger Bursch auch nur ein einziges Mal, dass sich zwei Menschen umarmt hätten oder irgendwelche Zärtlichkeiten ausgetauscht. Auch kein nettes Wort fiel dort, nicht eines. So hatte Jakob mit den Jahren den Eindruck gewonnen, es müsse eine geheime, sehr böse, sehr traurige Macht geben, die nur die anderen sehen konnten und die es den Menschen auf Erden verbot, irgendeine Art von Liebe zu zeigen.

Bei den Huber-Bauersleuten war das ganz anders. Die waren nicht nur zärtlich zueinander, die waren liebestoll. Ganz besessen waren sie darauf, und Jakob schien, als würden sie es dauernd treiben und überall. Er kam dazu, wie der Bauer die Bäuerin am Küchentisch liebte, er musste mit ansehen, wie ihre üppigen Leiber sich im Stroh rekelten, überraschte sie im Plumpsklo, sah erschrocken weg, als der Bauer seine Frau im Stehen von hinten nahm, und erschrak fürchterlich, als er ihre wabernden Körper, Lende an Lende, im Stall entdeckte sowie an vielen anderen möglichen und unmöglichen Örtlichkeiten.

Wenn Jakob nachts wach in seiner Kammer lag, dachte

er darüber nach, von wem diese stete Leidenschaft, diese womöglich unstillbare Sehnsucht wohl ausging, von ihm oder von ihr. Jakob erinnerte sich daran, den Huber-Bauern einmal mit einer Kuh erwischt zu haben, und glaubte schon, damit die Antwort zu haben, als eines Tages die Bäuerin nach ihm verlangte.

Es war an einem Samstag, und die Wochentagswäsche stand an. Die Tage zuvor hatte die Bäuerin bereits die Reinigung der Kleidung erledigt. Der Schweiß stand auf ihrer Stirn, als sie alle Stücke mit Waschrumpel und Kernseife bearbeitete, und Jakob hatte beobachtet, wie das Fleisch ihrer kräftigen Oberarme bei jeder Bewegung kompakt und schwer hin und her wippte. Nun war die wöchentliche Körperwäsche an der Reihe. Wie in den meisten Höfen in Legg gab es auch am Huber-Hof zu jener Zeit noch keine Badewanne, aber ein großes Schaff. In das wurde heißes Wasser gekippt, das zuvor im Schiff des Ofens aufgekocht worden war. Der Bauer war mit seinen Reparaturarbeiten im Schuppen noch nicht fertig, und deshalb wunderte sich Jakob, dass er schon jetzt von der Bäuerin zum Baden ins Haus gerufen wurde. Er war es gewohnt, als Letzter dranzukommen und nach seinem Bad gleich die Kleidung für die nächste Wochentagswäsche im Schaff einzuweichen. So löste sich der Schmutz später leichter aus dem Gewebe.

Am Eingang streifte Jakob die Schuhe ab, ging ins Haus, klopfte an die hölzerne Tür der Küchenstube und trat ein, nachdem er die resolute Stimme der Huber-Bäuerin »na komm schon endlich« hatte sagen gehört. Als er seinen Kopf in die Stube streckte, fuhr ihm der Schreck in die Glieder. Ein Irrtum, schoss es ihm durch den Schädel, um Himmels willen, sie hat den Bauern gerufen, nicht mich. »Entschuldigung!«, rief Jakob, und weil der Schreck ihm wieder erlaubte, sich zu bewegen, wollte er raus, so schnell wie nur irgend möglich, drehte sich also um, stürzte nach vorn, stieß sich den Kopf am niedrigen Türstock und taumelte nach draußen, während sein Gehirn die strengen Worte der Bäuerin verarbeitete, die gelautet hatten: »Komm sofort zurück und wasch mich.«

Es begann damit, dass Jakob der Bäuerin den Rücken einseifen musste, um ihn dann auf ihr Geheiß zu schrubben und zu kneten. Jakob machte das nicht gern, ganz und gar nicht, aber es war ihm schließlich angeschafft worden, und da er doch Knecht war, so sagte er sich, gehöre wohl auch diese furchtbarste aller bisherigen Arbeiten zu seinen Pflichten. Bei jeder Walkbewegung wälzte sich das Fett der Bäuerin in einer breiten Rolle nach oben, und danach wieder nach unten. Es war wie die Wellenbewegung eines weiten Meeres, und Jakob musste sich zwingen, nicht weiter hinzusehen. Andernfalls, das spürte er, würden ihn diese Wellenberge seekrank machen, ohnmächtig womöglich. Er schloss die Augen.

»Gut so«, schnurrte die Bäuerin. »Gut so, Jakob. Brav. Sehr brav.«

Eine ganze Weile noch musste Jakob der Huber-Bäuerin Rücken und Nacken massieren, dann sagte sie: »Wenn du willst, kannst du auch meine Brüste einseifen.« Noch bevor Jakob die Tragweite dieser Aufforderung bewusst werden konnte, drehte sich die Bäuerin zu ihm um, dass das seifige Wasser im Schaff nur so schwappte. Ihr massiger Körper tauchte aus dem warmen Meer wie der eines fleischigen, runden Ungeheuers, und vor Jakobs Augen erhoben sich zwei Köpfe, die sich als Brüste der Huber-Bäuerin herausstellten. Sie schienen ihm derart groß und schwer, dass er fürchtete, sie müssten aufgrund ihrer abnorm gewichtigen Masse alsbald vom Rumpf abreißen. Ein Eindruck, der sich verstärkte, als die Bäuerin ihre Brüste vor den Augen ihres Knechts hin- und herschwenkte, ganz so, als wolle sie ihn damit hypnotisieren.

Irgendetwas murmelnd, besah Jakob die Brüste, überlegte sich so manches in seinem Kopf, kam aber mit keinem Gedanken sehr weit, geschweige denn zu einem halbwegs sinnvollen Ende. Während die dampfenden Brüste weiter vor seinem Gesicht schwankten, erwog Jakob, sie sicherheitshalber zu stützen, damit sie nicht womöglich tatsächlich abrissen. Er überlegte, ob es nicht besser sei, ihr Baumeln durch beherztes Zugreifen anzuhalten, zum Stehen zu bringen, damit er endlich klar überlegen konnte, was in einer derartigen Situation am besten zu tun sei. Und weil die Bäuerin all diese Gedanken zwar nicht kannte, sich aber auf Jakobs verzagtes Gesicht und seine weit aufgerissenen Augen einen Reim machen konnte und ahnte, dass der Bursche mit der Situation hoffnungslos überfordert war, sagte sie: »Na komm schon, Jakob. Greif ruhig zu. Du brauchst dich nicht zu fürchten. Greif ruhig ordentlich zu.«

Gott sei Dank, dachte Jakob. Denn nun wusste er, was zu tun war.

»Nein, vielen Dank, nein!«, sagte er, viel zu laut, stotternd und mit heißem Kopf. Die Bäuerin machte ein enttäuschtes Gesicht, fing sich aber rasch und bot Jakob mit bemüht sanfter Stimme an, ihm den Rücken einzuseifen, wenn er schon keinen Gefallen an ihren Brüsten fände.

»Danke, nicht«, brachte Jakob mit Mühe heraus, mehr gab ihm sein Geist im Augenblick beim besten Willen nicht ein.

Er versuchte zu atmen.

»Nein, vielen Dank, nein«, schaffte er es dann, angestrengt jene Worte zu wiederholen, die ihn zuvor schon gerettet hatten. »Nein, vielen Dank, nein«, sagte er noch einmal, sicherheitshalber.

Verärgert musste die Bäuerin erkennen, dass ihre erprobte Verführungskunst in diesem Fall nicht fruchtete. Woraufhin sie ihre Strategie änderte. »Du ziehst dich jetzt sofort aus und setzt dich in das Schaff da«, fuhr sie ihren Knecht an und wies mit fleischigem Arm die Richtung an.

Weil sein verzagter Gesichtsausdruck sie fürchten ließ, der Bursche könne auf der Stelle losheulen und damit alles verderben, fügte sie in mütterlichem Ton hinzu, er könne schließlich nicht dreckig und stinkend bei ihnen am Hof arbeiten. Das gehöre sich doch wirklich nicht, er sitze schließlich mit ihnen am Tisch. Oje, dachte Jakob, denn er stellte fest, dagegen nichts Rechtes einwenden zu können. Geschlagen nickte er. Dann entledigte er sich umständlich seiner Kleidung, versuchte, so gut es ging, sein Geschlecht zu bedecken, und stieg rasch ins Badewasser, als würde ihn das vor dem Zugriff der Bäuerin retten, als sei das Schaff ein ihr verbotener, nicht zugänglicher Ort. Die Huber-Bäuerin indes war nackt, stand tropfend und dampfend neben ihm – und lächelte. Jakob wusste vor Scham nicht, wohin er blicken sollte.

»Na also«, raunte sie, nun wieder gurrend zärtlich, »schau, war ja höchste Zeit. Der Dreck rollt sich bei dir ja schon im Nabel zusammen.« Als sie Jakob den Rücken einseifte, ihn behutsam rieb, schrubbte und massierte, wich langsam die Nervosität aus ihm, die aber sofort wieder auflebte, als er spürte, dass ihre fleischige Hand nun auch seine Brust bearbeitete und von dort immer tiefer wanderte, mit kreisenden Bewegungen und irgendwie wohltuend, aber gehörte sich das denn, schließlich war sie die Frau vom Huber-Bauern und er in Silvia verliebt, andererseits war Silvia seine Schwester, und so gesehen konnte sie ja auf Körperliches nicht eifersüchtig sein und er würde sich nicht schuldig machen, aber dann wiederum, na ja. Jedenfalls: Jakob machte sich in diesen Sekunden allerlei Gedanken. Und als es ihm schien, er könne das Abwägen des Für und Wider bald, wirklich bald zu einem Ende bringen, da hatte die Bäuerin bereits mit sicherer Hand sein Glied umfasst und begonnen, gekonnt ihre Hand auf und ab zu bewegen.

Als sie Jakob ihre Zunge ins Ohr steckte, betrat der Bauer die Stube. Jakob und die Bäuerin bemerkten ihn erst, als er dicht neben ihnen stand und »ja Kruzifix noch einmal!« schrie. Jakob schnellte aus dem Wasserschaff, sprang mit steifem Glied in der Stube umher, gleichermaßen den Schlägen des Bauern ausweichend wie auch seine Kleidungsstücke vom Fußboden fischend, glitt mehrere Male aus, rutschte dabei polternd gegen Tisch, Sesselbeine und Kredenz, und schaffte es schließlich, ins Freie zu flüchten.

Wider Erwarten rannte ihm der Bauer nicht hinterher. Vielmehr stand er breitbeinig und noch immer in seinen schweren Stiefeln in der Stube und besah seine Frau. Seine Blicke ruhten auf ihren Hüften. Der dichte Dampf im Zimmer verbarg die Schwächen ihres Leibes. Als sich Jakob vorsichtig wieder näherte, hörte er weder Geschrei noch Schläge. Die Geräusche, die er vernahm, vermittelten ihm vielmehr den Eindruck, als vergnügten sich der Huber-Bauer und die Huber-Bäuerin wieder in aller Eintracht miteinander.

*

Das Schlimmste an meiner Knechtschaft am Hof des Huber-Bauern war die Trennung von Silvia. Als ich mich von ihr verabschiedet habe, wussten wir zwar, dass es keine wirkliche Trennung war. Ich war ja nur hundert

Meter weiter. Aber für uns war es trotzdem schlimm. Wir haben, glaube ich, beide das Gefühl gehabt, dass wir nun noch stärker getrennt waren statt endlich näher beisammen. Geredet haben wir nicht darüber, wir haben auch so alles voneinander gewusst. Das war ein schönes Gefühl. Eigentlich komisch. Komisch, dass ein schönes Gefühl den Schmerz noch größer machen kann.

»Liebe tut weh«, habe ich zu Fabio gesagt. Er hat aufmunternd gelacht und gemeint, wenn Liebe nicht wehtun würde, wüssten wir nicht, dass es Liebe sei. Allein dieser ganz besondere Schmerz sei es, der uns Sicherheit gebe.

Ich habe Fabio gesagt, dass ich verzweifelt sei, weil ich nicht wisse, wie es weitergehen solle, und dass Silvia und ich schließlich Geschwister seien. Daraufhin hat Fabio gelächelt und gemeint, dass ich nicht immer so viel nachdenken solle. Das Denken könne ich getrost den Pferden überlassen, die hätten schließlich einen viel größeren Kopf. Sein Scherz hat mich nicht ablenken können. »Unsere Situation ist doch ausweglos«, habe ich gesagt. Und er hat erwidert, dass ich mir nichts Gutes täte, wenn ich immer angestrengt über alles nachdächte. Es führe zu nichts, hat Fabio beharrt und gesagt: »Viel sicherer leitet dich dein Unbewusstes. Das fühlt beständig und weiß immer, was zu tun ist. Vertrau ihm, wenn es zu dir spricht.«

»Aber es spricht nicht!«, habe ich grantig eingewendet, und Fabio hat gemeint, dann müsse ich mich eben zurücklehnen und warten, bis es so weit sei. Ein Mann, der dem Strom der Liebe hinterherrenne, hat er gesagt, komme niemals zur Ruhe. Ein Mann aber, dessen Herz stark genug sei, darauf zu warten, dass ihm der Strom die Liebe zutreibe, der werde auch Kraft genug haben, sie im entscheidenden Moment anzunehmen.

Was hätte ich darauf noch entgegnen sollen? Na eben: nichts. Also habe ich geseufzt und gesagt, dass es da noch etwas gebe, was mir am Herzen liege. Etwas Peinliches, etwas, das mich nicht mehr loslasse. »Na sag schon«, hat mich Fabio aufgefordert, sich gemächlich seine Pfeife angezündet, als erwarte er eine lange Rede von mir, und hat sich zurückgelehnt. Ich habe gewusst, dass mein Erlebnis mit der Huber-Bäuerin bei ihm gut aufgehoben war, obwohl mich Fabio verunsichert hat, weil er während meiner Erzählung ein paar Mal sein Grinsen nicht verbergen konnte. Schließlich habe ich ihm gesagt, dass ich Silvia gegenüber ein furchtbar schlechtes Gewissen hätte und ob es nicht eine Sünde gewesen sei, dass ich es mit der Huber-Bäuerin so weit hätte kommen lassen. Fabio schien ehrlich entsetzt über meine Frage. »Jakob«, hat er gesagt, »es gibt schon ausreichend Schlechtigkeiten auf dieser Welt. Da musst du dir nicht auch noch zusätzliche zusammenreimen. Sünden sind eine Erfindung der Pfaffen. Und im Übrigen lächerlich gegenüber dem, was die Kirche selbst auf dem Kerbholz hat.«

»Also gut, was ich gemacht habe, war also keine Sünde«, habe ich gesagt, um mich zu vergewissern, dass ich Fabio richtig verstanden hatte.

»Richtig«, bestätigte Fabio, »es war keine Sünde.« Und wegen Silvia, hat er gesagt, müsse ich mir auch keine schweren Gedanken machen. »Was das Auge nicht sieht und das Ohr nicht hört, kann das Herz nicht berühren.«

Ich habe ihn gefragt, ob das nun heiße, dass ich ihr nichts von alldem erzählen solle. »Bin ich ihr das nicht schuldig?«, habe ich gefragt und ob dieses Geheimnis unsere Liebe nicht vergiften und erniedrigen würde.

»Aber Jakob!«, hat Fabio aufgeschrien. Anscheinend war er ziemlich bestürzt über meine Ansichten. Er war nicht mehr zu halten und hat gesagt: »Sei doch ehrlich zu dir. Wenn du es ihr sagst, ändert das doch nichts am Wert und der Reinheit eurer Liebe. Wenn du tatsächlich empfindest, dass Erlebnisse wie die mit der Huber-Bäuerin eurer Liebe schaden, dann darfst du es ganz einfach nie zu solchen Erlebnissen kommen lassen. Aber danach so zu tun, als könntest du eure Liebe sauber waschen, indem du beichtest, ist nicht nur lächerlich, verlogen, feige und dumm, sondern bringt auch nichts. Damit würdest du Silvia nur verunsichern und kränken, eurer Liebe also schaden, anstatt ihr zu helfen, und in Wirklichkeit wäre deine scheinbare Ehrlichkeit nur ein schäbiges Mittel, dein wichtigtuerisches Gewissen zu erleichtern. Dich selbst willst du reinwaschen. Und zwar vor dir selbst. Dir selbst willst du die Absolution erteilen, bist aber zu schwach dafür und überlegst deshalb, es von jemand anderem tun zu lassen. In diesem Fall von Silvia. Deine Beichte wäre ein feiger, eigennütziger Akt für eine Sünde, die es nur gibt, wenn du sie zu einer machst.«

Als Fabio fertig war mit seiner Predigt, habe ich mir gedacht, dass er recht hat. Und: dass er vermutlich selbst schon viel Anlass gehabt hat, sich Gedanken über das Thema zu machen.

9.

Eine sonderbare Stimmung lag in diesen Tagen in der Luft. Zerhackt nur vom hölzernen Klopfen des Webstuhls der Huber-Bäuerin, die mit rundem Rücken davorhockte und keine Ruhe geben wollte. Es war eine Stimmung, mit der keiner so recht etwas anzufangen wusste. Eine Stimmung, die weder gut noch schlecht war, die die Dinge und die Seelen der Menschen vielmehr in einem Schwebezustand zu halten schien, offen für jede Möglichkeit. So mancher in Legg hatte in diesen Tagen das Gefühl, hinter seinem Rücken Geräusche zu vernehmen, Schatten zu spüren. Doch als sich die Menschen umdrehten oder argwöhnisch den Kopf zur Schulter drehten, war da nichts. Nichts, außer dem nassen, schmelzenden Schnee, dürr im Wind vibrierenden Ästen und, weit weg, dunklen Vögeln, die schemenhaft durch den schmutzigen Himmel glitten.

Vielleicht hatte diese Stimmung ja etwas damit zu tun, dass die Tagundnachtgleiche bevorstand. Jenes besondere Stück Zeit, in dem Hell und Dunkel einander die Waage halten und die Welt in der Schwebe ist, erwartungsvoll. Altem Glauben nach bildet die Tagundnachtgleiche jene schicksalhafte Kulisse, die Gott für den Beginn der Welt vorgesehen hatte. Es sei jene flüchtige Zeit, erzählten die Alten in Legg, in der Gott die Welt genau dort abgesetzt habe, wo es ihm gefiel. Das sei auch der Grund, warum am 21. März nicht nur der Frühling beginne, sondern – viel bedeutender – ein neues Planetenjahr. Exakt zu dieser Zeit, wusste die Seifritz-Großmutter zu berichten, übernehme ein anderes Gestirn die Vorherrschaft über die

Erde, um ein Jahr später selbst abgelöst zu werden. In geordneter Reihenfolge wechselten sie einander ab: Saturn, Jupiter, Mars, Sonne, Venus, Merkur und Mond. Jedes Gestirn beeinflusse die Erde und ihre Lebewesen nach seinen Eigenheiten. Am Übergang von einem Himmelskörper zum anderen aber, das galt als gesichertes Wissen, könne es zu Unregelmäßigkeiten kommen, zu Unerklärbarem. Tiere würden das spüren. Und auch Menschen, wenn sie die Gabe hätten oder einfach nur aufmerksam genug seien.

Der Huber-Bauer gehörte zu jenen, die aufmerksam waren. Er stand vor seinem Hof, an die Hausmauer gelehnt, blickte zum Himmel, blies eine selbst gedrehte Zigarette nach der anderen in die lauwarme Luft und konnte das Kopfschütteln nicht lassen. »Verrücktes Wetter«, brummte er. »Man weiß nicht recht, woran man ist.«

Am Vormittag war er gemeinsam mit seinem Knecht im Wald gewesen, bis ihm das außergewöhnliche Licht und die unbekannten Laute gar zu ungeheuer geworden waren und er beschloss, zum Hof zurückzukehren – unter dem Vorwand, furchtbar hungrig zu sein. Jakob sollte es recht sein. Etliche Stunden schon war er damit beschäftigt gewesen, Äste aufzuklauben, die bei den Holzarbeiten angefallen waren. Irgendwann hatte er aufgehört zu zählen, wie viele er schon zum Fuhrwerk gezerrt und auf die Ladefläche geschmissen hatte. Unsinnig war ihm mit einem Mal die Zählerei erschienen, und er musste sich wundern über sich, denn die Arbeit selbst war doch, gleich wie eintönig sie auch scheinen mochte, sinnvoll genug, verdiente es nicht, durch Zählen entwürdigt zu werden. Jakob genoss diese Erkenntnis, sie schenkte ihm Zufriedenheit.

Gemeinsam waren er und der Huber-Bauer mit einer hoch aufgetürmten Fuhre Holz heimgekehrt. Kaum angekommen, war der Bauer vom Kutschbock gesprungen, ums Eck getrottet und hatte sich gegen die schützende Hausmauer gelehnt. So konnte ihm nichts und niemand in den Rücken fallen. Er zog die Schultern hoch, und dann ließ er nicht mehr davon ab, in den Himmel zu starren. Das Mittagessen blieb unangetastet, was den Ärger der Bäuerin hervorrief, der erst wieder vergehen wollte, als sie Jakob mehrere Male in den Schritt gegriffen hatte und an sein davoneilendes Hinterteil. Der Bauer indes ließ sich anstatt der warmen Mahlzeit Schmalzbrote mit Zwiebelringen, Paprika und Knoblauchscheiben nach draußen bringen. Er aß sie ebenso beiläufig wie gierig, ohne viel Genuss und mit unverändert grimmigem Gesicht. Sein Knecht hatte derweil die Fuhre Äste zu Kleinholz zu hacken, sie danach im Schuppen zu einer Schar aufzuschlichten. Eine schöne Arbeit war das, fand Jakob, und er kostete seine Freude darüber aus.

Als es dämmerte, ging der Tabak des Huber-Bauern zu Ende.

»Jakob!«, brüllte er. »Jakob! Sakrament!«

»Na endlich«, seufzte der Bauer, als sein Knecht keuchend und immer noch mit der Hacke in der Hand vor ihm stand. »Du musst rasch ins Dorf. Der Pfarrer wartet auf seine Lieferung. Und schau zu, dass du rasch wieder da bist.«

»Jawohl.«

»Und, Jakob«, der Bauer hielt ihn am Ärmel zurück, »nimm vom Greißler bei der Gelegenheit auch gleich Tabak mit.«

Alle paar Tage musste Jakob zum Pfarrer, um ihm Milch, Butter oder Eier zu bringen. Er mochte diese Aufgabe nicht. Jedes Mal stellte Jakob aufs Neue fest, dass allein die Stimme des Pfarrers ein Unbehagen in ihm aufsteigen ließ und das starke Verlangen, möglichst rasch wieder davonzukommen. Beim sonntäglichen Kirchgang war es nicht gar so schlimm. Das lag wohl daran, sagte sich Jakob, dass er in der Kirche nicht allein war mit dem Pfarrer. Obgleich der Ton, den dieser Mann anschlug, für den Burschen besonders im Widerhall der feucht schimmelnden Kirchengemäuer angsteinflößend und unnatürlich klang. Es war ein Ton, der dazu bestimmt schien, das wahre Wesen des Pfarrers zu verschleiern. Dieser Ton hallte von der Kanzel herab, fraß sich in die kalten, nassen Mauern der Kirche ebenso wie in Jakobs schmerzenden Schädel und war derart übertrieben säuselnd und frömmelnd, dass doch jeder die Verstellung bemerken müsste, fand Jakob. Aber als er den Seifritz-Bauern, den Huber-Bauern und auch andere danach fragte, meinten alle: So redet ein Pfarrer eben.

Schon das Ziehen an der Glockenschnur am Eingang der Pfarrerswohnung verursachte Jakob Unwohlsein. Er hatte das Gefühl, damit einen viel zu langen Zeitabschnitt in seinem Leben einzuläuten. Einen, den er besser vermeiden sollte, ohne zu wissen wie.

»Jakob!«, frohlockte der Pfarrer in hohem Ton und warf, gleichsam Gott für diesen Besuch preisend, die Hände in die Höhe. Im diffusen Licht der dunstverhangenen Sonne glänzte matt die Narbe auf seinem Gesicht, wand sich von Wange bis Mund, und Jakob konnte bei ihrem Anblick nicht anders, als an eine Schlange zu denken, eine giftige Schlange, die aus dem Mund des Pfarrers gekrochen kam.

»Jakob! Wie schön, dass du mich besuchst! Was hast du denn diesmal Gutes für mich?«

»Ein Dutzend Eier und eine Kanne Milch.«

»Ja wunderbar! Komm doch herein und leiste mir etwas Gesellschaft. Ich habe auch frischen Kuchen für dich.«

Da war er wieder, dieser Ton, getragen von einer durch und durch scheinheiligen Freundlichkeit. Einer Freundlichkeit, die nicht echt sein konnte, ganz sicher nicht, fand Jakob.

»Vielen Dank«, beeilte er sich, »aber ich muss gleich wieder zurück zum Hof.«

Das Gesicht des Pfarrers verriet seine Enttäuschung. Und gleich darauf seinen Ärger. Ehrlichen, kalten Ärger. Aber nur kurz. Rasch war seine Mimik wieder unter Kontrolle gebracht. Er atmete durch, lächelte, ließ seine Hände unter die Soutane gleiten und formulierte seidenweich: »Du warst schon lange nicht mehr bei mir in der Beichte, Jakob. Führst du denn auch ein gottesfürchtiges Leben?«

»Ja, Herr Pfarrer.«

»Soll das heißen, du hast nichts zu beichten, Jakob?«

»Nicht viel, Herr Pfarrer.«

»Nun, wenn es auch nicht viel ist, Jakob, so ist es doch genug.«

»Ja, Herr Pfarrer.«

»Brav, Jakob. Also, ich erwarte dich kommenden Sonntag, nach der Messe.«

»Ja, Herr Pfarrer.«

Der Pfarrer stand noch immer zwei Stufen über Jakob. Von dort nahm er mit steifem Rücken die Kanne Milch entgegen und den Papiersack mit den Eiern. Und von dort streckte er dem Burschen auch in Ehre gebietender Haltung und mit gestrecktem Kinn die Hand zum Abschied entgegen. Beinahe ins Gesicht streckte er ihm seine Hand, fast so, als habe er das gute Recht, einen Handkuss zu erwarten und buckelige Demut.

Jakob lief ein Schauer über den Rücken, noch bevor er seine Hand in jene des Pfarrers schieben musste. Diesen Moment hasste er am allermeisten. Diesen ewigen Moment, in dem er ein Gefangener war und nicht los konnte. Diesen Moment, in dem seine Hand von der schweißnassen des Pfarrers umfasst wurde, als wolle dieser Mann ihn mit Haut und Haaren verschlingen. Jakob verfluchte sie, diese durch und durch ekelerregende Situation, die der Pfarrer lustvoll in die Länge dehnte und deren furchtbare Wirkung er mit seinen stechenden Augen noch zu verstärken wusste und mit seinem lieblich grinsenden Mund, aus dem die Schlange kroch.

»Also Jakob«, sagte der Pfarrer und bewegte seine und damit Jakobs Hand, weich, nass und langsam wenige Zentimeter auf und ab, »also Jakob, bis nächsten Sonntag.«

Jakob senkte den Kopf, und es gab wenige Anlässe, bei denen er drängender zu Gott betete als diesen, da der Pfarrer seine Hand umklammert hielt. Er betete inniglich zu Gott, ganz inniglich, auf dass er diese Strafe bitte, bitte rasch enden lassen möge.

»Du kommst doch auch sicher, nächsten Sonntag?«, wollte der Pfarrer wissen, »nicht wahr, mein Sohn?«

Jakob nickte, rasch und heftig. Er hatte das Gefühl, nun bereits durch und durch vom schweren Gift des Pfarrers infiziert zu sein. Er spürte es in seinen Adern. Im ganzen Körper. Jakob fieberte, und es wurde ihm schwindlig.

»Das ist gut, Jakob, das ist sehr, sehr gut. Du wirst sehen, die Beichte befreit dich. Der Herrgott wird dich seine Güte spüren lassen, durch meinen Segen.«

Jakob hielt weiter den Kopf gesenkt, starrte auf den

gestärkten, weißen Hemdärmel, der unter der pechschwarzen Pfarrerskutte hervorblitzte.

»Fadenscheinig«, sagte Jakob plötzlich sehr deutlich. »Fadenscheinig«, wiederholte er, abermals laut und deutlich.

»Was in Herrgotts Namen erlaubst du dir!«, schrie der Pfarrer, mit einem Mal jede samtene Freundlichkeit vergessend.

»Ihr Hemdsärmel, Herr Pfarrer, ihr Hemdsärmel ist fadenscheinig.«

»Ach ja«, bemerkte der Pfarrer, »tatsächlich.«

Als er wieder aufblickte, sah er Jakob davonjagen. Seine Fersen flogen im aufkommenden Abendwind.

Am Gehöft wurde er schon erwartet. Griesgrämig vom Huber-Bauern. Sehnlichst von ihr. »Wo bleibst du denn!«, schimpfte der Bauer. »Meine Alte nervt mich schon eine halbe Stunde lang. Sagt, es ist höchste Zeit, dass das Kraut eingehobelt wird.«

Als Jakob seinen Kopf einzog, um in die Küche zu treten, sah er den großen Krauthobel bereits ans Holzfass gelehnt.

Eine Welle warmer Luft schlug ihm entgegen. Das lag daran, dass die Bäuerin den Ofen in der Stube bis zum Glühen befeuert hatte. Und sie wurde nicht müde, dem Prasseln neue Nahrung zu geben, indem sie ohne Unterlass und mit eifrig glänzendem Gesicht trockene Holzscheite nachlegte. »Damit du es schön gemütlich hast«, hatte die Huber-Bäuerin schon das letzte Mal gehaucht, mit heiserem Lachen. Aber ihre Gutherzigkeit kam nicht von ungefähr, wie Jakob bald danach hatte feststellen müssen.

Um es hinter sich zu bringen, machte er sich sofort an

die Arbeit. An und für sich war das Krauthobeln keine schlimme Tätigkeit: Er nahm einen Krauthappel nach dem anderen und hobelte ihn ins Fass. Die Bäuerin streute nach jeder Lage Salz und Kümmel dazu. Der Bauer saß indes im Herrgottswinkel auf der Holzbank, gönnte sich einen Selbstgebrannten nach dem anderen, und es dauerte nicht lange, da musste er sein rundes Gesicht in die stützenden Hände betten. Zudem schien der Anblick seines Knechts, der mit kräftigen, rhythmischen Bewegungen das Kraut über die Hobelschneide zog, hypnotisierende Wirkung auf ihn zu haben. Seine Augenlider wurden immer schmäler, und bald übermannte ihn in der überheizten Küche der Schlaf, und sein Kopf schlug hart gegen die Tischplatte. Als sich dieses Schauspiel einige Male wiederholt hatte, sagte die Bäuerin: »geh, das ist ja nicht zum Anschauen«, und schickte ihren Mann kurzerhand ins Bett. Mit Bangen hatte Jakob das vorausgesehen, denn er wusste: Die Bäuerin folgte einem ausgefuchsten Plan.

Die anstrengende Arbeit und die Hitze in der engen Stube trieben Jakob den Schweiß aus den Poren. Kaum war aus der Kammer nebenan dröhnendes Schnarchen zu hören, bemerkte das auch die Bäuerin. Mit mütterlich fürsorglicher Stimme fragte sie, ob er nicht sein Hemd ausziehen wolle. Als Jakob dankend ablehnte, fackelte sie nicht lange herum, sagte nur »aber geh, komm, ich helf dir«, tat einige verblüffend geschickte Griffe an seinen Knöpfen, zerrte sein Hemd nach oben, und schon fand sich ihr Knecht mit schwitzendem, nacktem Oberkörper wieder. »Na schau«, sagte die Bäuerin zufrieden, »ist doch viel besser so.«

Jakob schlug das Herz bis zum Hals, drückte heiß pulsierendes Blut in seine Schläfen. Um es möglichst rasch hinter sich zu bringen, hobelte er noch schneller. Begleitet von saftigen Schnittgeräuschen, säbelte er das Kraut so energisch ins Fass, dass es schneller als im Sekundentakt an dessen Innenseite klatschte. Die Bäuerin saß dicht neben ihm. »Hobel nicht gar so schnell«, hauchte sie, lockerte die Kordel an ihrer Bluse, lehnte sich zurück, um sich am Anblick seines glänzenden, muskulösen Oberkörpers zu erfreuen, und meinte neckisch: »Du musst dir noch Kraft für später aufheben.«

Jakob hatte Mühe, sich zu konzentrieren. Er wollte vermeiden, dass er sich in den Daumen hobelte wie beim letzten Mal. Aber auch diesmal fiel es ihm schwer, seinen Blick auf das am Hobel hin und her sausende Krauthappel zu heften. Immer wieder ertappte er sich dabei, zur Seite, nach seiner Herrin zu schielen. Nur noch vier Krauthappel, sagte er sich. Die Bäuerin hatte ihren Sessel noch näher geschoben, war dicht an ihn gerückt, um seinen Schweiß zu riechen, und Jakob musste aus dem Augenwinkel feststellen, dass sie begonnen hatte, ihren Rock nach oben zu ziehen. Nur noch drei Krauthappel, dachte Jakob, und weil er wieder hinsehen musste, merkte er, dass die Bäuerin bereits ihre feisten Schenkel geöffnet hatte. Jakob hobelte sich die Seele aus dem Leib. Nur noch zwei Krauthappel! Verflixt, er konnte nicht anders, riskierte schon wieder einen Blick, und so sah er die geschwollenen Füße in ihren Holzschlapfen, sah ihre dicht behaarten Beine und: ihre füllige Hand, die zärtlich an der Innenseite ihres fleischigen Schenkels nach oben strich. Gott sei Dank, das letzte Krauthappel! Jakob hobelte wie ein Besessener. Hobeln, nichts als hobeln. Hobeln! Hobeln! Hobeln!

»Fertig!«, seufzte Jakob erleichtert, da glitt der Finger der Bäuerin in ihre Lust.

»Mach weiter«, bettelte sie mit rollenden Augen.

»Ich bin fertig«, sagte Jakob entschuldigend. »Es gibt kein Kraut mehr.«

»Aber du musst das Kraut noch festtreten«, fiel ihr ein, und darüber schien sie sehr erleichtert.

Jakob seufzte.

»Du brauchst dir nicht die Füße waschen«, drängte sie, »steig gleich so hinein. Komm, mach schnell.«

Dem Burschen rann der Schweiß vom Körper. Das Kraut unter seinen nackten Sohlen war angenehm kühl, fast kalt. Vor ihm saß die Bäuerin. Sie sah zu ihm empor, bewegte ihre Hand. »Du musst es lange und fest treten«, sagte sie beschwörend. »Das weißt du doch, Jakob. Fest treten. Fertig ist es erst, wenn das Wasser kommt.«

Es war spät, und Jakob war furchtbar müde, als er in sternenklarer Nacht vom Dienst am Huber-Hof heimging, um sich in seiner Kammer schlafen zu legen. Es war nicht nur eine körperliche Müdigkeit. Jakob fühlte sich innerlich ausgelaugt.

Als er das Tor des Stadels zur Seite schob, hörte er ein leises Summen. Vorsichtig ging er näher und erkannte, dass es ein Lied war. Fabio sang es. Er war allein. Mit dem Lied war es ihm gelungen, den Zorn auf seine Frau zu verscheuchen, seine Wut über die Auseinandersetzung mit ihr. Dank der Melodie hatte er es zudem geschafft, seinen Ärger einzutauschen – gegen wohltuendes Selbstmitleid.

Jakob sah, dass er willkommen war und hockte sich nieder. Je länger das Lied anhielt, desto mehr Ruhe kehrte in Jakob ein. Und als die letzte Silbe verklungen war, fühlte er sich wiederhergestellt. Ausgesöhnt mit den Dingen, die er an diesem Tag hatte erleben müssen. Fabio saß ihm gegenüber und kostete den letzten Rest Märtyrertum aus, den letzten Rest männlicher Schwermut. Als nichts mehr zu spüren war, wandte er sich Jakob zu.

»Was ist mir dir?«, fragte Fabio mit leiser Stimme. »Hast du Kummer?«

»Nicht mehr«, antwortete Jakob. Und weil er Fabio diesmal nichts über sein Erlebnis mit der Huber-Bäuerin erzählen wollte, schilderte er ihm seine Begegnung mit dem Pfarrer. Der Fahrende hörte aufmerksam zu, ohne den Burschen zu unterbrechen, und sei es auch nur, um eine Frage zu stellen. Das lag nicht nur an seiner Aufmerksamkeit. Fabio musste sich eingestehen, kurz noch einem Gedanken nachgehangen zu sein. Als Jakob seinen Bericht beendet hatte, war Stille. Es war so leise, dass nach einer Weile das schnaufende Atmen von Fabios schlafender Mutter zu hören war.

Schließlich hatte der Fahrende die Worte gefunden, die er einem Lehrer angemessen hielt und für Jakobs Problem.

»Du musst wissen«, begann er, »dass der Pfarrer nicht von Gott zum Pfarrer gemacht wurde.«

»Er ist«, fuhr Fabio nach einer kurzen Pause fort, »ein armer, gemeiner Mensch, maskiert mit einem Pfarrersgesicht, verkleidet in Pfarrerskleidern, die Menschen täuschend mit Pfarrersworten.«

Jakob dachte nach. Weil er verstanden hatte, nickte er.

Und Fabio sagte: »Menschen steht nicht der Respekt zu, den ihnen ihr Amt oder ihr Rang verschafft hat. Menschen steht jener Respekt zu, den ihnen ihr Reden und, noch wichtiger, ihr Handeln verleihen. Das macht den Menschen aus. Danach ist er zu bewerten. Ganz gleich, ob es sich nun um einen König handelt oder um einen Bettler.«

Fabio wollte dem jungen Mann ihm gegenüber, der an

seinen Lippen hing, Zeit lassen, um das Gehörte auf seinen Sinn zu überprüfen. Doch schon reagierte Jakob. »Ich kann genauso glücklich sein wie ein König, glücklicher sogar«, flüsterte er. »Und ich kann ebenso wichtige und gute Dinge tun wie ein König, wichtigere, bessere sogar. So ist es doch, nicht wahr?« Fabio lächelte. Weil Jakob so rasch begriffen hatte, alles begriffen hatte.

Erstaunlich, dieser Bursche, dachte der Fahrende. Und beneidete ihn um sein unverdorbenes Herz.

❊

Ich war schlecht gelaunt. Und als mich Silvia gefragt hat, warum, bin ich noch mürrischer geworden und richtig ruppig und habe geschrien: »Ich weiß es nicht!« Über Silvias Augen ist ein Flimmern gegangen und sie hat den Kopf gesenkt. Du Vollidiot, habe ich mir gedacht und mich noch mehr geärgert, du hast den Menschen gekränkt, der dir am liebsten ist. Mit beiden Füßen aufstampfend, bin ich vor ihr im Kreis herumgehüpft und habe »Arrrrrrr« gemacht, weil es mich so gegiftet hat. Das Springen hat geholfen. Weniger mir, aber Silvia. Endlich hat sie wieder aufgeschaut, und dann hat sie lachen müssen. Weil ich so idiotisch herumgezappelt bin. Gott sei Dank!

»Na sag schon«, hat sie mich aufgefordert, hat mich gestupst, mir ihren Zeigefinger in die Seite gebohrt, und da waren sie wieder, die Grübchen in ihren Wangen und das Funkeln in ihren Augen.

»Ich weiß nicht, was mit mir ist. Es ist einfach so«, habe ich versucht, die Sache loszuwerden, und bin nicht mehr am Boden herumgesprungen, sondern von einem Grübchen zum anderen. Und wieder zurück, und habe mich dann entschieden, im linken zu bleiben.

»Na gut, dann sag eben ich dir, weshalb du so unwirsch bist«, hat Silvia erklärt: »Es ist wegen der Zigeuner. Weil sie morgen fahren.«

Freilich hat sie recht gehabt. Kaum war die Wahrheit ausgesprochen, war sie nicht mehr zu übersehen. Und mir ist keine Möglichkeit mehr geblieben, mir vorzumachen, »einfach so« schlecht aufgelegt zu sein.

»Im Spätherbst kommen sie ja wieder«, hat Silvia gesagt. »Und bis dahin hast du mich.«

Das hat sie wirklich gesagt: »Hast du mich!« Mein Herz hat Purzelbäume gemacht. Es hat sich runterkugeln lassen wie über einen warmen, duftenden Blumenwiesenhang, ist gesprungen und gerollt und gehüpft. Ich wollte Silvia auf der Stelle umarmen und sie nie wieder loslassen. Ich wollte ihr sanft übers Haar streicheln. Ich wollte sie liebevoll an mich drücken. Ich wollte ihr zärtlich ins Ohr flüstern. Ich bin dagestanden wie versteinert und habe ein Eselsgesicht gemacht.

Ähnlich unschlüssig wie ich war an diesem Tag der Wettergott. Er hat Sonne geschickt und sie uns dann gleich wieder entzogen, durch einen Vorhang aus Dunst. Er hat Wind gesandt, der aber gleich wieder zu Boden gesunken ist, ganz so, als sei er müde. Und er hat Regen fallen lassen, aber nur eine Ahnung davon, einen Tropfen da und einen Tropfen dort, so wenig, man hätte glauben können, im Himmel ist das Wasser knapp geworden. So ist der Tag vor sich hin getrieben, und irgendwann ist das letzte Licht verschwunden, und er ist hereingebrochen, der Abend der Tagundnachtgleiche.

Also haben die Zigeuner mit ihrem Fest begonnen, haben begonnen, Abschied zu feiern, weil sie doch am nächsten Morgen aufbrechen würden, wie immer zu dieser Jahreszeit. Weißt du eigentlich, warum ausgerechnet dann? Natürlich, du Oberschlauer, freilich weißt du es. Fabio sagt immer: »Gott hat die Welt zu Frühlingsbeginn geschaffen und somit auf ihre Reise geschickt. Es ist also nur recht und billig, dass wir uns daran halten und unsere Reise ebenfalls zur Tagundnachtgleiche beginnen. Erneut brechen wir auf, um die Wunder, die Gott zu Frühlingsbeginn geschaffen hat, mit Händen, Augen, Ohren und Nase einzufangen.«

Die Abschiedsfeier der Zigeuner ist spät am Abend zu Ende gegangen, und die Dorfbewohner haben sich mit vollgeschlagenen Bäuchen und rot getrunkenen Köpfen auf den Heimweg gemacht. Nachdem sich alle verabschiedet haben, die zum Fest eingeladen gewesen waren, also wir vom Seifritz-Hof, und auch alle, die nicht eingeladen gewesen waren, aber trotzdem gekommen sind, also der Huber-Bauer, die Huber-Bäuerin, die Lagler-Buben Kurt und Franz, der Herr Pfarrer und der Wirt, dem langweilig gewesen ist, weil er Ruhetag gehabt hat. Nachdem sie alle weg waren, hat mich Fabio zur Seite genommen und gesagt, dass er etwas mit mir zu besprechen habe.

Wir haben uns abseits vom Planwagen zum Lagerfeuer gesetzt. Fabio hat für uns die letzte Flasche Wein hervorgezogen, die er rechtzeitig vor den anderen in Sicherheit gebracht hatte, und dann hat Fabio das Gespräch begonnen, wie er jedes begonnen hat, seit ich ihn kenne: Er hat mir freundlich in die Augen geschaut und nichts gesagt. Wir haben abwechselnd aus der Flasche getrunken, und sie war nur noch halb voll, als Fabio gemeint hat: »Du musst nicht traurig sein.«

Ich habe mich ertappt gefühlt und war verlegen, da hat er ergänzt: »Nicht trauriger als ich.«

»Wir werden uns wiedersehen, im Herbst«, hat er gesagt. Das könne er mit Sicherheit behaupten, denn es sei ihm in der Raunacht anvertraut worden, als er um Mitternacht am Großen Stern nach der Zukunft gehorcht habe. Fabio hat tief durchgeatmet, und dann hat er mir erzählt, was er in dieser Raunacht geweissagt bekommen hat. Das meiste betreffe freilich ihn und die Seinen, hat er gemeint, aber eine Vorhersage auch mich. Und die sei am erstaunlichsten.

Das nächste Mal, wenn er mit seiner Sippe nach Legg kommen werde, hat er begonnen und mich dabei mit einem ungläubigen Blick fixiert, als würde er in meinen Augen nach einem Hinweis forschen für die unerklärlichen Dinge, die er über mich erfahren hat. Das nächste Mal, wenn er nach Legg kommen werde, werde vieles anders sein. Als er sich beim Kreuzweg niedergelassen habe, habe alles damit begonnen, dass er eine Krähe gehört habe, ihren Schrei und dann ihren Flügelschlag über seinem Kopf. »Sie war ein Bote, sie hat dich angekündigt«, hat Fabio gesagt und dann erzählt, dass er die Augen geschlossen habe. Kurz darauf sei ich ihm erschienen, ganz deutlich habe er mich gesehen, wie ich ihm entgegengekommen sei. »Aber dein Schritt«, hat er gesagt, »war ein anderer und auch deine Haltung. Dein Rücken war stolz und gerade, dein Gesicht hast du höher gehalten als sonst. Sodass die Herbstsonne es erhellen konnte. Und in deinen Augen war eine neue Kraft und Selbstverständlichkeit. Eine gelassene Sicherheit funkelte darin. Es war ein Funkeln, das niemand je zuvor gesehen hat. Es kam aus Augen, die nicht weniger fröhlich waren als sonst, aber mit einem Mal klar. So hab ich dich kommen gesehen«, hat Fabio zu mir gesagt, noch immer mit einem Blick wie vor einem Rätsel. Und weil ich nicht gewusst habe, wie ich ihm helfen soll, und deshalb nur mit den Schultern gezuckt habe, hat er gesagt: »Jakob, du warst ein gänzlich anderer. Und doch du selbst.«

Am nächsten Morgen bin ich mit ziemlichem Kopfweh aufgewacht, und mit furchtbarem Durst. Wie betäubt habe ich mich in meiner Kammer umgeschaut, irgendwie so, als ob ich sie zum ersten Mal sehen würde. Kurz darauf ist mir aufgefallen, dass meine hellbraune Weste verschwunden war. Als ich raus in den Stadel gestolpert bin, um nach ihr zu suchen, war auch der Planwagen fort, mitsamt den Rössern und Fabios Sippe.

10.

Als der Huber-Bauer erstmals vom frischen Kraut aß, beschwerte er sich, dass es »nicht zu fressen« sei und einfach eine »Zumutung«. »Da ist ja überhaupt kein Salz und kein Kümmel drinnen!«, redete er sich nach abermaligem Probieren noch tiefer in seinen Zorn, fixierte mit streitsüchtigem Blick seine Frau und schrie: »Hast du in die Luft geschaut, als Jakob dir das Kraut gehobelt hat?«

Um Himmels willen, dachte Jakob, jetzt kommt alles raus. Rasch senkte er den Kopf und stopfte sich einen übergroßen Bissen Erdäpfelknödel in den Mund. Er fand, so könne wirklich niemand von ihm erwarten, dass er zu dem Thema etwas sage. Die Bäuerin hingegen zeigte nicht den Anflug von Verlegenheit: »Wenn dir das Kraut nicht passt«, keifte sie, »machst du es dir das nächste Mal halt selber!«

Schrecken in den Augen des Bauern. »Ist schon gut, brauchst dich nicht gleich aufregen«, brummte er erstaunlich kleinlaut und stocherte lustlos in seinem Kraut.

Die Dreistigkeit der Bäuerin verblüffte Jakob. Mehr aber noch, dass ihre Kaltschnäuzigkeit von solchem Erfolg gekrönt war. Jakob kam die Seifritz-Großmutter in den Sinn. Oft hatte sie kopfnickend festgestellt: »Frechheit siegt.« Jakob musste sich eingestehen, dass er selbst niemals ausreichend Mut gehabt hätte, frech zu sein, wie es die Großmutter empfohlen und die Huber-Bäuerin praktiziert hatte. Vielleicht, überlegte er, vielleicht ist Frechsein ja auch ausschließlich Sache der Frauen. Eben wollte er die Bäuerin danach fragen, da verbot sie ihm mit einem scharfen Blick den Mund – als ob sie Gedanken lesen könnte, schauderte es Jakob, und sein Respekt vor den Weibsbildern war schon wieder gestiegen.

Nach einer Weile, während der die Bauersleute und ihr Knecht stumm das Essen zwischen ihre fettglänzenden Lippen geschoben hatten, tat der Bauer etwas, das er noch nie getan hatte: Er fragte Jakob um seine Meinung. »Wie schmeckt eigentlich dir das Kraut?«, kramte er das abgeschlossen geglaubte Thema wieder hervor und ließ eine voll beladene Gabel dicht vor den Augen des Burschen auf und ab wippen.

Um Himmels willen, dachte Jakob. Er ärgerte sich, dass er zuvor eigens einen so großen Bissen genommen hatte. Nun war nichts mehr übrig von dem Knödel, nichts mehr da, um sich den Mund zu stopfen. Jakobs Ohren begannen zu glühen, seine Wangen folgten und sein Kopf drohte vor Hitze zu explodieren. Mit angestrengt zugepressten Augen wartete er darauf. Zähe Sekunden vergingen.

Plötzlich schepperte es am Fenster. Alle erschraken.

»Schnell! Kommt's schnell!«, schrie Hans, der vom Seifritz-Bauern geschickt worden war. Noch immer trommelte er wie wild an die dünne Scheibe. »Kommt's! Es brennt! Der Lagler-Hof brennt!«

An einem Ende schlug das Feuer bereits über das Scheunendach. Es raste die groben Holzlattenwände empor, fraß sich nach oben, immer wieder neue Kraft sammelnd, mit jedem Stoß an Stärke gewinnend. Wie ein tobendes, wildes Tier züngelte es nach allem, was ihm in den Weg kam, und war dabei so heiß, dass Jakob gezwungen war, die Augen zusammenzukneifen, als er näher trat. Das Feuer war laut. Es fauchte und prasselte, krachte, tobte, krächzte und schrie. Immer näher kam es dem Wohnhaus, hatte es aber noch nicht unter seiner Gewalt. Die Lagler-Bäuerin und ihre beiden Söhne schleppten Geschirr nach draußen, Truhen voll mit Gewand und anderen Habseligkeiten. Vom Feuerwehrhaus her heulte bedrohlich die Sirene. Das Feuer biss auf den Stadel ein, blutete ihn aus, befiel nun auch den dahinterliegenden Stall, grausam, mächtig, laut, unsägliche Hitze, flirrende Luft. Jakob fühlte, wie Panik ihn umschloss. Die Nachbarn halfen der Bäuerin und ihren Söhnen beim Retten der Einrichtung, der bescheidenen Kostbarkeiten: der Marienstatue, des Nudelwalkers, des Salatsiebs, der Gugelhupfform. Jakob stand inmitten dieses hektischen Durcheinanders – und rührte sich nicht. In den Ohren Watte, gesponnen aus Angst. Wildes Rauschen im Kopf. Jakob versuchte sich zu beruhigen, er wollte wieder denken können, das Feuer aus seinem Schädel bekommen. Fabio, was würde Fabio mir raten, überlegte er, und allein dieser Gedanke machte ihn ruhiger, nahm dem Getöse um ihn herum etwas von seiner Heftigkeit. Er schloss die Augen. Seine Lippen formten Worte, doch kein Ton entkam ihnen. »Schieb beiseite, was dich verwirrt. Achte nicht auf das Chaos, nicht auf das Reden und nicht auf das Tun der anderen. Vertraue auf dich und die einfache Klarheit der Dinge. Klar wirst du sie sehen, wenn du lernst, still zu sein. So wirst du über den Dingen sein. Und so wirst du die Fähigkeit haben, auch in den Dingen zu sein.« In seinem Kopf wurde es nun leise. Ganz leise und angenehm kühl. Jakob bemerkte, dass ein Feuerwehrauto dicht neben ihm gebremst hatte, er vernahm, dass er von seinem Vater angeschrien wurde, aber all das nur leise, bedeutungslos, wie von weit weg. Er sah den Lagler-Hof jetzt von oben. Sah, wie das Feuer sich ausbreitete. Und er hörte, was er zuvor nicht gehört hatte.

Die Tiere im Stall brüllten um ihr Leben. Als ob sie in ihm wären, so laut hörte er ihr verzweifeltes Schreien. Jakob rannte los.

Er fühlte sich nun ganz leicht, und als er um die Ecke bog, war es exakt so, wie er es zuvor von oben gesehen hatte: Auch der Stall brannte schon, und das Feuer hatte bereits volle Gewalt über jene Seite, an der das Tor eingelassen war. Jakob nahm Anlauf, rannte los, drang ein in die Hitzewand, sprang in vollem Lauf in die Höhe, spürte das Feuer seinen Körper schlucken und krachte mit gestreckten Beinen gegen die brennenden Holzlatten. Sie gaben nicht nach, ließen Jakob abprallen, und er musste zusehen, schleunigst wieder aus dem Feuer zu kommen. Er überlegte nicht mehr, seine Aufgabe war nun klar. Er rannte erneut los, hinein ins Feuer, mit voller Wucht gegen die Latten. Sie gaben wieder nicht nach. Auch beim nächsten Mal nicht. Und auch nicht danach. Jakob stand der Schweiß am ganzen Körper. Erneut setzte er an, erneut prallte er ab. Da begann die Angst in ihm aufzusteigen, die Angst, es womöglich nicht zu schaffen, die Angst vor dem Schwinden der Kraft. »Konzentrier dich!«, befahl er sich. »Konzentrier dich!« Jakob dachte jetzt wieder an Fabio, dachte an dessen Worte: »Sammle deinen Willen in einer Nagelspitze, und du wirst das Hindernis durchdringen.« Daran dachte Jakob jetzt. Daran und an seinen Freund und Lehrer Fabio. Aber sein Gebet richtete er an Gott. Jakob sagte nicht: »Bitte gib mir Kraft.« Jakob sagte: »Du gibst mir jetzt Kraft, immense Kraft, du machst mich jetzt stark, ich durchbreche jetzt die brennenden Latten.« Und dann rannte Jakob los, sein Schrei begleitete ihn, und sein Körper durchfuhr die Wand. Krachend und funkensprühend gab sie nach, Splitter und

Glut stoben davon. Jakob fiel zu Boden, sah wegen des Rauches im Stall kaum die Hand vor seinen Augen, tastete nach den Kühen, schnitt sie mit seinem Taschenmesser von ihren Stricken, dachte nicht an die Gefahr des Rauches, öffnete den Schweinekobel, das Pferdegatter. Die Feuerangst lähmte die Glieder der Tiere. Noch keines hatte sich nach draußen gerettet, obgleich Jakobs Körper ein breites Loch in die hölzerne Stallwand gerissen hatte. »Ihr folgt mir jetzt alle!«, schrie Jakob, und da merkte er zum ersten Mal, dass ihm schlecht wurde, schwindlig, und dass er kaum noch Atem hatte. Dann schrie er noch einmal: »Alle jetzt hinter mir nach!«

Die Bauern hatten inzwischen alles, was nicht niet- und nagelfest war, aus dem Wohnhaus geräumt. Schnaufend standen sie neben dem riesigen Haufen Hausrat.

»Ist noch wer im Hof?«, rief ein Feuerwehrmann.

»Die Viecher!«, schrie Kurt, der ältere Sohn der Huber-Bäuerin, und griff sich vor Schreck an den Mund.

»Vergiss die Viecher!«, rief der Feuerwehrmann und schüttelte den Kopf, »die kriegen wir aus dem Stall nimmer raus. Wir müssen das Haus absichern.« Franz, der Jüngere, brach in Tränen aus.

»Wo ist eigentlich euer kranker Großvater?!«, rief der Feuerwehrmann.

Jetzt schlug die Lagler-Bäuerin die Hand vor den Mund.

※

Die Lagler-Bäuerin, Kurt und Franz haben ihren kranken und bettlägerigen Großvater im Feuer vergessen. Ab dem Tag, an dem der Lagler-Bauer bei einem Unfall im Wald umgekommen ist, hat sein Vater, der Lagler-Großvater, im Zubau schlafen müssen, gleich neben dem Stadel. Der

Zubau ist völlig ausgebrannt. Nachdem die Tiere im Freien gewesen sind und ich gehört habe, dass der Lagler-Großvater noch drinnen ist, bin ich losgelaufen, um ihn zu holen. Die Feuerwehrleute haben nicht hineinwollen, um keinen Preis der Welt, haben sie gesagt. Sie wollten auch nicht, dass ich reingehe, haben gemeint, dass das Dach einbrechen werde, jeden Moment.

Auf dem Weg zu seiner Kammer hat schon alles gebrannt, und ich habe bald furchtbar husten müssen wegen des vielen Rauches. Als ich den Alten gefunden habe, ist sein Bett auf einer Seite schon lichterloh in Flammen gestanden, und auch er hat auf einer Seite schon gebrannt. Trotzdem ist er ganz ruhig drinnen gelegen, hat keinen Mucks gemacht. Das war deshalb so, weil er schon tot war. Wahrscheinlich wegen des Rauches, den seine kranken Lungen eingeatmet haben. Ich habe ihn trotzdem rausgezogen und mich ziemlich verbrannt dabei, weil er stark geglost hat, der Lagler-Großvater.

Als alles so halbwegs vorbei war, haben mir die Leute auf die Schulter geklopft und gesagt, ich sei ein Held, weil ich doch die Tiere gerettet habe. Es war ungewohnt für mich, einmal nicht beschimpft oder verdroschen zu werden, sondern gelobt. Richtig gelobt! Eine schöne Stimmung ist trotzdem nicht aufgekommen in mir, weil ja der Lagler-Großvater halb verbrannt in der Wiese gelegen ist. Das Gewand, das an seiner Haut gepickt ist, und auch sein Fleisch haben ziemlich geraucht und gestunken.

Am nächsten Tag in der Früh ist dann das ganze Dorf zusammengelaufen vor dem Schutt- und Kohlehaufen, der einmal der rechte Teil des Lagler-Hofs gewesen ist. Die Bauern, der Bürgermeister, der Wirt, der Pfarrer, eine Schar Kinder und ein Dutzend alte Weiber haben in die

Asche geschaut, mit den Füßen nach heraus stehenden Gegenständen gestoßen und festgestellt, dass es noch immer Glutnester gab und an vielen Stellen weiterhin Rauch aufstieg. Je nach Gemüt haben die Leute die Hände zusammengeschlagen, die Münder nicht mehr zubekommen, die Köpfe geschüttelt und sich über alles so ihre Gedanken gemacht und damit nicht lange hinter dem Berg gehalten. Alle haben recht mitleidig getan, aber in Wirklichkeit war es ein Geschnatter und Durcheinander wie am Jahrmarkt. Meine Heldentat vom Vorabend ist über Nacht noch größer und spektakulärer geworden. Ein altes Weib, das beim Brand gar nicht dabei gewesen ist, hat erzählt, ich hätte sämtliche Schweine mit meinen bloßen Händen aus dem Stall getragen. Und das Pferd hätte ich gerettet, indem ich mit ihm aus der brennenden Hölle geradewegs herausgeritten sei. Komisch, habe ich mir gedacht, warum die Leute immer so übertreiben müssen.

»Ob das nicht die Zigeuner waren«, hat auf einmal der Wirt gesagt, weil er sich wichtig hat machen wollen, und dabei den Bürgermeister angeschaut. Der hat nicht gleich geantwortet, sondern hat bedächtig den Kopf gewiegt, als würde er allerlei Interessantes und Kluges auf seine Brauchbarkeit hin abwägen. Wahrscheinlich hat er aber nur deshalb so nachdenklich getan, um Zeit zu gewinnen und zu sehen, wie die Umstehenden reagieren.

»Die Zigeuner sind doch schon wochenlang weg«, hat der Seifritz-Bauer gesagt und über den Wirt den Kopf geschüttelt. Aber der Wirt hat nicht aufgehört und gemeint: »Bei denen weiß man nie, das sind Teufel.«

»Na ja, vielleicht hat der Wirt ja wirklich recht«, hat sich der Pfarrer eingemischt. »Ein ungehobeltes Leben führen sie gewiss. Und über den Weg trauen darf man solchen ja nie.«

Ich habe mir gerade einen Satz überlegt, um mich einzumischen und die Zigeuner zu verteidigen, da ist auf einmal der Lagler Kurt in der Runde gestanden. »Wer von euch weiß, wem die braune Weste da gehört?«, hat er gefragt und das halb verkohlte Ding in die Höhe gehalten. Der Weste hat ein Ärmel gefehlt, und Asche ist an ihr gepickt. »Wir haben sie beim Eingang zum Stadel gefunden«, hat der Lagler Kurt gesagt, sich mit finsterer Miene in der Runde umgeschaut und dann geschrien: »Die Weste gehört sicher dem Brandstifter! Die Sau wird sie in der Eile vergessen haben, nachdem sie unseren Hof angezündet hat!«

»Das ist meine Weste«, habe ich darauf gesagt. Weil es ja wirklich meine war.

II.

Gegen den heftigen Willen von Kurt und Franz bestand
die Lagler-Bäuerin darauf, den Leichnam des Großvaters
in deren enger Kammer aufzubetten. Und sie bestand darauf, dass ihre beiden Söhne die Totenwache übernäh-
men, bei Tag und bei Nacht.

Die Kammer der Burschen wurde für den Großvater
festlich geschmückt, mit Heiligenbildern, rosa und weißen Papierblumen, mit Marienstatuen und allerlei Kreu-
zen. Kleinen und großen, mit Jesus und ohne. Volle drei
Tage und volle drei Nächte wurde der Tote aufgebahrt,
ihm die letzte Ehre erwiesen. Ein penetranter, stechend
süßer Geruch entwich seinem ausgezehrten Körper, der
auf der linken Seite vom Scheitel bis zur Schulter aufgebrochen war, verbrannt und verkohlt an Arm, Hüfte und
Bein. Die Bäuerin trug ihren Söhnen auf, alle zwei Stunden vor der Leiche des Großvaters niederzuknien und für
dessen Seelenwohl zu beten.

Am frühen Morgen des vierten Tages betraten der Bürgermeister und der Wirt den äußersten Zipfel des Eigen-
waldes. Sie wollten zum Hochstand auf der Bachwiese.
Nachdem sie wenige Schritte in den Wald getan hatten,
blieb der Wirt stehen und wies mit gestrecktem Arm zur
Seite. Franz, der jüngere Sohn der Lagler-Bäuerin, drehte
sich sachte im Wind.

Zu Beginn hatten beinahe alle in Legg geglaubt, Jakob sei
der Brandstifter gewesen. Das lag daran, dass es aufgrund
der gefundenen Weste die nächstliegende Erklärung war.
Und auch daran, dass allzu viele Menschen gewohnt wa-

ren, nicht weiterzuschauen als bis zu ihrer Nasenspitze. Als die beiden Gendarmen beim Huber-Hof vorgefahren waren, um Jakob zu verhören, hatte er um Bedenkzeit gebeten. Die Gendarmen hatten vielsagende Blicke gewechselt, genickt und Jakob dann dabei beobachtet, wie er sich unweit des Gehöfts in die kühle Frühlingswiese gestreckt hatte.

Der Bursche war eine Ewigkeit auf dem Bauch liegen geblieben. Dann hatte er sich aufgerichtet, zum Sitzen, die Beine an die Brust gezogen und – mit einem Löwenzahnhalm die Luft gepeitscht. Den Gendarmen schien, er warte auf etwas, fanden aber keine Erklärung, was es sein könnte. Da sah Jakob unvermittelt nach oben. Über ihm kreiste ein Rabe im tiefen Blau des Himmels. Seine Kreise wurden enger und enger, und er verlor an Höhe. Wenig später setzte er zur Landung an, berührte knapp vor Jakob den Boden und ließ seinen Flug mit ein paar ulkigen Schritten ausklingen. Schritte wie die eines schrulligen alten Herrn im Frack. Schließlich schien der Vogel sein Gleichgewicht gefunden zu haben, schüttelte resolut den Flugwind aus seinem Gefieder und verharrte schließlich dicht vor dem Burschen, keine Armlänge entfernt.

Eine Weile verging, und den Gendarmen schien, als würden sich die beiden unterhalten, was freilich absurd war und lächerlich, und deshalb lachten sie über die Vorstellung. Es dauerte nicht lange, und der Rabe machte kehrt, ging ein paar Schritte, formte einen kauzigen Altmännerbuckel, klappte die Flügel auf und stieß sich ab. Jakob stand auf, befühlte seinen in der Wiese feucht gewordenen Hosenboden und ging den Gendarmen entgegen.

»Na, Jakob?«, fragte der kleinere der Gendarmen freundlich und auch ein bisschen mitleidig. »Möchtest du jetzt ein Geständnis ablegen?«

Jakob blickte den beiden fröhlich in ihre Gesichter. »Nein«, sagte er. »Ich war es nicht.«

Die beiden sahen einander an, und dann sagte der Kleinere, nun nicht mehr so freundlich: »Und das hast du uns nicht gleich sagen können?«

»Ich wollte nur sichergehen«, antwortete Jakob höflich. »Man weiß ja nie.« Wieder befühlte er seinen nassen Hintern. Und weil er merkte, dass die Gendarmen nicht wussten, wovon er sprach, sagte er: »Geht es Ihnen nicht auch so, dass Sie sich manchmal wundern über das, was Sie tun oder denken? Da können schon Sachen passieren, an die man sich später nicht mehr erinnern will, und deshalb vergisst man sie.«

Da die beiden nichts entgegneten, sondern einander bloß pferdegesichtig ansahen, was sie für Jakob sympathisch machte, sprach er weiter: »Also mir geht es jedenfalls so. Oft glaube ich, dass ich nicht aus einem Stück bin, sondern aus einem wilden Sturm durcheinanderwirbelnder Teilchen, die mich immer wieder neu zusammenwürfeln. Geht es Ihnen nicht so?« Er fragte es mit ehrlicher Neugier und in der Hoffnung auf eine sachliche Antwort.

»Ich weiß nicht, ob du uns zum Narren halten willst, Jakob«, reagierte der kleinere Gendarm und probierte einen strengen Ton. »Aber wenn du dich selbst schon nicht kennst, wir kennen dich. Und wir wissen, dass du es warst, weil nämlich deine Weste am Tatort gefunden worden ist.«

»Entschuldigung«, sagte Jakob, und da weiteten sich die Pupillen der Gendarmen, weil sie sich nun doch vor einem Geständnis glaubten. »Entschuldigen Sie«, wiederholte er, »aber wie können Sie mich kennen? Ich glaube«, er hielt inne, weil er nach Worten für den neuen Gedanken suchte, der ihm gerade gekommen war, »ich glaube, es ist schon ein großes Glück, wenn das, was wir von anderen Menschen halten, nur ein bisschen falsch ist.«

Die Gendarmen atmeten durch.

Es entstand eine Pause, und der Größere sagte schließlich, um das Gespräch wieder unter Kontrolle zu bringen: »Gut. Du behauptest also, dass du mit dem Feuer am Lagler-Hof nichts zu tun hast.«

»Genau«, sagte Jakob und nickte.

»Hat dir das der Rabe erzählt?«, fragte der Größere spöttelnd, aber doch mit Neugier.

»Ich habe es mir vorher schon gedacht«, war die Antwort. »Aber der Rabe hat es mir bestätigt.«

Die Menschen in Legg gingen recht unterschiedlich mit Jakob und dem Feuer am Lagler-Hof um:

Die Gendarmen sagten: »Es ist besser, wenn du deine Schuld zugibst, Jakob. Wir kommen morgen wieder.«

Der Lagler Kurt gab zu Protokoll, dass er nicht nur Jakobs Weste gefunden, sondern ihn auch dabei beobachtet habe, wie er eine ihrer Kühe geschändet hätte. Jakob sei durch und durch »ein gemeiner Krimineller«, der besser hinter Gitter gehöre.

Der Huber-Bauer dachte: Merkwürdig, ich habe geglaubt, dass Jakob die ganze Zeit vor der Feuersbrunst bei uns war, und jetzt heißt es trotzdem, er ist der Brandstifter. Ich warte lieber ab, wie sich die Sache entwickelt, bevor ich was sag und mir den Mund verbrenn.

Die Lagler-Bäuerin schaute traurig, als ihr Jakob versicherte, nichts mit dem Feuer auf ihrem Hof zu tun zu haben. Dann nickte sie und sagte: »Ist schon gut, Jakob. Du bist ein braver Bursch. Geh wieder heim.«

Silvia fragte Jakob, ob er es gewesen sei, und noch in der Sekunde, in der er das Wörtchen »nein« aussprach, seufzte sie »gut«, strich ihm kurz übers Haar und lief mit hochrotem Kopf und springenden Zöpfen davon.

Der Seifritz-Bauer holte, einer alten Gewohnheit folgend, aus und drohte Jakob damit, ihm das Kreuz abzuhauen, sollte er seinen Namen in den Dreck ziehen.

Der Pfarrer lud Jakob mit Engelsstimme zur Beichte.

Und die Huber-Bäuerin. Ja, die Huber-Bäuerin war die Einzige, die Jakob anbot, bei der Gendarmerie für ihn auszusagen. Allerdings nur, wenn er ihr »hoch und heilig« verspreche, sich künftig nicht so anzustellen, und ihr zur Verfügung stehe, zumindest einmal die Woche.

✳

Schon komisch. Am Abend des Feuers haben mich die Leute als Helden gefeiert. Und schon am Tag danach bin ich Feuerteufel und Kuhschänder geschimpft worden. Die Menschen lassen sich so schnell mitreißen, da kann einem schwindlig werden.

Mir war das Wichtigste, dass Silvia von meiner Unschuld weiß, und die Lagler-Bäuerin. Gleich nachdem ihr Sohn Kurt meine Weste als angeblichen Beweis hervorgezogen hat, bin ich zu ihr gegangen. Ich habe vorgehabt, ihr zu erzählen, wer es wirklich gewesen ist, aber das war nicht nötig. Ihr müder, trauriger Blick hat mir gesagt, dass sie es längst weiß.

Als Franz aufgehängt im Wald gefunden worden ist, hat es auch den anderen in Legg langsam gedämmert. Entschuldigt hat sich trotzdem niemand bei mir. Plötzlich war ihnen die Frage, wer der Brandstifter ist, irgendwie peinlich, und niemand hat sich mehr getraut, sie direkt anzusprechen. Aber ganz haben es die Leute doch nicht lassen können, und so sind sie in einem fort drum herumgeschlichen. Sie haben getan, als würden sie nicht wissen, wer der Feuerteufel gewesen ist, haben nur mit vielsagendem Blick besprochen, dass sich der »arme, arme Franz«, der feinfühligere und jüngere der beiden Brüder, ja im Eigenwald aufgeknüpft habe. In beiläufigem, aber hämischem Ton ist getratscht worden, dass die Versicherung keinen einzigen Groschen zu zahlen bereit ist. Nicht einen. Und die Leute haben auch festgestellt, dass die Gendarmen den Hauptverdächtigen, also mich, ja nicht mehr verhören. Dann war das Begräbnis. Vom Lagler-Großvater und vom Lagler Franz, seinem Enkel. Streng genommen war es nur das Begräbnis vom Lagler-Großvater, denn der Pfarrer hat gesagt, dass der Franz eine große Sünde begangen habe und nicht würdig sei, vor den Herrgott zu treten, und auch nicht, den letzten Segen zu erhalten. Ewiglich werde Franz in der Hölle schmoren, so leid ihm das auch tue, hat der Pfarrer zur Lagler-Bäuerin gesagt, dabei wässrige Hundsaugen gemacht und mit den Händen gerungen, ganz so, als sei er ehrlich verzweifelt. Die Lagler-Bäuerin hat langsam genickt, und kein Wort ist ihr über die Lippen gekommen, obwohl es wild in ihr gearbeitet hat. Dann hat sie dem Pfarrer ruhig in die Augen geschaut und ihm eine Ohrfeige verpasst, dass es nur so geklatscht hat. Die Watschen hat ziemlich gesessen, der Herr Pfarrer ist nämlich ordentlich zur Seite getaumelt, hat sich gerade noch am Stiegengeländer vor der Kirche festhalten können. Danach hat er, noch immer gebückt und sich anklammernd, mit einem ängstlichen Blick aufgeschaut und dabei schützend die Schulter vor sein vernarbtes Gesicht geschoben. Aber seine Angst war unnötig, denn die Lagler-Bäuerin hatte längst mit ihm abgeschlossen. Ich glaube, seit damals hat sie keinen Fuß mehr in die Kirche gesetzt.

Der Franz hat dann zumindest hinter dem Sarg seines Großvaters zum Friedhof getragen werden dürfen. Die Lagler-Bäuerin hat den Trauerzug angeführt, mit geradem Rücken und erhobenem, kantigem Gesicht. Ich weiß nicht, ob die anderen es bemerkt haben, aber ihr schwarzes Kopftuch war feucht, dort, wo es an den Wangen angelegen ist. Ihr Sohn, der Lagler Kurt, ist neben ihr gegangen, mit schweren Schritten und gesenktem Kopf. Als ich ihn so gesehen hab, habe ich mir gedacht, dass es gar keinen Gott und auch sonst überhaupt niemanden braucht, der eine Sünde bestraft, keinen Richter, keine Gendarmen und schon gar keinen Pfarrer. Weil sich die Menschen ohnehin selbst bestrafen mit ihren schlechten Taten, über kurz oder lang.

An dem Tag, an dem die Totengräber die nasskalte Erde über den Lagler-Großvater und seinen Enkel geschaufelt haben, da war zum ersten Mal wieder richtig Frühling. Endlich war es geschmeidig warm auf der Haut, der ganze Körper hat geprickelt vor Lustigkeit, und die Luft war weich und hat fast so gut gerochen wie das frisch gekämmte Haar von Silvia. Während des Trauerzugs und beim Grab habe ich mich zusammenreißen müssen, vor Glück nicht laut aufzujauchzen, weil die Vögel so vergnügt miteinander geschnäbelt und gepfiffen haben. An den Feldrainen haben Veilchen geblüht, Hyazinthen, Primeln, Kuhschellen, Gänseblümchen und Schlüsselblumen. Alle haben ihre Köpfe nach oben gestreckt, weil auch sie nicht genug bekommen haben von der Frühlingssonne. Es war zum glücklich In-die-Luft-Springen und sorgenfrei Vor-sich-hin-Pfeifen. Es war der völlig falsche Tag für ein Begräbnis.

Endlich haben die Leute wieder bloßfüßig raus können. Sogar den Kühen hat man ihre neu gewonnene Lebensfreude angemerkt. Weil es wieder frisch geschnittenes Gras gab, haben sie, schwuppdiwupp, als Dank auch gleich wieder mehr und bessere Milch gegeben.

Wenn die Gemüter von Kurt und Franz noch eine Woche klammes Vorfrühlingswetter durchgestanden hätten, habe ich mir gedacht, wenn sie ihre Unzufriedenheit noch eine Woche hätten zügeln können, nur eine Woche ihren Zwang noch gebremst, irgendetwas Verzweifeltes zu tun, um nur ja vom Hof wegzukommen, dann hätte ihnen der sonnige Frühlingswind vielleicht alle bösen Gedanken und alle Trübsal aus den Herzen geblasen, und sie hätten gesehen, wie schön sie es haben, in Legg.

Ja, du hast recht. Ich war auch schon einmal verzweifelt bis tief hinein und habe weder ein noch aus gewusst, war auch schon einmal so weit, mein Leben wegzuschmeißen. Auf welche Art auch immer, es war mir egal. Nur die Sinnlosigkeit und das Leiden sollten enden. Aber das ist lange her, damals war ich noch ein Kind und habe niemanden gehabt. Da kann es einem schon passieren, dass man böse wird und grob. Oder dass man sich wegwirft. Eines von beiden.

Warum ich mich damals nicht davongemacht habe aus dem Leben? Du Schalk, du weißt es doch ganz genau. Willst es nur hören, ich weiß schon. Du warst es, du bist mir damals zum ersten Mal erschienen, hast dich das erste Mal gezeigt. Du und Fabio, ihr beide habt mir Wissbegier und Hoffnung geschenkt, habt mich gierig gemacht auf meine Zukunft, habt sie mich sehen lassen, ein Stück nur, aber für mich klar genug. Es sei an mir, nur handeln müsse ich, dann werde sie da sein, meine Zukunft, mit einem Mal. Es wird geschehen, habt ihr mir vorausgesagt, wenn ich bereit bin für die Wunder dieser Welt, nach denen es nur zu greifen gilt mit Mut und offenem Herzen.

So jung und unerfahren ich damals war, ich habe den Sinn eurer Worte sofort verstanden, wenn ich auch keine Ahnung gehabt habe, was genau ich nun tun musste. Aber ich habe ja euch gehabt, ihr wart meine Lehrer. Als hättet ihr es miteinander abgesprochen, habt ihr, getrennt voneinander, sowohl du als auch Fabio, mir beinahe dasselbe gesagt. Ihr habt mir geraten, mir meine Seele nicht vergiften zu lassen von traurigen Menschen, deren Leben bestimmt wird von Hass und Angst. Habt mir geraten, mich nicht verletzen zu lassen von der Wut und Gemeinheit, mit der sich Menschen ablenken, die ein Lebtag nichts Herzliches zuwege gebracht haben.

Heute weiß ich, es waren wertvolle Ratschläge. Viel Leid habt ihr mir damit erspart. Zum ersten Mal habe ich begriffen, dass die Bösartigkeit der Menschen nicht mir gilt, sondern ihnen selbst. Also habe ich mich entschlossen, jenseits der Gemeinheiten der anderen zu leben und fortan ich selbst zu sein. Bis dahin war es ein langer Weg. Mit acht habe ich schon am Hof mithelfen müssen. Und in der Behandlung von mir und dem Knecht, den der Seifritz-Bauer damals noch gehabt hat, gab es kaum einen Unterschied. Grob und kalt war er zu uns beiden. Weil ich aber kein gestandener Knecht war, sondern ein Kind, war ich dankbar für jedes kleine Zeichen meines Vaters, das sich nach Liebe angefühlt hat. Ich war gierig danach, habe gespannt darauf gewartet, wie auf eine Sternschnuppe, die es nicht zu verpassen gilt, weil sie doch selten ist und so flüchtig. »Jetzt kannst du es auch einmal versuchen«, hat der Seifritz-Bauer einmal zu mir gesagt und mir den Wetzstein zum Schleifen der Sense in die Hand gedrückt. Ich war stolz, und mein Herz hat geklopft vor Aufregung. Rasch hat er mir gesagt, wie es gemacht wird. Aber er hat mir nicht gesagt, dass ich den Daumen beim Wetzen nach unten halten muss. So habe ich ihn mir auseinandergeschnitten. Er hat nur gelacht. Wie einer, der alles vorausgesehen hat, hat er gelacht, und dann hat er gesagt: »Das war bei mir genauso, als ich zum ersten Mal die Sense geschliffen hab. Das heilt wieder.« Er hat recht behalten, der Schnitt ist wieder vergangen, der Schnitt am Daumen.

Die nächsten Tage hat das Arbeiten furchtbar wehgetan, besonders das Melken. »Sieben Mal musst du dich schneiden, bevor du ein guter Schnitter bist«, hat der Seifritz-Bauer zu mir gesagt, als mir die Haut unter der Klinge zum zweiten Mal aufgeplatzt und das Blut warm über meine Hand geronnen ist und ich geschluckt habe, fest hinuntergeschluckt, damit ich nur ja nicht weinen muss. »Sieben Mal musst du dich schneiden«, hat er wiederholt, und ich habe von unten her seinem breiten Rücken nachgeschaut, mit dem heraushängenden Hemdzipfel und den speckigen Hosenträgern.

Ich weiß nicht, wie viele hundert Mal ich seitdem die Sense zischend durchs Gras habe laufen lassen. Manchmal warst du dabei und hast uns beobachtet, wie wir zeitig in der Früh raus sind, damit schon ordentlich was erledigt ist, wenn der Hahn zum ersten Mal kräht. Den Wetzstein habe ich immer bei mir gehabt, immer griffbereit an meinem Gürtel. Wenn wir mit dem Mähen fertig waren, haben wir die Bandeln aufgeschlagen, darauf die Mahd gelegt und sie zu schönen Garben zusammengebunden. »Klaubt ja alles auf«, hat der Seifritz-Bauer gedroht und uns für jeden Halm, der uns dann doch herausgerutscht ist, Hiebe verpasst. Damit wir es uns merken und was draus lernen, hat er gesagt. Bei ihm sei es damals auch nicht anders gewesen.

Ich wurde jedes Mal härter bestraft als Hans und Fritz. Erklärt habe ich mir das damals damit, dass ich der Älteste von uns war. Als wir die Heukraxen fertig mit Gras oder Klee beladen haben, war der Seifritz-Bauer dann wieder ruhig und zufrieden und hat ein stolzes Gesicht gemacht.

Harte Arbeit war es, jeden Tag. Oft ist sie über meine Kraft gegangen. Aber heute fällt sie mir leicht, als wäre es gar keine Arbeit. Das ist wahrscheinlich auch der Grund, warum ich solche Freude dabei habe. Was ich noch nicht so recht weiß, ist, was ich daraus lernen kann, dass der Seifritz-Bauer recht behalten hat: Geschnitten habe ich mich nämlich genau sieben Mal, wie es sich gehört.

12.

Zur Sommersonnwende gingen der Seifritz-Bäuerin die Kühe durch. Breitbeinig und barfuß war sie am Fuhrwerk gestanden, hatte das frisch geschnittene Gras entgegengenommen, das ihr Hans und Fritz mit ihren Heugabeln nach oben geworfen hatten. Jeder Rain und jeder Straßengraben wurde abgegrast, mit der Sense gemäht, mit dem Rechen zusammengerafft, mit der Heugabel auf dem Karren aufgetürmt. »Und dass ihr mir keinen Halm stehen lasst!«, hatte ihnen der Seifritz-Bauer wie immer nachgeplärrt. »Wir haben nichts zu verschenken!«

Die ins Joch gespannten Kühe waren unruhig gewesen. Fette Pferdebremsen hatten sich in ihre Flanken gesaugt, in ihre Rücken, ihre Hälse. Schließlich war ihre Geduld zu Ende, ihre Nerven lagen blank. Kurz schnauften sie noch einmal auf, warfen die Vorderbeine in die Luft, wie es Hans und Fritz bisher nur von Pferden kannten, und zogen ab, mitsamt dem Wagen, ruckartig und voll panischer Kraft. Hans und Fritz mussten mit ansehen, wie ihre Mutter vom Wagen gerissen wurde, aufschlug am Boden, wie neben und hinter ihr Rechen und anderes Werkzeug niederkrachten, lose Latten, die es vom Wagen warf. Die Buben stürzten zur Mutter. Die hielt sich den Bauch und schickte sie weg, mit hektisch besorgtem Blick. »Fangt die Kühe ein und sammelt alles auf.« Als die beiden zurückkamen, kauerte sie in der Wiese, die Beine eng an den Körper gezogen, den Blick im Leeren, entrückt.

»Was ist, Mutter?«, fragte Fritz, dem ängstlich zumute wurde.

»Nichts, gar nichts, nur ein paar blaue Flecken.« Sie

raffte sich auf und begleitete ihre Söhne zum Hof. Niemandem erzählte sie etwas vom Nachzüglerkind, das sie bis zu dem Sturz unter ihrem Herzen getragen hatte.

»Ist dem Vieh was geschehen?«, wollte der Bauer daheim dann wissen, »hat der Karren was abgekriegt?«

»Nein«, sagte Hans froh, »gottlob nicht, Vater. Alles in Ordnung.«

»Mutter hat ein paar blaue Flecken«, erzählte Fritz, aber das interessierte den Bauern nicht sonderlich. Auf die Viecher habe sie nicht achtgegeben, beschwerte er sich, schon wieder abgewandt. Und dass mit ihr nichts Schlimmes passiert sei, sehe er ohnehin.

Nicht nur Gras wurde geschnitten in diesen Tagen. Seit Wochen schon herrschte vielfältige Betriebsamkeit in Legg. Mit Setzhölzern waren bereits die Krautpflanzen in die Erde verfrachtet worden, und auch die Erdäpfel würden bald im Boden keimen. Eine ganze Schar Leute war ausgerückt, um mit Holzschlegeln und Schaufeln die harten Erdschollen klein zu schlagen. Sosehr die Arbeit ins Kreuz ging und in den Armen zog, sie war Voraussetzung für eine gute Ernte. Die größeren Erdäpfel wurden mit einem Messer in der Mitte durchgeschnitten. »Aber macht es so«, wurde die Seifritz-Großmutter nicht müde, Anweisungen zu geben, »dass sie auf beiden Seiten schöne Triebe haben.« Das Grastuch um die Hüfte gebunden, die beiden oberen Zipfel um den Hals, so schleppten die Bauersleute die Erdäpfel von Furche zu Furche. Alle Schritt wurde einer in die Erde gelegt. Aufatmen, wenn das Tuch endlich leichter wurde.

Die Saat für das Korn trugen sie in blauen Schürzen übers Feld. Mit bedächtigem Gesicht schritten die Bauern über die offene Erde. Eine feierliche, weihevolle Handlung – hätte man glauben mögen, als Unwissender, doch vordringlich ging es den Bauern darum, nur ja kein Körnchen zu vergeuden und den Inhalt der hohlen Hand wirtschaftlich zu verteilen. Vierschrötige Mannsbilder nahmen so zumindest für Stunden eine würdevoll konzentrierte Haltung an und einen Ausdruck im Gesicht, der einen tiefgläubigen Mann hinter dieser zerfurchten, von Sonne und Eis geleerten Haut vermuten ließ. Mancher sprach zu seinem armschwingenden Gang tatsächlich ein Gebet zum Himmel, auf dass das Wetter sich gütig erweise und die Ernte als reichlich. Dass die Bauern in jener Zeit ausnahmslos blaue Schürzen zum Säen verwendeten, hatte freilich nichts mit Glauben zu tun, auch das Saatgut auf den Dachböden wurde häufig auf großen, blauen Tüchern ausgebreitet. Seit Generationen nämlich vertrauten sie auf das Wissen der Altvorderen, wonach Blau, die Farbe des Himmels, die Keimkraft wecke, die Samen widerstandsfähiger mache gegen Schädlingsbefall und sie zudem kräftiger wachsen lasse.

Gegen Ende dieser arbeitsreichen Zeit war Jakob an einem luftig heiteren Tag ins Träumen geraten. Er lag auf dem Rücken im Gras und kaute an einem Sauerampfer. Über ihm war nichts als der blitzblaue Himmel. Jakob verstand das nicht: Wenn keine Wolken am Himmel stehen und kein Nebel die Sicht verstellt, warum sind dann bei Tag keine Sterne zu sehen? Die können doch nicht weg sein! Jakob kniff die Augen zusammen. Er grübelte. Legte die Stirn in Falten. Und weil er auf keinen grünen Zweig kam, fragte er sich, wie Fabio ihm die Sache wohl erklärt hätte. Jakob schloss die Augen. Mit der Zeit schweifte er ab, ließ sich davontragen von seinen Gedanken. Und dann grinste er. Lag noch immer ausgestreckt in der Wiese und grinste übers ganze Gesicht. Grinste, grinste, grinste. Und kreischte plötzlich »Jiiiiiiiiiiha!«, denn er hatte die Lösung gefunden.

Ganz allein war er draufgekommen, er, der Dorftrottel, ganz allein. Und nicht nur das. So nebenbei hatte Jakob auch gleich ein tieferes Geheimnis hinter dem Rätsel gelöst. »Die Sterne sind bei Tag nicht zu sehen, weil es zu hell ist«, formulierte er für sich. »Das heißt, es kann passieren, dass man wegen zu viel Licht die Wahrheit nicht sieht.« Jakob war aufgewühlt über die dahinschießende Dynamik seiner Erkenntnis. »Das heißt, dass man vor lauter Klarheit und Selbstverständlichkeit die Wahrheit übersehen kann.« Und weil er gerade so schön in Schwung war, probierte der Bursche noch höherfliegende Gedanken: »So ist es auch mit Gott. Man reißt die Augen auf, um ihn endlich einmal zu Gesicht zu bekommen, dabei müsste man sie nur schließen, nur in sich selbst schauen und würde ihn erblicken.« Jakob lag auf dem Rücken, die Augen geschlossen. Sonnenstrahlen malten Fäden und bunte Flecken unter seine Lider. Die Fäden und Flecken rutschten hin und her, bewegten sich, sackten nach unten, wurden zur Seite gezogen, kippten aus dem Bild. Jakob presste die Augen zusammen. Sternchen flackerten auf, zuckten übers gekrümmte Firmament seiner Augen, schwebten nach oben, blieben hängen, verglühten, und neue wurden geboren.

»Jakob!«, schrie der Huber-Bauer.

Sein Knecht schreckte auf. Die Sonne blendete ihn, aber er konnte die Umrisse seines Herrn auf sich zulaufen sehen. »Du verfluchter, idiotischer Nichtsnutz!«, brüllte der Bauer. Jakob kniff die Augen zusammen. Am oberen

Ende des deutlicher werdenden Umrisses erkannte er, wie eine Mistgabel geschwungen wurde.

Jakobs Träumereien hatten ihn völlig seine Aufgabe vergessen lassen. Eine einzige Aufgabe, ebenso simpel wie wichtig, war ihm zugewiesen worden. Der Huber-Bauer hatte von ihm verlangt, die weidenden Kühe zu hüten, sie keinesfalls in den Kleeacker zu lassen, unter keinen Umständen, denn das könnte sie das Leben kosten. Wenn nämlich eines der Rinder tagsüber Klee fraß, stand es am Abend mit aufgeblähtem Magen im Stall. Dann musste dem Tier ein dicker Schlauch durch Maul und Hals bis tief in den Bauch geschoben werden. Nur so konnten die gefährlichen Gase entweichen. Blähte es mehrere Kühe zugleich auf, was zuweilen durchaus geschah, wussten die Bauersleute nicht, wo sie zuerst helfen sollten.

An diesem Abend riss es Jakob regelrecht herum, alle Hände voll hatte er zu tun, ohne Unterlass, bis spät in die Nacht. »Entschuldige«, sagte er keuchend in einem fort. Zu jeder Kuh sagte er es, zu jeder, der er mit dem Schlauch Abhilfe verschaffen musste. »Entschuldige, dass ich nicht auf dich aufgepasst habe heute auf der Wiese. Entschuldige.«

Wenige Tage später, an einem schwülen Sommermorgen, erwachte Jakob in seiner Kammer am Seifritz-Hof. Er schlug die Augen auf, drehte sich zur Seite, legte die Wange in die flache Hand und überlegte, auf welche Arbeiten und Erlebnisse er sich heute freuen durfte. Da fiel ihm ein, dass es kurz vor Neumond war und heute ein Schwendtag im Kalender stand – einer jener Tage, die altem Glauben zufolge unter einem unglücklichen Stern stehen; einer jener Tage, die schwinden machen, also bedrohlich sind für Pflanzen, Tiere und Menschen. Jakob wusste nicht so recht, ob er an das Altweibergeschwätz glauben sollte, dass an Schwendtagen jede Unternehmung fehlgehe und deshalb unter keinen Umständen gesät, gepflanzt, geschnitten oder geerntet werden durfte. Auch Geschäften sollte angeblich nicht nachgegangen werden, wollte man am Ende des Tages nicht gehörnt dastehen. Als es Jakob vor Jahren einmal genau hatte wissen wollen und er den Seifritz-Bauern fragte, was denn nun wirklich von einem Schwendtag zu halten sei und warum an so einem Tag Ungemach ins Haus stehe, bekam er eine jener unvergleichlichen Antworten, die den Umgang seines Vaters mit ihm kennzeichneten: »Frag nicht so blöd«, hatte er gesagt. »Schwendtage sind Unglückstage. An so einem Tag bist du geboren.«

Zumindest hatte der Bauer erreicht, dass Jakob fortan nicht bloß ungefähr wusste, was ein Schwendtag war, sondern es fühlte, durch und durch. Schließlich hatte er bereits hinlänglich erfahren müssen, was seine Familie und die anderen im Ort von ihm hielten und wie mit ihm umgesprungen wurde. Ein Schwendtag, das war Jakob fortan überdeutlich, wenn auch nicht nachvollziehbar, war für die Menschen in Legg ein pechschwarzer Tag. Ein Tag, an dem nichts Gutes gedeiht und nichts Gutes passiert.

Weil er sich die Freude aber nicht so ohne Weiteres stehlen lassen wollte, zählte er für sich auf, mit welchen Tätigkeiten er diesen herrlichen, sommerschweren Tag ausfüllen könnte. Unkraut jäten würde er, nahm er sich vor. Und Ungeziefer von den Pflanzen nehmen. Das sei schließlich die ideale Arbeit an einem Schwendtag, war das Pflanzenwachstum doch gehemmt und würde alles entfernte Gestrüpp und Getier ein für allemal verschwinden. Auch für Reinigungsarbeiten, wusste Jakob von den Alten, waren Schwendtage bestens geeignet.

Er schnellte aus seiner Bettstatt, hüpfte gut gelaunt in die Kleider und schoss aus seiner Kammer hinaus in den Stall, um zum Huber-Hof zu laufen. Nach wenigen Schritten stand er knöcheltief in warmem Blut.

Röchelnd lag ihm eine der Kühe im Weg, ihr Unterleib angeschwollen bis zum Platzen, die Beine in die Höhe gestreckt. Wilde Zuckungen durchfuhren ihren Körper. »Nein, nicht schon wieder«, konnte Jakob noch sagen und niederknien, um der Kuh über den verschwitzten Schädel zu streichen, dann packte ihn einer jener Krämpfe, die immer kamen, wenn Jakob Leid mit ansehen musste, umschloss ihn jener Panzer, der ihn schützen sollte vor dem Schmerz und der ihm jede Kontrolle über seinen Körper versagte. Jakobs Tränen vermischten sich mit dem Blut des Tieres.

»Jemand sollte ihr die letzte Gnade erweisen«, sagte die Seifritz-Großmutter, die plötzlich dastand. Dann schlapfte sie davon, gab ihrem Sohn Bescheid.

Der Seifritz-Bauer kam und sagte kein Wort. Er schien aufgewühlt, sein Atem ging schnell. Er wandte sich um, schritt nach nebenan und kam mit einer Spaltaxt zurück. Breitbeinig stellte er sich vor das Tier. Erschöpfte Augen sahen ihn an. Der Bauer holte aus, schwang die Axt bis über seinen Kopf, ließ sie mit Wucht nach unten fahren, dumpf krachend, in die Stirn des Tiers. Die Kuh schnaubte aus den Nüstern, verdrehte panisch die Augen, in ihrem Schädel steckte die Axt. Der Seifritz-Bauer zerrte am Stiel, doch das Eisen löste sich nicht. Da sah Jakob den Bauern zum ersten Mal mit Tränen in den Augen. Dick rannen sie über sein geädertes Gesicht, und obwohl es eigenartig war, war es doch auch irgendwie stimmig, dass der Bauer in diesem Augenblick, da er weinte, laut losfluchte und schimpfte. Mit Gott oder der Kuh, das war nicht klar. »Warum tust du mir das an!«, heulte er auf. »Bin ich nicht gestraft genug!« Kummer verzerrte sein Gesicht zu einer erbärmlichen Fratze, wild riss er am Schaft der Hacke, das Eisen aus dem Schädel der Kuh zu bekommen. Es knirschte und knarrte, Blut überall, quoll in dicken Wellen aus dem breiten Kopf des Tieres, üppiger, je mehr der Seifritz-Bauer die Hacke in alle Richtungen mergelte. Endlich gaben die Schädelknochen sie frei, und weil es so abrupt geschah, fiel der Bauer nach hinten, in den Viehdreck, in den Urin, ins Blut. Weinerlich fluchend sprang er auf, und dann donnerte er dem sterbenden Tier mit einem markerschütternden Schrei noch einmal das Eisen in den Schädel. Hinter den geschlossenen Lidern zuckte es, Blut gurgelte aus der offenen Wunde und die Kuh schnaubte ihr Leben aus.

Der Seifritz-Bauer stand schlaff vor seinem Werk. Kraftlos hingen ihm die Arme zu Boden. In der Rechten hielt er noch die Hacke. Seine Finger öffneten sich und sie fiel zu Boden. Er drehte sich um und schlich davon.

*

Als ich auf Zehenspitzen in die Stube geschlichen bin, habe ich meinen Augen nicht trauen wollen: Der Seifritz-Bauer, der breitschultrige, griesgrämige, bösartige Seifritz-Bauer ist im Herrgottswinkel gesessen und hat geheult. Wie unsereiner es schon oft getan hat, ist er dagehockt und hat sich mit gefalteten Händen bei der Muttergottes über sein Schicksal ausgeweint. Seine Schultern haben gezuckt vor verzweifelter Traurigkeit. In dem Moment habe ich zum ersten Mal Mitleid mit ihm empfunden, mit ihm, der mich so oft zum Weinen gebracht hat, der mich so oft geschlagen und bestraft hat für Nichtigkeiten. Auf einmal war er für mich ein anderer, ein Lieber, ein weicher Mensch, wie wir alle.

Rasch habe ich kehrtgemacht und mich aus der Stube gestohlen. Ich habe es endlich wissen müssen, habe endlich Gewissheit haben müssen, wer der Kuhschänder ist. Diesmal, habe ich mir vorgenommen, müssen die Kühe mir verraten, wer ihr Peiniger ist. Ich bin in den Stall zurück.

»Sagt mir, wer es war!«, habe ich die Kühe angeschrien, habe auf sie eingeredet und sie beschworen, dem Treiben des Täters ein Ende zu machen, habe ihnen keine Ruhe gelassen, und weil wie bei den letzten beiden Malen wieder keine das Maul hat aufmachen wollen und auch die Gedanken, die ich habe auffangen können, nur von Angst erfüllt waren und von sonst nichts, bin ich zu unserer ältesten Kuh gegangen, habe mich direkt vor ihr auf die Fersen gehockt, habe ihren Schädel mit beiden Händen fest gepackt, so dass sie mir ihren Blick nicht hat verwehren hat können, und dann habe ich ihr meinen Willen aufgedrängt und sie noch einmal gefragt, wer es gewesen ist. Blitzartig ist ein Gedanke in ihren ängstlich traurigen Augen gestanden, so klar, dass kein Zweifel mehr war. Und ich habe gewusst, dass mein Vater der Kuhschänder ist. Mein Vater, der Seifritz-Bauer.

Kaum habe ich gefunden, was ich so dringend hatte finden wollen, habe ich nicht gewusst, was damit anfangen. Zum Seifritz-Bauern habe ich mich nicht getraut. Eigentlich komisch: Er war es, der was Furchtbares angerichtet hat, und ich, der ich völlig unschuldig war, habe mich gefürchtet, ihn darauf anzusprechen. So was Blödes! Dann habe ich beschlossen, zur Gendarmerie zu gehen. Ich habe all meinen Mut zusammengenommen und bin ins Dorf gegangen. Als ich vor dem Wachposten gestanden bin, ist mir eingefallen, dass sie mich sicher nach Beweisen fragen, nach Zeugen. Ich hätte sagen müssen, mein Zeuge sei unsere älteste Kuh. Ich habe also umgedreht, zurück zum Hof. Den Nachbarn könnte ich es sagen, habe ich überlegt, dem Bürgermeister oder dem Pfarrer, nein, dem Pfarrer nicht. Egal, keiner von ihnen hätte mir geglaubt. Und wenn, dann hätten sie nichts unternommen, weil es ja keinen Zeugen gab, außer unserer ältesten Kuh. Und die würden sie nicht als Zeugin akzeptieren, da war ich sicher, und mich als Übersetzer noch weniger.

Es war ein Kreuz, ein furchtbares Schlamassel. Da war ich so ungestüm gewesen und hatte vor den Kühen so wichtig getan, dass ich unbedingt wissen müsse, wer ihr Schänder ist, und nun wusste ich es und war zu dumm und zu feig, um mit meinem Wissen was anzufangen.

Die ganze Nacht über bin ich wach gelegen. Und von Stunde zu Stunde wütender auf mich geworden. Ich habe überlegt, mich am nächsten Morgen ganz einfach auf den Dorfplatz zu stellen und lauthals die Wahrheit herauszuplärren, bis sich jemand ihrer annimmt. »Mein Vater, der Seifritz-Bauer, ist der Kuhschänder!«, hätte ich schreien müssen. Als ich es in Gedanken ein paarmal wiederholt habe und im Geist die Reaktionen der Umstehenden habe mit ansehen müssen, habe ich gewusst, dass es keine gute Idee ist.

Im Morgengrauen habe ich schließlich einen Entschluss gefasst. Ich habe entschieden, wem ich mein Wissen anvertraue.

Ich habe mich dazu entschlossen, die Tat meines Vaters seinem Vater zu sagen, die Tat des Seifritz-Bauern dem Seifritz-Großvater. Bei mir war es schließlich auch immer so. Wenn ich irgendwo etwas angestellt habe, haben es immer alle meinem Vater, dem Seifritz-Bauern, erzählt. Also wollte ich es jetzt genauso halten und seine Tat seinem Vater erzählen.

So bin ich also zum Großvater gegangen und habe es ihm gesagt. Und weil die Großmutter den Großvater in dieser Zeit überhaupt nicht mehr aus den Augen gelassen hat, weil sie sich immer mehr Sorgen um ihn gemacht hat, war auch sie dabei, als ich es erzählt habe. Ich habe gewartet, bis sie allein waren und die anderen draußen auf dem Feld. Habe mich vom Huber-Hof davongestohlen und bin zu ihnen in die Stube. Und dort habe ich es ihnen dann gesagt, habe nicht lange herumgedrückt, sondern bin rein und habe es ihnen auf den Kopf zu gesagt. »Ich weiß, dass euer Sohn, der Seifritz-Bauer, der Kuhschänder ist.« Das habe ich gesagt. Mit hochrotem Kopf und mit zitternden Knien, aber ich habe es gesagt, ich habe es getan. Weißt du, wie sie reagiert haben? Erst haben sie gar nichts gesagt, dann haben sie sich kurz angesehen und gleich darauf dreingeschaut, als würden sie nachdenken. Du kannst dir vorstellen, ich war gespannt, wie sie reagieren, was sie tun würden. Ob sie mich beschimpfen, weil ich so unvorstellbaren Blödsinn rede, oder ob sie wütend werden, oder ob sie ihren Sohn zur Rede stellen, oder was auch immer. Weißt du was: Es ist ganz und gar anders gekommen, als ich es mir ausgemalt habe. Weißt du, was sie gesagt haben? Die Großmutter hat als Erste den Mund aufgemacht. Sie hat angefangen. Sie hat gesagt: »Geht die Sonne feurig auf, folgen Wind und Regen drauf.« Darauf hat der Großvater gemurmelt: »Morgenrot, schlechtes Wetter droht.« Und so haben sie sich abgewechselt. Es war wie in einem Albtraum. »Springen Frosch und Fische, kommt Gewitterfrische.« – »Reißt die Spinne ihr Netz entzwei, kommt Regen herbei.« – »Geht der Fisch nicht an die Angel, ist's an Regen bald kein Mangel.«

Ich bin mit offenem Mund danebengesessen und habe nicht gewusst, wie mir geschieht. Unter mir hat der Boden geschwankt und die Wände und die Zimmerdecke haben sich in Wellen gelegt. Aber es war noch nicht vorbei. »Kriecht die Spinne vom Netz zum Loch, gibt's Gewitter noch«, hat die Großmutter gegreint. »Beißen Mücken dich und Flöhe, kommt nichts Gutes aus der Höhe«, hat der Großvater gejammert. »Wenn die Schwalben niedrig fliegen, werden wir bald Regen kriegen«, hat die Großmutter gesagt, wie von plötzlicher Trauer befallen.

Ich glaube, du hast recht: Das war ihre Art, mit der Situation fertig zu werden. Das habe ich mir nach dem ersten Schreck auch gedacht. Heute ist mir klar, dass die beiden längst gewusst haben, dass ihr Sohn der Kuhschänder war. Als ich mit dampfend heißem Kopf und schweißnass bis ins Kreuz aufstehen wollte, um mich davonzumachen, hat mich der Großvater mit seinen knorrigen Fingern am Ärmel festgehalten, mich ernst angeschaut und dann den folgenden Satz in einem Ton gesagt, als würde er mir ein Rätsel aufgeben: »Stechen böse, böse Fliegen, werden wir noch furchtbare Gewitter kriegen.« Und auch die Großmutter hat mich so drängend angeschaut, dass ich ihren Blick auf meinem Körper gespürt hab. Dann hat sie einen Satz Wort für Wort aus ihrem dünnlippigen, vertrockneten Mund fallen lassen: »Kriechen Würmer auf den Wegen, kommt's zu schrecklichem Regen.«

13.

Am Siebenschläfertag hatte es nicht geregnet und so herrschte ein großes Aufatmen in Legg. Stand doch nun nicht mehr zu fürchten, dass der Sommer verregnet sein würde, sieben Wochen lang. Aber knapp war es doch hergegangen: Mit schweren, dunklen Wolken beladen, war die Himmelsdecke bedrohlich tief nach unten gerutscht, dem Erdboden zu. Markerschütternd hatte der Äther gegrollt und rumort, um das Dröhnen schließlich doch über Legg hinwegzuschicken, im letzen Moment. Nur der äußerste Rand der Front streifte den Flecken Land. Ein überraschend kalter Schauer. Wenige dicke Tropfen waren es, gleichsam eine Mahnung, ein Beweis der Macht, die es gab, da oben, die aber einmal noch ein Einsehen gehabt hatte mit den klein zuckenden Pünktchen am Erdboden, den Menschlein in Legg, die gebannt nach oben starrten in den düsteren, unwetterschwangeren Himmel, und darüber kurz ihre Großartigkeit und Übermütigkeit vergaßen, gänsehäutig im auffrischenden Wind, mit bangen Gesichtern, zitternd, leise murmelnd.

Am Tag danach idyllische Ruhe. Nur Vogelgezwitscher und herrlicher Sonnenschein. Jetzt war alles gut. Jetzt schien sie da, die schönste Zeit des Jahres. Diese Zeit, die so kurz war hier heroben, so kostbar deshalb. Jetzt durften sich alle wieder groß fühlen, wild und stark und selbstsicher. Die Alten hielten kluge Reden, den Mannsbildern schwollen Muskeln und Kamm, die Frauen besannen sich plötzlich wieder ihres losen Mundwerks, und die Kinder schleppten hölzerne Sautröge zum Teich, um damit in den

Wellen zu reiten. Es war die Zeit, in der die Kater um die fremden Höfe strichen mit gespanntem Fell und wie elektrisiert zuckendem Schwanz. Es war die Zeit, in der die Burschen im ersten Stock und zu ebener Erd fensterln gingen zu jungen Mädchen, die nicht immer erfreut waren über den aufkeimenden Jungmännerdrang. Aber in gottesfürchtigen Höfen zierte ohnehin ein eisernes Fensterkreuz die Kammern der Mädchen – schlecht für die Burschen, zuweilen auch für die Mädchen, aber unübertroffen gut für die Ehre. Wenn auch nicht auf Dauer. Denn war das Fenster einmal aufgetan, drang üppig warmer Sommerwind in die Kammern und in die auf der Leiter zappelnden Hosenbeine. Dann waren die Körper erhitzt und die Herzen erwärmt. Das reichte fürs Erste, und niemanden wunderte es, dass so manche Liebe begann beim zaghaft-keuschen Durchs-Gitter-Busseln.

Wurde in Folge das Mieder der Bauerstochter zu eng, hieß es schleunigst heiraten. Das war wichtig – für die arg in Bedrängnis geratene Ehre. Gehörte der prall mit jungem Leben gefüllte Unterrock aber einer unkeuschen Magd, wurde das Dirndl kurzerhand vom Hof gejagt. Auch das geschah im Namen der Ehre. Der Ehre des Bauern freilich. Und, nicht zu leugnen, es geschah auch in stiller Sorge um seine Geldbörse. Denn eine Magd mit Kind, das wussten alle, taugte kaum noch und war ihren Lohn nicht wert. Weg musste sie also, und das rasch. Da konnte dem verzagten Mädel nichts und niemand helfen. Auch nicht die sonntägliche Frömmigkeit der Bauersleute.

Aber im Sommer, da wurde noch kein unnützer Gedanke verschwendet an später, an womöglich schlechte Zeiten. Im Sommer, da dampfte und brodelte das Leben. Im

Sommer hieß es genießen, ungestüm. Da liefen die Jungen mit nackten Sohlen ausgelassen über Stock und Stein, schritten die Erwachsenen genüsslich über duftende Kräuterwiesen, flüchteten die Alten in den wohltuenden Schatten der Hofmauer. Im Sommer, da spross alles und blühte in voller Pracht, ungezügelt und im Übermaß. Im Sommer, da hieß es, darauf zu achten, wann die Kuh nach dem Kalben abermals nach dem Stier verlangte. Im Sommer, da wälzten sich die Schweine übermütig grunzend im sumpfig-warmen Dreck. Im Sommer klaubten Kinder die gefräßigen Erdäpfelkäfer von den Blättern, in der fiebrigen Vorfreude, sie ohne einen Hauch schlechten Gewissens knackend unter ihren nackten Fersen zu zertreten. Spannend war auch, sie in eine Erdgrube zu kippen und zu beobachten, wie sie, von Kalk übergossen, ihr Leben gaben. Ja, der Sommer war herrlich.

Umso mehr wunderte sich Jakob über dieses merkwürdig bedrückende Gefühl, das in ihm aufsprang wie ein Samenkorn, von irgendwo herkommend, anfangs klein und unbedeutend. Schnell aber wuchs und wuchs es in ihm, dieses Gefühl, das er nicht benennen konnte, nicht verstand und für dessen Auftauchen er keine Erklärung fand. Gerade noch war er im vollen Schwung der Arbeit gewesen, hatte es genossen, wie beim Holzhacken die Scheiter prächtig zur Seite geschnellt waren unter der Kraft seiner Arme, hatte die wohltuende Anstrengung wahrgenommen, seine angespannten Muskeln, seinen aus allen Poren schwitzenden Körper. Jetzt war diese Dynamik gestört. Keine Rede mehr von jenen gewandten, runden Bewegungen, die Jakobs Arme, Schultern, Beine gerade noch beschrieben hatten. Außer Takt war Jakob jetzt. Und rätselte warum. Er konnte sich die Nervosität nicht erklären, die in ihm hochkam, immer mächtiger. Alles, was er wusste, war, dass er an Silvia denken musste. Jetzt aber nicht wie sonst, dass ihm heiß wurde im Gesicht und es aufregend zitterte im Zwerchfell. Diesmal war es Sorge. Und einmal erkannt, plötzlich uferlos. Jakob wurde kurzatmig. Panik überfiel ihn. Sie fuhr so bedrohlich unter seine Haut, dass er die Hacke fallen ließ und losrannte, zum Seifritz-Hof, zu Silvia.

Jakob lief so schnell, dass er sich fliegen fühlte. Und dieser Flug beschleunigte sich mit der Ahnung, die in ihm so furchtbar greifbar wurde, dass dem Burschen schlecht wurde davon. Er rannte wie in Trance.

Wie dumm war er gewesen! Die Warnung der Großeltern, er hatte sie nicht zu deuten gewusst. Dabei wäre es so einfach gewesen: »Stechen böse Fliegen, werden wir noch furchtbare Gewitter kriegen.« – »Kriechen Würmer auf den Wegen, kommt's zu schrecklichem Regen.«

Niemand war auf dem Feld, alle waren in der Kirche, in der Frühmesse. Keine Menschenseele auch im Innenhof, aber Silvia war daheim, ganz sicher, weil der Bauer gesagt hatte, er brauche sie für eine dringende Arbeit, die nicht mehr warten könne. Längst hatten die Kirchenglocken aufgehört zu läuten, waren die Reihen der Bänke dicht besetzt. Nebeneinander saßen sie, der Großvater, die Großmutter, die Bäuerin, Hans und Fritz. Schon beim Niedersetzen hatte die Großmutter Unverständliches gemurmelt, war dann zu Beginn der Messe, kaum dass der Pfarrer seine Predigt begonnen hatte, in Wimmern verfallen, ganz so, als sei sie der Predigt nicht gewahr, als wäre das Gerede des Pfarrers in diesem Augenblick die nebensächlichste Sache überhaupt. Auf der Vorderbank hatte die Alte ihre verknoteten Hände ineinandergefaltet, ihre Stirn darauf geworfen. Gekrümmt kauerte sie da, und in der Kirche kam Unruhe auf, denn das weinerliche Beten der Seifritz-Großmutter war in herrgottanrufendes Schluchzen übergegangen. Die sonst so harte Frau winselte um ihr Seelenwohl, bettelte bei Gott um Vergebung, weil sie zu schwach gewesen war, etwas zu tun gegen das Unheil, das aus ihrem Schoß gekrochen war vor langer, langer Zeit, das heftiger und heftiger geworden war zuletzt und das in diesem Moment womöglich zum Schlimmsten ansetzte, es zum Bösesten trieb überhaupt. Die Alte betete, klagte und jammerte immer lauter, die Vokale kurzatmig herausgepresst, unverständlich, tränenerstickt. Die Verzweiflung schüttelte ihren zähen Körper, und daneben saß der Großvater, der nichts sagte und sich nicht rührte, nur geschlagen wirkte und hoffnungslos und verloren. Neben ihm saß die Bäuerin, leichenblass und wie weggetreten. Auch sie hatte sich wegschicken lassen, und auch sie konnte sich jetzt nicht losreißen von den ungeheuerlichen Gedanken, die ihr Geist in ihre Seele stieß, erbarmungslos. Zerrbilder waren es. Die zeigten, was gerade eben passieren mochte, daheim am Hof. Bilder, die sich nicht verscheuchen ließen, obwohl sich die Bäuerin anstrengte, denn wenigstens beten wollte sie noch können, wenn schon sonst nichts dazu tun, dass doch alles gut ausgeht, gut ausgeht, bitte, gegen jeden Glauben. Beten wollte sie, dass der Herrgott ihr verzeihen möge, ihr, die sich mutlos, nachlässig davongeschlichen hatte vom Hof wie eine geschlagene Hündin, verkrochen in den kühlen Schoß der Kirche. In den Schoß, wiederholte die Bäuerin einen Gedanken, und der schauderte sie, nahm ihr Sinn und Kraft und alles, ließ sie zur Seite kippen. Ohnmacht überall.

Jakob zerrte die Stalltür auf. Und weil dort niemand war, rannte er weiter, außer Atem, hinein ins Wohnhaus, in die Küchenstube. Schlug die Tür auf. Stand vor der Szene, die er erahnt hatte, vor dem Bild, das bitte, bitte nicht wirklich sein sollte. »Bitte«, formten Jakobs Lippen. Tonlos. Vor ihm zwei nackte Körper auf dem Küchentisch. Die fleischige Rückseite feister Männerschenkel, dicht behaart. Ein schmierig-blasser Männerhintern, rötlich verkrätzt. Und dann der viehische Ausdruck in der Fratze des Bauern, der seinen Kopf seitwärts nach hinten warf, Jakob anstarrte, Beelzebub. Sein Stiernacken in breite Falten gelegt, Muskelstränge am Rücken des wuchtigen Leibes, mit fester, breiter Masse, tief gebeugt über einen zitternden, zierlichen Körper, ihn verschlingend, niederpressend, schonungslos. Ein nacktes Tier, sich rekelnd, berauscht, über Silvia gebeugt.

Die Szene wie eingefroren in Jakobs Kopf. Die Zeit angehalten, von irgendwo her. Wie schlafend lag das Mädchen auf der Tischplatte, das Gesicht nach unten gekehrt. Jakob glaubte ein Weinen zu hören, ganz leise nur. Er wusste, dass es nicht recht war, was hier geschah, ahnte, dass er eingreifen müsste, Silvia, seiner Silvia, helfen müsste. Aber da zuckte wieder dieses Gefühl in seinem Inneren. Er fühlte, dass sein Körper begann, hart zu werden, die Muskeln fingen an, seine Arme zum Schutz nach oben zu ziehen, und sein Körper begann, ein Panzer zu werden gegen diese Welt.

»Schleich dich, du Trottel!«, schrie der Bauer. Da erst bemerkte Silvia, dass Jakob in der Kammer war, sie drehte das Gesicht in seine Richtung, verzagt, feuchte Augen.

Jakob sah, dass in diesen Augen ein Tod vor sich ging, sah, dass der Glanz, der stets in diesen Augen war, dass dieser Glanz an Kraft verlor, dabei war zu verblassen, für alle Zeit. Jakob bemerkte, dass er bereits in Erinnerung war an Silvias Augen, gerade so, als wären sie nicht mehr. Dabei ist Silvia doch alles für mich, überlegte er, sie ist doch: das Allerwichtigste.

Das Allerwichtigste, wiederholte Jakob, doch da hatten sich seine Augen bereits geweitet, da war die Gewissheit bereits in ihm, und die Eindeutigkeit. Und es brauchte keine Gedanken mehr, keine Überlegung, kein Gut und kein Schlecht. Als diese Gewissheit, diese Liebe kam, da löste sich das Zucken und das Ziehen in seinem Körper, wich die Starre, glitt aus ihm, völlig und ganz. Gemessenen Schrittes ging Jakob auf den Seifritz-Bauern zu, riss ihn kraftvoll an den Haaren nach hinten, und dann merkte er, wie seine Faust tief in das Gesicht des Bauern fuhr.

*

Es war kein gutes Gefühl, als ich zum ersten Mal ein Lebewesen geschlagen habe. Aber es war notwendig. Und ich habe noch mehr getan. Weil noch mehr notwendig gewesen ist.

Der Seifritz-Bauer ist bewusstlos am Boden gelegen. Ich habe mich um Silvia kümmern wollen, aber sie hat ihre zerrissenen Kleider zusammengerafft und geschrien: »Geh weg, geh schnell weg, Jakob! Der Vater bringt dich sonst um!« Komisch, aber ich war ganz ruhig. Und darum habe ich auch ganz ruhig antworten können. Ich habe gesagt: »Nein, Silvia, ich kann nicht gehen, sonst tut er dir noch einmal was an.« Silvia hat mich gedrängt, ich solle gehen, angefleht hat sie mich darum. Stell dir vor, nach allem, was ihr angetan worden ist, hat sie an mich gedacht. Das hat meinem Herz einen Stich gege ben, vor Schmerz und weil ich begriffen hab, wie lieb sie mich hat.

Dass ich ruhig geblieben bin, ist, glaube ich, an der Gefahr gelegen, die noch im Raum war und die ja jederzeit hat erwachen können. Meine plötzlich ernste Stimme und meine neue Ruhe haben mich überrascht, als ich gesagt hab: »Silvia, ich geh nicht, er wird dir sonst wieder was antun. Ich kann nie wieder gehen. Ab heute muss ich immer auf dich aufpassen. Immer.« Kaum habe ich zu Ende gesprochen, hat Silvia traurig den Kopf geschüttelt und im selben Moment habe ich erkannt, dass es unmöglich ist, sie keine Minute mehr aus den Augen zu lassen. Irgendwann würde sie ja doch wieder allein sein mit ihm, irgendwann würde es wieder passieren. Da ist aus meiner neuen Ruhe wieder ein Rauschen geworden, und ich habe gefürchtet, dass ich die Gewalt über mich verliere, dass sich mein Körper wieder versteinert, aber das war Gott sei Dank nicht so. Plötzlich habe ich gewusst, was zu tun ist. So sicher habe ich's gewusst, als wär's bereits vollbracht. Meine Hand hat die Hahnenkralle umfasst, die mir Fabio vor Jahren geschenkt hat und die ich seit damals immer im Hosensack getragen habe, ohne sie auch nur ein einziges Mal zu benutzen. Ich bin die zwei, drei Schritte zum Seifritz-Bauern gegangen. Er ist gerade aufgewacht und hat benommen die Augen geöffnet. Kurz habe ich ihn angeschaut, und dann habe ich ihm mit zwei festen Krallenhieben Hodensack und Glied zerrissen.

Silvia ist der Schreck in den Augen gestanden, über mich und das, was ich getan habe. Aber über ihr Gesicht ist auch ein Schatten Genugtuung geflogen, als ihr Blick den Bauern gestreift hat, der sich am Boden gewunden hat in seinem Blut, der gegreint hat und gewinselt wie ein sterbendes Tier. Dann hat Silvia wieder mich angeschaut, lange und staunend. Ich glaube, weil ihr klargeworden ist, dass gerade eine lange, fremde Herrschaft gebrochen worden ist.

»Jetzt kann ich gehen«, habe ich zu Silvia gesagt, und dann bin ich gegangen.

Ich habe nicht recht gewusst, wohin. Zum Huber-Bauern wollte ich nicht, also bin ich einfach raus und geradewegs über die Wiese, Richtung Hügel. Ich muss so um die hundert Schritte gegangen sein, als ich den Schuss gehört habe. Ich habe mich umgedreht und den Seifritz-Bauern gesehen, wie er mit angelegtem Gewehr, torkelnd und noch immer völlig nackt und blutüberströmt, beim Hof gestanden ist. Da hat er schon den zweiten Schuss abgefeuert. Ich bin losgelaufen, und als es kurz darauf zum dritten Mal geknallt hat, hat plötzlich meine Schulter gebrannt. Ich bin hingefallen, ich glaube, es war wegen des Schocks. Als ich gleich darauf wieder habe denken können, bin ich aufgesprungen und weitergelaufen. Ich habe die Richtung geändert und gleich darauf einen Blitz gesehen, rechts vor meinem Gesicht, und mein Scheitel hat gebrannt. Nein, nicht schon wieder in den Kopf, habe ich mir gedacht und über mich lachen müssen, weil ich es in diesem Moment plötzlich witzig gefunden habe, dass mir ein Jahr nach dem Vorfall auf der Bachwiese schon wieder in den Kopf geschossen worden ist. Gleich darauf habe ich Angst bekommen, dass ich sterben könnte, aber im Laufen habe ich mich damit beruhigt, dass es nicht so schlimm sein könne, weil ich ja sonst weder weiterlaufen noch witzige Sachen hätte denken können. Ich war noch nicht aus dem Schussfeld, aber trotzdem hat es nicht mehr hinter mir geknallt. Ein paar Meter bin ich noch weitergelaufen. Dann bin ich stehen geblieben, habe mich umgedreht und gesehen, dass der Bauer am Boden lag.

Ich weiß nicht recht warum, aber ich bin in den Eigenwald gelaufen. Irgendetwas hat mich tief hineingetrieben in die dunkle Kühle des Waldes. Ich bin über moosigen Boden gefedert, über herabgefallene Äste gesprungen, Baumstümpfen ausgewichen und habe mir immer wieder Blut aus dem Gesicht gewischt. Es ist mir lästig ins Auge geronnen. Schmerzen habe ich keine gehabt und auch keine Gedanken. Ich bin nur gelaufen, immer weiter hinein in den Wald. Bis dann irgendwann Blitze durch meinen Kopf gefahren sind. Das hat mich beunruhigt, besonders, weil die Blitze immer heftiger geworden sind und heller und sie immer öfter durch meinen Kopf gezischt sind. Von da an hat es nicht mehr lang gedauert, und ich habe Schwierigkeiten bekommen zu atmen. Ich habe das Gefühl gehabt, dass irgendetwas Unsichtbares schwer auf meinen Brustkorb drückt, mich zuschnürt. Als dann die Übelkeit vom Magen in meinen Hals geschossen ist, ist es ganz schnell gegangen. Das Letzte, was ich mitbekommen habe, war, dass ich nach oben geschaut habe und sich über mir die Wipfel gedreht haben. »Rätsch, rätsch«, hat ein Eichelhäher geschrien, und dann war ich weg.

14.

So manches hätten die Seifritz-Großmutter, der Seifritz-Großvater und die Seifritz-Bäuerin erwartet, als sie mit Hans und Fritz von der Kirche zum Hof zurückkehrten. Die schlimmsten Vorstellungen hatten sich herumgetrieben in ihren Köpfen. Beinahe grenzenlos war ihre Phantasie. Aber nie und nimmer wäre ihnen eingefallen, dass sie den Seifritz-Bauern völlig nackt vorfinden würden. Mit gebrochener Nase und beinahe zahnlos. Mit zerfetztem, zerrissenem Geschlecht, bewusstlos in seinem Blut liegend, und neben sich die Flinte.

Es dauerte nicht sonderlich lange und halb Legg hatte sich am Hof versammelt. Mit dem Vorwand, nur nachschauen zu kommen, ob auch nichts Schlimmes passiert sei, wurde die breite Blutspur bestaunt, die sich von der Eingangstür hinzog bis zur im Boden versickernden Blutlache, die jene Stelle markierte, an der den Bauern die Sinne verlassen hatten. Der Seifritz-Hof war zum Schauplatz geworden und wurde als solcher in Besitz genommen. Wispernd und mit fassungslosem Blick wurden erste Theorien über das Unglück verbreitet, wurden Nasen an die dünnen Fensterscheiben gepresst, um auch des Unglücks im Inneren des Hauses anteilig zu werden. Zwischendurch, als Beweis des Entsetztseins, wurde »um Himmels willen!« aus- und die heilige Maria Muttergottes angerufen.

Der schwere, regungslose Körper des Bauern war gleich nach seinem Auffinden von Hans und Fritz ins Haus gezerrt worden. Danach hatte die Bäuerin den Söhnen angeschafft, eiligst nach dem Arzt zu laufen. Sie selbst blieb in der Kammer, in der ihr ohnmächtiger Mann aufgebettet war. Als sie sich ihm zuwandte, war ihr Herz eigenartig ruhig, und plötzlich kalt.

Langsam und mit eisiger Verachtung besah sie verschiedene Stellen seines schwer verletzten Körpers. Ruhig beobachtete sie, wie Blut aus ihm pulsierte, weich und beständig. Laken, Decke und Polsterbezug färbten sich rot. Der Anblick verschaffte ihr einen angenehmen Schauer. Als die Bäuerin dessen gewahr wurde, erschrak sie, doch nur ein wenig. Sie schlug die Augen nieder, atmete lange ein. Und heftig wieder aus. Einen Moment noch hielt sie inne. Und erst dann begann sie damit, die Wunden ihres Mannes mit Arnika zu versorgen, erst dann versuchte sie, mit Wickeln das Blut zu stillen, was nicht recht gelang. Sachlich stellte sie es fest.

Die Großeltern hatten sich, als ihr Sohn gefunden worden war, mit dumpfem Blick angesehen und waren dann ohne ein Wort und ohne Hilfe anzubieten im Haus verschwunden.

Hans und Fritz schlugen die Herzen bis zum Hals. Die beiden rannten nach Leibeskräften, um Hilfe zu holen für ihren schwer verletzten Vater. Sie standen unter Schock, hatten noch keine Erklärung für das, was geschehen war. Später, als Ruhe und Zeit dafür gewesen wären, verboten sie sich jede Überlegung. Sie wussten, Vater hätte das so gewünscht. Das selbst auferlegte Denk- und Redeverbot war freilich nicht von Nutzen, beflügelte vielmehr allerlei Phantasien. Die drohten, die Welt der Brüder zum Einstürzen zu bringen.

Als der Seifritz-Bauer aus seiner Bewusstlosigkeit erwachte, blinzelte er nur kurz und war dann so geistesgegenwärtig, die Augen geschlossen zu halten. Würde er die

Lider auftun, müsste er sich den Fragen des Arztes stellen, dessen ruhige Stimme er vernommen hatte. Und noch viel schlimmer: sein Blick würde auf den seiner Frau treffen. Unerträgliche Schmerzen jagten durch die Nervenbahnen seines Körpers. Viel hätte der Bauer dafür gegeben, sie noch hundert Mal schlimmer zu verspüren, würde es ihm nur erlaubt sein, nie wieder die Augen zu öffnen, sie fortan verschließen zu dürfen vor dieser Welt. Auch seine Ohren sollten ertauben und sein Mund unbewegt bleiben für immer. Eingesperrt wünschte er sich, der Seifritz-Bauer, eingesperrt und von allen weg, in einer dunklen Höhle, tief drunten in feuchter Erde, verwesend und zerfallend, möglichst rasch, bitte, lieber Herrgott, damit dieses Leben endlich ein Ende hat.

Von Anfang an, ging es dem Bauern durch den Kopf, hat es das Schicksal auf mich abgesehen gehabt. Der Vater hat mich beherrscht wie ein Teufel. Herumkommandiert hat er mich von früh bis spät, drangsaliert in einem fort. Geschlagen, tagaus, tagein. Was heißt geschlagen, gedroschen hat er mich, dass ich nicht mehr habe gehen können. So arg hat er auf mich eingedroschen, dass sich meine Eingeweide zu einem Knoten verdreht haben. Als ich meine allererste Liebschaft hatte, hat er mich bestraft dafür, mir jeden Kontakt verboten, mich gezüchtigt und gedemütigt, mich verprügelt für meine Gefühle. Abgelassen hat er erst, als ich vor ihm gekrochen bin und gemacht habe, was er von mir erwartet hat, nämlich vergelt's Gott sagen dafür, dass er mir Zucht und Ordnung beibringt. Unrecht ist es, furchtbares Unrecht, wie weit ich es habe kommen lassen mit mir; dass ich zugelassen habe, dass es so arg durchgeht mit mir. Furchtbares Unrecht habe ich getan. Fürchtbares. Aber das war es auch, was der Alte mit mir gemacht hat, mindestens ebenso. Er aber ist nicht bestraft worden

dafür wie ich für seine vielen Sünden, er darf den klapp-
rigen, armen Greis spielen, bekommt täglich seine warme
Suppe, seinen Feigenkaffee mit Milch und Zucker, kriegt
beim erstbesten Frost einen warmen Ziegel mit ins Bett,
unter seine blütenweiße Tuchent. Ich aber, ich darf büßen
für ihn, ich lieg da, erniedrigt, wie es schlimmer nicht geht,
wie ein dreckiges, grausliches Viech beim Verrecken lieg
ich da. Nur ein bissel Liebe hätte ich gebraucht, nur ein
bissel.

»Er ist wieder bei Bewusstsein«, sagte der Arzt zur
Bäuerin, »sehen Sie? Er weint.«

Silvia war zum Teich gelaufen, um sich zu waschen, sich
abzuwaschen, alles wegzuwaschen, nur schnell, schnell,
schnell ganz, ganz, ganz reinzuwaschen. Bis zur Hüfte
stand sie im Wasser, rieb und schrubbte ihren Körper
energisch mit ihren Händen und abgerissenem Schilfgras.
Doch das reichte nicht. Silvia tauchte unter, griff in den
verschlammten Grund des Teiches, griff tief hinein in den
feinerdigen, dunklen Schlamm, schöpfte ihn aus dem
Wasser und rieb sich damit die oberste Schicht ihrer Haut
vom Körper, so fest, dass sie blutete an manchen Stellen.
Der brennende Schmerz tat gut. Er war reinigend. Er löste
den Ekel von ihr. Silvia musste zurückdenken und über-
gab sich. Auch das war gut. So löste sich der Ekel auch aus
ihr. Noch einmal rieb sie sich mit Schilfgras das Leid, die
Schmach, die Traurigkeit aus den Poren. Noch immer
ging ihr Atem wild. Aber es wurde besser. Das kühle
Teichwasser half. Vergangenheit vergeht nicht. Trotzdem, das Teichwasser half.

Silvia holte tief Luft und tauchte unter, machte kräftige
Schwimmbewegungen unter der Wasseroberfläche. Fas-
rig-grün zog der Teich über ihr dahin. Ihre Fingerspitzen
stießen weit nach vorn, durchs Wasser. Der Teich lebte,

er glitt an ihren Armen entlang, umspülte ihr Gesicht, wellte an ihren Rücken, an Brust und Bauch, wurde verdrängt von der energischen Bewegung ihrer Beine, ihrer Füße, schlug kleine Bläschen zwischen ihren Zehen.

Ein paar hundert Meter weiter, am Seifritz-Hof, wollten sich die Ersten schon davonmachen. Schließlich galt es, das Geschehene, oder was dafür gehalten wurde, andernorts rasch weiterzuerzählen, solange es noch Ahnungslose gab, die dankbar waren für geheimnisvoll Gerauntes, die sich erstaunt zeigten über streng Vertrauliches, variantenreich dargeboten und um so manches Detail ergänzt. Doch welch ein Glück, nicht zu früh gegangen zu sein. Welch ein Glück, denn das Schauspiel war noch nicht zu Ende.

»Seht nur, da kommt Silvia!«, rief der Pfarrer, vor besorgter Aufregung ganz außer sich.

»Mein Gott«, krächzte entsetzt ein altes Weib, »wie blass das Mädel ist!«

Von weitem her schritt Silvia auf das Gehöft zu. Ihr nasses Haar hatte sie streng nach hinten gestrichen, zu einem Zopf geknotet. Ihr Gang war anders als sonst, auch ihre Haltung. Das lieblich Mädchenhafte an ihr war verschwunden. Mit geradem Rücken und weit ausladenden Schritten näherte sie sich. Ihr Kopf war erhoben, hart gespannt die Muskeln in ihrem Gesicht. Einige Dorfbewohner eilten auf sie zu, vornehmlich die Mädchen und die alten Weiber. Doch dann sahen sie ihren strengen Blick, ihre kühlen Augen, fest geradeaus gerichtet, und alle hielten verunsichert inne. Was ist nur mit ihr geschehen, dachten manche. Ist das überhaupt die Seifritz Silvia? Silvia würdigte keine und keinen von ihnen eines Blickes.

Dennoch hatten die Umstehenden den Eindruck, sie sei sich der Lage bewusst, ja beherrsche sie auf gespenstische Weise.

Gewiss war es Silvia, die da kam. Doch etwas Grundlegendes an ihr war anders, das merkten alle, auch die Dumpfesten unter ihnen. Silvia, das zarte, süße Mädel, das war einmal gewesen. Was da auf sie zuschritt, war eine Frau. Eine, mit der nicht zu spaßen war. Ihr Ausdruck war schneidend, selbstsicher und kühl. Manche sagten später, er war anklagend. Und zwei, drei Alte meinten gar, sie habe gestarrt wie verhext. Die Huber-Bäuerin, resolut und von schlichtem Gemüt, war die Einzige, die Mut und Neugier genug hatte, um auf sie zuzugehen. Sie wollte sie berühren, angreifen, betasten, nur um sich Gewissheit zu verschaffen, dass dieses Wesen noch Silvia war, die kleine Silvia, die sie hatte groß werden gesehen, die am Hof herumgetollt war, stets herzhaft, fidel aufgelegt. Die Huber-Bäuerin meinte es nicht böse, sie ging auf Silvia zu und wollte schon nach ihrem Arm greifen, wollte wissen, ob auch alles in Ordnung sei, da wurde sie mit einer raschen Geste abgewiesen. Die Huber-Bäuerin schreckte zurück.

Silvia war jetzt mitten unter den Dorfbewohnern. Offene Münder, kurzes Raunen und Getuschel. Dann aber Stille, angespannt. Silvia schritt durch sie hindurch, mit nackten Sohlen, nur ein weißes, nasses Leintuch um ihren schlanken Körper geschlungen. Alle machten ihr den Weg frei, taten einen Schritt zurück. Ein paar alte Weiber schlugen eilig mit knochigen Fingern Kreuze in die Luft.

Eine stille, uferlose Kraft ging von dieser jungen Frau aus. Das Knäuel Menschen hatte sie bereits hinter sich gelassen. Mit sicherem Schritt strebte sie dem Hof zu. Plötzlich stand die Seifritz-Großmutter ihr im Weg – wich aber ebenso rasch beiseite, stolperte aus dem Weg, sah ihr erschrocken nach. Silvia betrat den Hof durch die Stalltür. Die Großmutter, die Bäuerin und die alten Weiber, die sich im Tross getrauten, hinterherzuschleichen, sahen, wie sie die Kammertür hinter sich zuzog. Beinahe geschlossen war sie, da trat Silvia noch einmal heraus – mit einem Blick und einer Haltung, als verriegle sie diese Tür für immer, als sei diese Kammer von nun an ihr Heiliges, ihr Unantastbares, ihr Reich. Sie tat es schlicht und doch mit solcher Kraft, dass alle ihren Entschluss erkannten. Die Tür, die Silvia hinter sich zuzog, war jene, die zu Jakobs Kammer führte.

*

Während mein Körper gestreckt und regungslos tief im Eigenwald gelegen ist, habe ich geträumt. Dabei habe ich etwas Wichtiges gelernt. So bin es diesmal vielleicht ich, der dir etwas erzählen kann, das dir bisher nicht bewusst gewesen ist. Weißt du was: Wir bewirken mehr, als wir glauben. Ja, wirklich, wir unterschätzen unseren Einfluss auf unsere Umgebung! Unser Reden und unser Handeln bewirkt ungeahnt viel. Und zwar immer. Wenn du dir das einmal so richtig klarmachst, spürst du, welch riesige Verantwortung du hast. Aber verrückt sollten wir uns deswegen wahrscheinlich auch nicht gleich machen.

Wie ich auf all das komme? Na hör dir an, was ich ausgelöst habe, als ich geglaubt habe, nichts, wirklich überhaupt nichts zu tun:

Während mein Körper tief im Eigenwald gelegen ist, gestreckt und regungslos, hat das Blut, das aus meiner Schulter und meinem Scheitel gesickert ist, den weichen, reisig- und nadelbedeckten Boden genährt.

Während mein Körper tief im Eigenwald gelegen ist,

gestreckt und regungslos, haben Rehe meine Witterung aufgenommen und daraufhin ihre Route geändert.

Hat meine pure Anwesenheit einen Eichelhäher alarmiert.

Haben Ameisen damit begonnen, meinen Abtransport zu organisieren.

Hat mein Kopf den Eingang und meine Schulter den Ausgang vom Bau eines Blatthornkäfers blockiert.

Hat sich das älteste Lebewesen im Wald aufgemacht, um nach mir zu sehen.

Während mein Körper gestreckt und regungslos tief im Eigenwald gelegen ist, habe ich aber nicht nur das wie im Traum erfahren. Große Rätsel haben sich vor meinen Augen gelöst. Ganz selbstverständlich und einfach war auf einmal alles. Stell dir vor: Ich habe erfahren, wie Gott denkt. Ich habe erkannt, wie der Tod zum Leben führt, und das Leben zum Tod, habe gesehen, wie alles eins ist. Es war so naheliegend, dass ich mich gewundert habe, nicht schon früher draufgekommen zu sein. In dem Moment habe ich gespürt, alles ist gut. Ewige Ruhe war in mir und eine alles umfassende Hoffnung. Und das Wunderbarste war: Diese Hoffnung war bereits Gegenwart. Mein Herz ist hoch hinaufgehoben worden, himmelwärts und federleicht. Ich habe Silvia an meiner Seite gesehen, wir haben uns an den Händen gehalten, waren Mann und Frau, waren es immer schon gewesen. All das habe ich bei meinem Tod gesehen. Es war wunderschön.

15.

Über dem Eigenwald wölbte sich das nächtliche Himmelszelt. Sterne sonder Zahl, tiefgestaffelt im unendlichen Raum, schenkten der Erde, obgleich Tausende und Abertausende Lichtjahre entfernt und obwohl womöglich längst verglüht, einen Schimmer, der direkter nicht hätte sein können. Windstill war die Nacht.

Am nächsten Morgen schien es Jakob, als würde er erwachen. Gänzlich sicher war er sich nicht. Irgendetwas war anders als gewöhnlich, irgendetwas ungewiss. Dann aber wich der Zweifel, flog davon und verschwand. Verschwand, als habe er nie bestanden. So also erwachte Jakob an diesem Morgen.

Die Augen zu öffnen vermochte er nicht. Eine Hand lag flach auf seinem Gesicht. Komisch, dachte Jakob, das schreckt mich gar nicht. Er hörte auch eine Stimme. Eine Frauenstimme. Sie sang, nein summte, leise und rau. Und Jakob roch auch etwas, roch einen irgendwie vertrauten Duft, aber was war das? Da war der Geruch der Hand auf seinem Gesicht, der Hand, die sanft und doch beharrlich einen Teil seiner Stirn bedeckte, seine Augen umschloss, seine Wangenknochen und seine Nase. Gut fühlte sie sich an, diese Hand, beschützend, freundlich, wohlgesinnt. Nach Wald roch sie. Nach Zweigen, Rinde und Pech, und nach guter Erde. Aber es war nicht nur diese Hand, die er roch. Da war noch etwas, irgendetwas anderes. Jakob wusste, dass er diesen Geruch kannte, doch es fiel ihm nicht ein woher. Er konnte ihn auch nicht benennen, diesen Geruch. Aber er hatte ja keine Eile. Nein, keine Eile, das fühlte er. Jakob lag bequem, genoss die warme Hand auf seinem Gesicht und mochte das beruhigende Summen, das jetzt langsam in Gesang überging, kehlig-rau und doch so sanft. Ein altes Weib musste es sein, das da sang, dachte er und sog frische Luft in seine Lungen. Rauch stieg in seine Nase, und wie zur Bestätigung hörte Jakob Holz knacken. Ein Lagerfeuer. Rauch vom Lagerfeuer. Ja, aber auch das war es nicht, das war nicht der Geruch, dem er nachspürte, der Geruch, der so deutlich in der Luft lag und ihn förmlich umfing.

Mit dem Knistern und Knacken des trockenen Holzes gewann der raunende Gesang der Alten an Intensität, schwoll an, heiter und doch schwer. Jakob bildete sich ein, er kenne das Lied. Als er darüber nachdachte, merkte er, dass er keine einzige Silbe des Textes verstand, obgleich die Wörter vertraut klangen und auch der melancholische Klang, ja, und die so eindringliche, die so ergreifende Melodie. Diese Melodie, diese Melodie, überlegte Jakob, da kam ein Hauch von Erinnerung, kam eine Ahnung, ein Impuls und gleich darauf ein Stoß. Der ließ sein Herz erdröhnen. Wild pochte es nun, hetzte, flog. Jakob spürte es reißen und zerren. In diesem Moment legte sich die zweite Hand der Alten auf seine Brust. Federleicht schwebten ihre Finger auf seinem Herzen, einer warmen Daunendecke gleich. Ihr Handballen aber war resolut, drückte fest sein Brustbein nieder. So spürte Jakob sein wildes Herz noch mehr. Und da geschah es, da schlug eine Welle der Erinnerung in ihm hoch, überflutete ihn, drang in ihn, ergoss sich in die allerletzten Winkel. Tiefe, uferlose Freude. Die Rührung und die Dankbarkeit darüber machten, dass unter der flachen Hand der Alten Tränen hervortraten, salzig und warm.

Jakobs Großmutter lächelte. Und dann sah sie zum Himmel, nun gewiss, dass Jakob sich erinnerte.

Er griff nach der Hand auf seinem Herzen. Drückte sie, hielt sie fest. Mit der anderen strich Jakob über das Fell, auf das er gebettet war, befühlte es und ließ seine Hand auf ihm ruhen. Natürlich! Das war der Geruch, den er von Beginn an wahrgenommen hatte. Der Geruch seiner frühesten Kindheit war es. Der Geruch nach Wild, nach Kraft und rauer Schwere. Es war: der Geruch des Bärenfells. Und nun trat auch das passende Bild in Jakobs Geist. Er war ein kleiner Bub, und er ritt, ja er ritt auf dem alten, abgetakelten, beinahe blinden Zirkusbären, dem seine Großmutter das Gnadenbrot gewährte und den sie an der Leine führte, während sie ihren kleinen Enkel, der sich ins Fell des Bären krallte, schützend am Kragen hielt. Nur beiläufig tat sie das, nur so luftig, dass der Knirps davon nichts merkte. Schließlich war er ein Zigeunerbub, und die verlangten nach Selbständigkeit, nach zügelloser Freiheit. Und sei es hin und wieder auch nur die Freiheit, nach einem Sturz heulend gerannt zu kommen, um sich zu verkriechen, in den Rockschoß der Großmutter.

Jetzt tauchten mit einem Mal weitere Bilder aus Jakobs frühester Kindheit auf, jetzt schien die Schleuse, diese lang versperrte, verstopfte Schleuse zur Erinnerung freigeschwemmt, jetzt plötzlich schossen längst vergangene Szenen durch seinen Kopf. Und in all diesen Szenen war es die Großmutter, die die wichtigste Rolle innehatte. Jakob sah hohes, emporzüngelndes Feuer, um das sie wild springend tanzte, geheimnisvolle, kehlige Laute ausstoßend. Langstielige Kräuter hielt sie in die Flammen, ließ sie glimmend, rauchend, funkensprühend über die Köpfe der anderen sausen. Die hockten im Kreis ums Feuer und summten und klatschten dazu. Jakob sah sich aber auch hoch oben auf den Schultern der Großmutter, sah sich über wilde Wiesen schweben, den Vögeln entgegen und in den Himmel tauchend. Er erinnerte sich an ihr lachendes Gesicht und an die Baumkrone, in die sie sich emporgeschwungen hatten, er auf ihrem Rücken, sicher ins Tragetuch gezurrt. All diese Erinnerungen erwachten in Jakob.

Die flache Hand der Alten lag noch immer auf seinen Augen. Blieb dort, ruhig und sicher. Erst später, erst als Jakobs Wangen getrocknet waren und seine Hand langsam den Griff um jene der Großmutter lockerte, erst da löste auch sie sachte ihre Hand, hob sie weg von seinem Gesicht und schenkte Jakob Licht. Es blendete ihn, doch irgendwie, das fühlte er, war das gut so. Er fühlte sich wie neu geboren, einmal noch.

Sonnenlicht fiel in Streifen zwischen den Baumstämmen hindurch. Jakob blinzelte, kniff die Augen zusammen, das Aussehen der alten Frau zu erforschen, der alten Frau, die dicht neben ihm hockte und von der er jetzt ganz sicher war, dass sie seine Großmutter war. Zuerst erkannte er nur die Konturen ihres Körpers. Hager war sie und klein gewachsen, doch sie schien drahtig, ja kräftig. Ihr Körper erinnerte ihn an den eigenen. Als er sich an die Helligkeit gewöhnt hatte, begann er ihr Gesicht zu entdecken. Hohes Alter verriet es, doch war es von erstaunlich gesunder Farbe, und ihre Haut schien so weich, dass Jakob danach greifen wollte. Tiefe Falten durchliefen ihr Gesicht, die waren so schön anzusehen und so regelmäßig, als hätte ein Wasserfall sie gemalt im Laufe ihres Lebens. Ihr silbriggraues Haar schien nimmer endend, fiel tief über ihre Schultern. Über die hatte sie einen dicken, schwarzen Stoff geworfen. Zudem trug sie ein schwarzes Kleid, schäbig und zerfranst, unter dem lugten ihre knochigen Füße hervor, sonnenbraun und ledern.

»Wo bist du so lange gewesen?«, fragte Jakob leise und sah sie an.

»Du hast zwei Tage und zwei Nächte durchgeschlafen«, antwortete sie mit kratzig-freundlicher Altweiberstimme, und ihre dunklen Augen lachten.

»Nein«, schüttelte Jakob den Kopf, »ich meine, wo warst du mein ganzes Leben lang? Warum hast du dich von mir getrennt?«

»Das ist eine lange Geschichte. Ich erzähle sie dir, wenn du wieder gesund bist, und stark genug.«

Jakob schien nachzudenken. »Gut«, sagte er schließlich. »Und wie hast du mich gefunden, mitten im Eigenwald?«

Die Augen der Alten funkelten. »Ein Eichelhäher war es, er hat dich gemeldet«, sagte sie. »Ich bin vom Bach gekommen, trug zwei Beutel frisches Wasser bei mir, da flog er mit seinem Gekrächze über mich hinweg. Ich beobachtete ihn in seinem unruhigen Flug. Eitel flog er, recht wendig und geschickt, zwischen den Bäumen hindurch und zeigte mir sein schwarz-weiß und hellblau gestreiftes Kleid. Ich dankte ihm mit einem Blick, und weil er seine Aufgabe erfüllt hatte, ließ er sein Krächzen in einen plaudernden Gesang übergehen.« Die Silberhaarige hielt inne, forschte in Jakobs Gesicht. Sie saß auf einem Holzstumpf, die Hände ruhig auf ihren Knien. »Erzähl mir«, setzte sie nach einer Weile ein, »erzähl mir, was hat dich so tief in den Wald getrieben?«

Jakob schmunzelte und verwendete die Worte, mit denen sie zuvor ihn vertröstet hatte: »Das ist eine lange Geschichte. Ich erzähle sie dir, wenn ich wieder gesund bin und stark genug.«

Da wurden die Augen der Alten groß vor Heiterkeit, und gleich darauf konnte sie sich nicht mehr halten, schlug sich auf die Schenkel und sprang schließlich umher wie ein übermütiges Kind. »Das ist mein Lausbub!«, rief sie. »Das ist mein Jakob!«

Als sie sich beruhigt hatte, nahm sie wieder ihren Platz ein, wischte sich die Tränen aus den Augenwinkeln und bestand mit plötzlich fester Stimme darauf, dass Jakob seinen Widerstand aufgab und ihr gefälligst erzählen solle, was ihn in den Wald hatte flüchten lassen. Mehr noch. Sie bestand darauf, dass er ihr alles von sich erzähle. Vorher würde er von ihr keine Silbe hören, nicht eine.

Jakob sah in ihr Gesicht. »Warum?«

»Das ist eine sehr gute Frage, Jakob. Warum, das ist die wichtigste Frage überhaupt. Nichts, was geschieht in dieser von Menschen geprägten Welt, darfst du als gegeben hinnehmen, sobald es dir nicht richtig erscheint, sobald sich dein Gefühl oder dein Verstand dagegen wehren.«

»Gut«, sagte Jakob, zufrieden, und versuchte, seine Gesichtszüge souverän aussehen zu lassen. »Gut«, wiederholte er. »Und warum muss ich nun beginnen zu erzählen und nicht du? Warum?«

Sie lächelte. Ein ruhiges, stolzes Lächeln. Ihres Enkels wegen. »Weil ich deine Lehrerin bin, Jakob«, sagte sie dann. Die Wirkung ihrer Worte beobachtend, saß sie da. Ein Funke Überraschung war in seinen Augen. Als er erloschen war, fuhr sie fort. »Um dich gut unterweisen zu können, muss ich zuvor deine Geschichte kennen, muss ich wissen, was dein Verstand und dein Herz erlebt haben. Nur das gibt mir die Möglichkeit, dich in der richtigen Art zu lehren.«

Jakob wollte schon nicken, da kam ihm der Gedanke, seine Großmutter könnte von ihm erwarten, dass er nicht allzu rasch nachgab. Mit Genugtuung hatte er bemerkt, dass ihn seine Einwände und Fragen interessant gemacht hatten. Nur deshalb und nur, um noch mehr von diesem stolzen Augenlicht zu bekommen, sagte er: »Aber ich will doch vorerst nur, dass du mir unsere Geschichte erzählst, dass du mir sagst, wieso wir so lange voneinander getrennt waren. Du brauchst ja nicht gleich damit anfangen, mich zu lehren, erzähl mir einfach.«

»Jakob«, sagte die Alte, »Erzählen ist Lehren. Es ist sogar die zweithöchste Art des Lehrens. Darüber steht nur eine einzige andere Methode: das Leben selbst, das Tun.«

Er sah sie lange an, dann nickte er.

»Gut, Großmutter.«

Jakob sprach lange. Er erzählte vom Leben am Seifritz-Hof, von den dortigen Großeltern und Eltern, von Hans, von Fritz, und er redete, mit geröteten Wangen, von Silvia. Er berichtete auch vom Pfarrer und vom Bürgermeister, von den Nachbarn. Er erzählte von der Arbeit am Hof, auf den Feldern und im Wald, der Schufterei tagein, tagaus, berichtete von den wunderbaren Gedanken, die oft in seinem Kopf herumwirbelten und gegen die Schädeldecke klatschten, weil es ihnen viel zu eng war da drinnen und er sie deshalb von Zeit zu Zeit hinauslassen musste in die Welt, was ihm einen zweifelhaften Ruf eingetragen habe. Jakob wälzte sich auf seinem Lager hin und her, nahm einmal diese, dann wieder eine andere Stellung ein, je nachdem, wie es gerade bequem für ihn war, und dann sprudelte es erneut aus ihm. Er erzählte davon, wie sehr er es mochte, in den Himmel zu sehen, die Wolken bei ihrer Wanderung zu beobachten, das Gras zu riechen, durch den Wald zu streifen, das Fell und das Gefieder der Tiere zu berühren, Schneeflocken zu fangen, Regen zu kosten, in den Teich zu springen, auf Bäume zu klettern, zu kreischen, zu schreien und zu bellen vor Freude. Jakob verriet der Großmutter aber auch die traurigen Seiten seines Lebens. Er sprach von den Schlägen, die er oft abbekam, und von den Gemeinheiten der Menschen.

Die Alte hockte währenddessen nur da auf dem Waldboden, den Rücken gegen einen Baum gelehnt, die Beine unter ihrem schweren Rock versteckt, die Hände auf den Knien, und rührte sich nicht. Ihren aufmerksamen Blick hielt sie fest auf das Gesicht ihres Enkels geheftet. Neben ihn hatte sie einen Wasserbeutel gelegt und einen Korb platziert, mit Früchten, Kräutern sowie am Feuer gedünsteten Schwammerln und dünn geschnittenen, knusprig gebratenen Stückchen Eichkätzchenfleisch. Jakob griff immer wieder danach, tat Schluck um Schluck, und ohne es so recht zu bemerken, vertilgte er während des Erzählens und Nachdenkens und Dahinplauderns den gesamten Essensvorrat und leerte den Beutel bis zum letzten Tropfen.

Mittlerweile hatte die Sonne an Kraft eingebüßt. Langsam drehte ihr die Erde den Rücken zu, und so verlor der Eigenwald beständig an Licht, färbte sich die Luft über den Wipfeln gelb und rötlich und rot, und schließlich brach Dunkelheit herein.

Jakob schien vorerst einmal leer geredet. Zum ersten Mal seit Stunden wusste er nicht mehr so recht, was er erzählen sollte, außerdem spürte er erstmals seit seinem Erwachen Schmerzen. Mit verzerrtem Gesicht griff er sich an die Schläfe.

»Die Wirkung der Wurzel lässt nach«, sagte die Alte. »Du brauchst dir keine Sorgen zu machen. Die Wunde wird bald verheilen, und auch deine Schulter bekommen wir wieder hin.« Ansatzlos stand sie aus der Hocke auf, ganz so, als sei sie keine gichtgeprüfte Greisin, sondern ein junges Ding, tat ein paar Schritte und dann einen gezielten Griff nach einem der kleinen Lederbeutel, die aufgefädelt an einem Ast hingen. Als sie ihren knochigen Zeigefinger aus dem Leder zog, klebte eine harzähnliche Masse dick an ihm. Ohne viel Aufhebens trat die Alte neben den Burschen und schmierte die harzige Paste auf die Schusswunde an seiner Stirn.

Jakob sah sich um. Das Dunkel der Nacht hatte bereits die Körper der Bäume geschluckt und ebenso die manns-hohen Restlinge aus Granit, die, im Halbkreis wie von Riesenhand hingewürfelt, dem kleinen Platz seine Form verliehen. Auch vom windschiefen Verschlag, den sich die Alte aus Baumstämmen und Ästen gezimmert hatte und dessen Dach über und über mit Moos bewachsen war, konnte Jakob nur die Konturen erahnen. Gleich daneben erkannte er gerade noch die zeltähnliche, aus Fichtenwip-feln zu einem Kegel verspreizte Behausung. Und weil die Alte keinerlei Anstalten machte, Holz nachzulegen, wurde auch die letzte Lichtquelle, der schwache Schein des Feuers, immer unsteter, unscheinbarer, gloste schließ-lich nur noch, glühte nach und verging. Tiefschwarz war nun die Nacht.

»Großmutter«, sagte Jakob in die Stille, »Großmutter, bitte erzähl mir, was geschehen ist.«

»Schlaf jetzt. Du musst dich erholen. Morgen untertags wirst es noch einmal du sein, der mir erzählt. Ruhig alles noch einmal. Das schadet nicht, denn jede Geschichte hat viele Seiten, und erst so treten sie zu Tage.«

»Und wann wirst du mir erzählen?«, fragte Jakob, rollte sich auf seiner weichen Bettstatt aus aufgeschichteten Zweigen zusammen und zog die grobe Pferdedecke bis zum Kinn. Die Alte antwortete nicht gleich, warf Jakob mit einer geschickten Bewegung noch eine Decke über und sagte dann: »Es dauert nicht mehr lange, bis ich dir erzähle. Du kannst dich darauf einrichten, dass es nicht am Tag sein wird, sondern bei Nacht. Weißt du, im Dunkel der Nacht lässt sich leichter reden. Im Dunkeln gibt es nur die Stimme, und Tränen werden unsichtbar.«

✻

Es war, glaube ich, in meiner dritten Nacht im Eigenwald. Da hat meine Großmutter endlich zu erzählen begonnen. Davor hat sie den ganzen Abend kein Wort geredet, hat nicht reagiert auf meine Fragen. Mit geschlossenen Augen ist sie bei ihrem Baum gehockt, den Rücken gegen den Stamm gelehnt, und hat sich nicht gerührt. Wenn nicht alle heiligen drei Zeiten ein wilder Atemstoß aus ihr gefahren wäre, hätte ich glauben müssen, sie sei im Sitzen gestorben.

Ihr merkwürdiges Verhalten hat schon in der Früh begonnen. Kaum ist das erste Sonnenlicht auf den Waldboden gefallen, ist sie aufgesprungen und hat gesagt, dass sie jetzt in ihren Garten gehe und dass ich sie nicht stören solle. »In deinen Garten?«, habe ich gefragt, »in welchen Garten?« Sie hat nicht geantwortet, hat nur mit strengem Blick wiederholt, dass ich sie auf keinen Fall stören dürfe, in ihrem Garten. Ich habe gefürchtet, mein Auftauchen nach den vielen Jahren habe sie verrückt werden lassen.

Ohne sich um mich zu kümmern, hat sie ein mit allerlei Gegenständen gefülltes Tuch geschnappt, das an den Zipfeln zusammengeknotet war, hat es sich über die Schulter geworfen und ist barfuß davongegangen. Ich hab's freilich nicht ausgehalten, einfach zu warten. Also bin ich ihr in einigem Abstand gefolgt. Sie ist so rasch gegangen, ist so wendig über Stock und Stein gesprungen, dass ich Mühe gehabt habe, mitzuhalten. Nach vielleicht fünfhundert Schritten habe ich schon geglaubt, ich hätte sie verloren. Mit einem Mal bin ich alleine dagestanden, mitten im Wald, und habe mich auf einen Schlag verlassen gefühlt. Zuvor ist sie ja auch nicht wirklich bei mir gewesen, aber schon dass ich sie gesehen habe, hat genügt, um nicht einsam zu sein. Ich habe gespürt, wie die Verzweiflung in mir aufsteigt, da habe ich sie plötzlich wiedersehen können. Zwischen zwei mächtigen, hoch in den Himmel ragenden Föhren habe ich sie bemerkt. Am liebsten wäre ich zu ihr gelaufen. Aber ich habe nur erleichtert durchgeschnauft, mich geduckt und dann flach auf den Bauch gelegt. Alles war wieder gut.

In einer breiten, sanften Mulde hat sie sich niedergekauert und mit bedächtigen Bewegungen ihr Tuch aufgeknüpft. Vier ellenbogenlange Pflöcke waren darin, mit denen ist sie in die Mitte des moosigen Platzes gegangen, hat kurz zum Himmel geschaut und dann die Pflöcke ins Moos gestoßen. So ist ein Rechteck entstanden, das hat sie mit einer Schnur verbunden. Danach hat sie noch sechs Dinge aus ihrem Tuch gezogen: zwei blaue und zwei rote vom Rost zerfressene alte Töpfe, einen roten Emailschöpflöffel und einen zerrissenen blauen Arbeitskittel. Diese Habseligkeiten hat sie in ihre Arme gerafft und ist dann mit ihnen, wie wild, rund um ihr Viereck gesprungen. Sie hat sich um die eigene Achse gedreht, hat abwechselnd das eine und dann das andere Bein eng zum Körper gezogen, hat den Kopf auf und ab geworfen, und ich war sicher, dass sie jetzt wahrhaftig auf dem besten Weg ist, überzuschnappen. Oje, habe ich gedacht, das liegt bei uns in der Familie.

Schließlich hat sie die sechs Gegenstände rund um die

gespannte Schnur platziert, ist mit einem Satz ins Innere des Vierecks gehüpft, hat sich, mit dem Rücken zu mir, im Schneidersitz hingehockt und dann – hat sie sich nicht mehr gerührt. Keinen Millimeter. Nach vielleicht fünf Stunden ist es mir zu langweilig geworden. Außerdem habe ich furchtbaren Hunger gehabt. Und Durst. Also bin ich zurück.

Sie ist erst gekommen, als es gedämmert hat. Sie hat mich nicht begrüßt, hat nur gefragt: »Was hast du gelernt?« Ich habe nicht gewusst, was sie meinte. Was ich gelernt hätte, während ich sie stundenlang beobachtet habe in ihrem Garten, hat sie in so selbstverständlichem Ton gefragt, als müsse es ja wohl auch für mich sonnenklar sein, dass ihr meine Gegenwart nicht verborgen geblieben sei. Was ich also gelernt hätte, bis mein Magen so laut geknurrt habe, dass die Eichkätzchen davon erschrocken seien. Was ich gelernt hätte, hat sie es genossen, mich noch einmal zu fragen, bis ich schließlich zurückgeschlichen sei zum Bau wie ein hungriger, junger Wolf, der sich verrät, weil er tollpatschig dürre Äste auf dem Weg zertritt. Ich habe ertappt zu Boden geschaut und ihr gestanden, dass ich nichts gelernt hätte, nichts, und dass ich keinen Schimmer hätte, was sie da gemacht habe, in »ihrem Garten«.

»Das habe ich mir schon gedacht«, hat sie geantwortet, und ihre Augen haben getanzt. »Du brauchst dir deswegen keine grauen Haare wachsen zu lassen«, hat sie mich getröstet. Solange ich nicht verstehe, was ein anderer tut, sei das keine Schande, hat sie gesagt und mir dabei tief in die Augen geschaut. Armselig wäre es nur, wenn ich nichts, aber auch wirklich nichts verstünde und allein deshalb mutmaßte, dass das Getane Unsinn sei oder verrückt. Wieder habe ich den Kopf gesenkt. Und sie hat aufmun-

ternd gesagt: »Siehst du, jetzt hast du ja doch was gelernt.«
Ich habe sie gebeten, mir die Sache mit ihrem Garten zu
erklären. Zu meiner Überraschung hat sie das nicht abge-
lehnt, sondern gesagt: »Die sechs Dinge – der Schöpflöffel,
der Kittel und die vier Töpfe –, die für dich keinen Sinn
ergeben, das sind die Blumen meines Gartens. Es sind auch
meine Gehilfen. Sie helfen mir, mein kümmerlich enges
Bewusstsein abzustecken, während ich auf Reise gehe und
meine kleine, gewohnte Welt verlasse, um so lange und so
weit zu gehen, bis ich schließlich am entferntest möglichen Punkt angelangt bin. Bei mir selbst. Hast du bemerkt,
dass mein Garten aus zwei Teilen bestanden hat? Zwei
Schritten?« Ich habe den Kopf schütteln müssen. »Mein
Garten«, hat sie gesagt, »bestand aus Überlegung und In-
stinkt. In meiner Reise habe ich beides zusammengeführt.
Verstehst du?« Wieder habe ich den Kopf geschüttelt und
dann gegen den Gedanken angekämpft, dass sie vielleicht
doch übergeschnappt sei und genauso verrückt wie ich.
»Auch du«, hat sie mich zumindest kurz von meinen
Überlegungen erlöst, »auch du wirst einmal deinen Garten
haben. Und auch du wirst deine Reise antreten. Dann wird
es dein Geist sein, der zur Quelle zurückkehrt.«

   »Hast du keinen Hunger?«, habe ich meine Großmutter gefragt, um von diesem Garten- und Quellenzeug ab-
zulenken, das für mich überhaupt keinen Sinn ergeben
hat und das in meinen Ohren geklungen hat wie das Ge-
schwätz einer alten Hexe. Meine Großmutter hat gelacht
und gesagt, dass ich mich nicht schämen müsse, wenn ich
nichts verstanden hätte. Auch nicht für meine Gedanken.
Heute Nacht würde sie mir erzählen, worum ich sie gebeten habe. Heute Nacht, hat sie gesagt, würde sie mir
meine und ihre, würde sie mir unsere Geschichte erzählen. Dann würde ich beginnen zu verstehen.

Nach diesen Worten hat sie sich zu ihrem Baum gesetzt, hat die Arme verschränkt, die Augen geschlossen und dann genauso versteinert gewirkt wie der granitene Restling neben ihr. Erst viel später, erst als die Nacht in den Wald gesunken ist, hat sie sich gerührt, ist hergekommen zu mir und hat sich dicht neben mich gehockt.

16.

Jakob betrachtete seine Großmutter. Obgleich nur der wolkenverhangene Mond und die Sterne Licht in den Eigenwald warfen, glaubte er zu bemerken, dass ihr Blick an Klarheit eingebüßt hatte. Haltlos war er jetzt, schien durch Jakob hindurchzugehen, ihn zu durchdringen wie Wasser lockeres Erdreich, irgendwie seinem Ziel zustrebend, doch gleichgültig auf welchem Weg. Lange Momente vergingen so. Jakob fröstelte plötzlich. Still war der Wald.

Dann gewann ihr Blick wieder Festigkeit. Ihre Pupillen weiteten sich, ganz so, als wäre es früh am Morgen und sie eben erwacht. Als sie begann, nach all den Tagen Jakob endlich ihre gemeinsame Geschichte preiszugeben, strahlte sie für ihn wieder jene Gegenwärtigkeit aus, die ihm Sicherheit gab, blitzte aus ihren Augen wieder Stärke. Mit ruhiger Stimme sprach sie die ersten Worte.

»Seit dem Tag, Jakob, seit dem Tag, an dem sie dich uns weggenommen haben, habe ich nicht aufhören können, Gedanken über dich in mir zu sammeln. Überlebt habe ich das nur, weil mir Gott – zum Trost, dass er mich noch nicht bei sich wollte – neue Kraft geschenkt hat, jeden Tag mehr. Du warst drei Jahre alt, als die Gendarmen an die Tür unseres Wohnwagens geschlagen haben. Ein ängstlicher, kleiner Mann mit Schnauzbärtchen hat seinen Sozialamts-Ausweis hergezeigt und einen behördlichen Beschluss mit irgendeinem Stempel. Beides hat er so rasch und hektisch wieder unter seiner Jacke verborgen, als sei ihm sein Handeln selbst nicht ganz koscher, als wolle er das, was gerade geschieht, nur möglichst rasch hinter sich bringen, damit es sich nicht zu tief eingräbt in sein Gewissen und er es auch rasch wieder verdrängen kann aus seinen Erinnerungen. In seinen Augen torkelten Angst und Scham. Doch er wusste wohl, dass das sein Tun nicht entschuldbar machte.

Auch die Gendarmen hatten Angst. Bang hielten sie deinen Vater und mich mit ihren Pistolen in Schach, während der Mann vom Sozialamt dich mit Hilfe zweier weiterer Gendarmen aus den Armen deiner Mutter riss. Sie wehrte sich dagegen, schlug um sich, schrie, kratzte und biss, attackierte die Gendarmen mit aller Kraft. Der Schuss, der sich aus einer der Pistolen löste, fuhr ihr durchs Herz. Der Beamte vom Sozialamt stürzte panisch mit dir aus dem Wohnwagen, die Handvoll Gendarmen hinterher. Dein Vater schlug einen von ihnen zu Boden, bis er selbst niedergestreckt wurde. Draußen sah ich dann den Bürgermeister und den Pfarrer. Sie standen da wie Zuschauer, die sich eigens die besten Plätze gesichert hatten, denen die bestellte Szene nun aber doch zu ungestüm geworden war. Ich ging zu ihnen und entschied mich für den Pfarrer, dem ich mit einer gehärteten Hahnenklaue über sein Maul fuhr. Ein Blutschwall schoss aus seinem Gesicht. Seine Verblüffung war so groß, dass er anfangs vergaß, vor Schmerzen zu schreien und sich am Boden zu wälzen. Der Bürgermeister war rechtzeitig davongerannt.

Dein Vater und ich wurden wegen Widerstands gegen die Staatsgewalt angezeigt, all unsere Bemühungen, dich zurückzubekommen, wurden abgeschmettert, es wurde uns mit Gefängnis gedroht, würden wir keine Ruhe geben. Froh sollten wir sein, hat man uns gesagt, froh, dass du es nun besser hättest, weg von der dreckigen, gefährlichen Landstraße, sagten sie, weg von uns Jenischen, uns Zigeunergesindel, meinten sie, und rein in ein gutes, warmes Heim mit gottesfürchtigen Klosterschwestern, sagten sie. Für uns verstrichen tränen- und wutreiche Wochen, an deren Ende dein Vater meinte, nichts mehr ausrichten zu können. Das Leben sei nun unnütz geworden, sagte er. Er wollte nicht mehr weiterleben. Nicht ohne dich und deine Mutter. Er begann zu trinken in jener Zeit, viel zu viel. Damit wurde alles noch schlimmer. Als ich einmal nicht auf ihn achtgab, ging er zum funkelnagelneuen Auto des Bürgermeisters, das der eigens vor dem Wirtshaus abgestellt hatte, damit auch alle neidische Blicke werfen konnten auf seinen lack- und blechgewordenen Stolz. Dein Vater schritt auf das Auto zu und drosch mit einem Vorschlaghammer darauf ein, besonders auf den hinteren Teil der Karosserie. Er schlug die Scheiben und Lichter in Splitter, verbeulte lautstark die hinteren Türen, das Dach, den Kofferraumdeckel. Als die Wirtshaustür aufsprang und der Bürgermeister gemeinsam mit den anderen Männern herausstürmte, schrie dein Vater: »Du Scheißmörder, du Kinderverschlepper!«, sprang ins Auto, startete, und dann wurde für die Männer klar, warum er den Vorderteil des Wagens verschont hatte. Der Fuß deines Vaters ging erst wieder vom Gaspedal, als das schwere Auto mit voller Geschwindigkeit gegen einen der Alleebäume krachte. Sein Selbstmord, Jakob, war die verzweifelte Art deines Vaters gewesen, sich am Bürgermeister zu rächen. Es ist die beklagenswert traurige Art deines Vaters gewesen, auch den Einfältigsten und Gutgläubigsten in Legg klarzumachen, welches Unrecht uns angetan worden war.«

Jakob hatte die Worte seiner Großmutter in sich eindringen lassen. Mit jedem Satz aber war er mehr außer sich geraten. Und schließlich ging das Gehörte derart über seine Kraft, dass sein Geist auszog aus ihm. Jakob glaubte, sich im Abstand weniger Meter, von schräg oben, selbst zuzusehen. Er spürte die Ohren dröhnen vom wilden Schlag seines Herzens. Jakob glaubte zu wissen, dass es seine Großmutter war, die ihm gegenübersaß, doch sein Vater, der Seifritz-Bauer, war nicht tot, gewiss nicht, er war nicht gestorben vor langer Zeit, ebenso wenig seine Mutter, die Seifritz-Bäuerin. Sicher nicht. »Da stimmt was nicht«, stammelte er und schüttelte verzweifelt den Kopf. »Großmutter, da stimmt was nicht.«

»Ich habe dann noch ein paar Mal versucht, herauszufinden, wo sie dich hingesteckt haben«, setzte die Alte fort, ohne auf die Verzweiflung ihres Enkels einzugehen. »Ich habe versucht, dich zu mir zu holen, Jakob. Aber die Behörden haben mich immer verjagt, haben mir gedroht, mich einsperren zu lassen wegen der schweren Gesichtsverletzung des Pfarrers, wegen Herumtreiberei und vielem mehr, und dann würde ich dich erst recht nicht behalten können, haben sie gesagt. Und im Heim würde es dir sowieso an nichts fehlen, versuchten sie mich zu beruhigen.«

Jakobs Aufregung war uferlos. »Du musst dich irren!«, schrie er. »Es muss eine Verwechslung sein«, stotterte es aus ihm, während er sich abmühte, ein wenig Ordnung in seinen Kopf zu bringen. Das alles ergab keinen Sinn, verwirrte Jakob, erklärte nichts, ließ die Situation vollends unübersichtlich geraten. »Ich war in keinem Heim!«, stieß er hervor. »Und mein Vater und meine Mutter leben noch. Es sind der Seifritz-Bauer und die Seifritz-Bäuerin. Ich habe sie erst vor wenigen Tagen verlassen. Das habe ich dir doch schon alles erzählt! Auch meine anderen Großeltern leben noch, der Seifritz-Großvater und die Seifritz-Großmutter.« Seine Stimme kippte. »Und ich, auch ich lebe am

Seifritz-Hof, nicht in einem Heim. Ich bin der Seifritz Jakob. Seit ich mich erinnern kann, bin ich das. Seit, seit ich mich, seit …« Plötzliche Hitze stieg in sein Gesicht, drückende Hitze, die ihm Panik verursachte und den Atem nahm. Sein Puls raste. Sein Herz schlug so schnell, als komme es nicht nach damit, ihm Signal zu geben. Und dann war es so weit. Dann hatte auch sein Geist verarbeitet, was sein Herz die längste Zeit seines Lebens wohl schon gefühlt hatte. Jakob musste nichts mehr fragen. Und er musste sich nichts mehr erklären. Als er in die Nacht sah, kannte er die Wahrheit.

Er wandte sein Gesicht von der Frau ab, die er im Dunkeln nun nicht mehr erkennen konnte, von der er aber wusste, dass sie da war, ganz nahe, bei ihm, für ihn, von nun an und sicher. Es war das Gesicht der silberhaarigen Frau mit den wunderschönen, tiefen Falten, das Gesicht der Frau, die ihn sanft und schützend gehalten hatte, als er als Kleinkind auf dem alten Bären geritten war, es war das Gesicht seiner Großmutter, das Gesicht seiner einzig wahren Großmutter. Tränen der Wehmut und der Erleichterung liefen über Jakobs Wangen. Es zog und zerrte in seinem Herzen. Die Großmutter, seine weiche, starke, faltige Großmutter, sie war die Einzige, die von seiner Familie noch übrig war. Nicht der Seifritz-Bauer, nicht die Seifritz-Bäuerin, niemand aus Legg, von denen er es sein Leben lang fälschlich angenommen hatte. Nur diese Frau, diese alte, kleine, vergessene Frau. Nur sie war seine Familie. Nicht die anderen, die immer böse gewesen waren. Das also, nur das war der Grund gewesen, warum er sich stets so fremd gefühlt hatte in Legg.

Bei seiner Großmutter, seiner wirklichen Großmutter, hatte er Liebe und Sicherheit gespürt vom ersten Moment an, hatte es von Anfang an gefühlt, und nichts musste bewiesen, erkämpft, erlitten, erarbeitet oder erbettelt werden. Er hatte es gespürt, noch bevor er sie neu kennenlernte, hatte es gewusst, als er sich entschied, zu erwachen und ihre Hand zu spüren auf seinem Gesicht. Liebe, Geborgenheit, all das gab es mit einem Mal, all das füllte plötzlich jeden Winkel seiner Seele.

»Danke«, sagte Jakob klar und deutlich, ohne über das Wort nachgedacht zu haben.

»Gut«, hörte er seine Großmutter antworten.

In den jüngsten Stunden dieser Nacht war zu viel geschehen, als dass es Jakob möglich gewesen wäre, darüber zu sprechen. Ihn verlangte nach Ruhe, nach Stille. Also sprachen sie nicht mehr in dieser Nacht. Gut war das so. Wichtig war nur, dass sie einander wiederhatten, wichtig war ihre Gegenwart. Ihre Vergangenheit war zu Ende, in dieser Nacht.

Rücken an Rücken lagen sie, auf ihrer Bettstatt aus aufgeschichteten Fichtenzweigen. Jakob spürte die sanfte Bewegung ihres Körpers, bei jedem Atemzug. Frühmorgens schlief er ein.

*

Seit ich tief in den Eigenwald geraten bin, hat sich mein Leben stärker verändert als all die Jahre zuvor. Stell dir das vor: Du wächst auf und bist ein anderer.

Ja, du Oberschlauer. Du hast ja recht, ich bin trotzdem noch ich selbst. Aber es kann dir schon schwindlig werden, wenn das, was bisher felsenfest vor deiner Nase gestanden ist, sich mit einem Mal in Luft auflöst; wenn das, was selbstverständlich war, nur Lug und Trug gewesen ist; und wenn du draufkommst, dass rund um dich zerfällt, was dein Leben bestimmt hat. Da kannst du schon ins Grübeln kommen, was übrig bleibt von dir.

Je sicherer der Mensch sich fühlt, desto wirksamer trifft ihn das Leben? Du mit deinen Sprüchen! Außerdem glaub ich schon langsam, dass du mit meiner Großmutter unter einer Decke steckst. Sie hat was ganz Ähnliches zu mir gesagt. Das Leben ist ungewiss, hat sie gemeint, und Verlass ist nie und nirgendwo. Wichtig, hat sie mir eingeschärft, wichtig ist deshalb, sich selbst zu kennen. Kennst du nicht dein wahres Ich, hat sie gesagt, dann kennst du auch nicht deine Bestimmung, deinen Wunsch. Dann bist du Treibholz im Strom und lässt dich lenken, anstatt selbst deinen Weg zu bestimmen.

Ich jedenfalls habe ein zweites Leben geschenkt bekommen. Das Leben meiner wahren Vorfahren, das Leben, das mir vorenthalten worden ist. Ich weiß noch nicht, wofür ich mich entscheiden werde. Ob ich im Dorf bleibe oder in den Wald gehe, ob ich Zigeuner werde wie meine Ahnen oder nicht. Aber gleich, welches Leben ich um mich wachsen lasse, das Wichtigste ist doch der Kern und nicht das Drumherum. Nicht das, was jeder sieht, ist das Wichtigste, oder? Entscheidend ist, was daruntersteckt, was bleibt. Stimmt's? Wichtig ist, was Bestand hat.

Meine Großmutter hat mir erzählt, dass unsere Familie bei ihrer Reise seit Generationen schon in Legg haltgemacht hat. Die Leute waren immer neugierig auf die Geschichten und die bunten Trödlerwaren, die unter der Plane mitgeführt worden sind. Alle sind sie gelaufen gekommen und haben den Wagen umringt. Wenn sich die Aufregung aber gelegt hat, sind sie so rasch verschwunden, wie sie gekommen sind, dann hat sich keiner mehr blicken lassen beim Lagerplatz am Waldrand. Als kurze Unterhaltung waren ihnen die Zigeuner recht, als Ablenkung vom eintönigen Leben. Zu mehr aber hat ihr Mut nicht gereicht. Das Fremde war ihnen so lange recht, solange es fremd geblieben ist. Zu tief in ihr Leben hat es nicht eindringen sollen, hätte ja einiges durcheinanderbringen können. »Dass ihr mir ja nicht zu den Zigeunern geht«, haben die Erwachsenen zu den Kindern gesagt, »die nehmen die Kinder mit.« Ja, das war der Satz, der immer wieder zu hören gewesen ist. »Die Zigeuner nehmen die Kinder mit.« Am Anfang ist der Satz wie im Spaß gesagt worden, nur als Abschreckung für die Kinder. Mit der Zeit aber, als der Satz immer und immer wiederholt worden ist, hat er eine Eigenständigkeit bekommen, und am Schluss hat er sich als gefährliche Wahrheit in die Köpfe der Leute gebrannt. Dementsprechend sind sie mit den Zigeunern umgegangen.

Die Zigeuner nehmen die Kinder mit. In Wirklichkeit war es dann andersrum. Die Sesshaften haben den Zigeunern die Kinder weggenommen. Und dabei haben sie sich gar nichts Böses gedacht. Ganz im Gegenteil. In meinem Fall haben es anfangs alle gut gefunden, wohltätig, eine herzensgute Sache. Nur einige wenige waren skeptisch. Weil aber sogar der Pfarrer und der Bürgermeister dahintergestanden sind, haben auch sie nicht mehr lang darüber nachgedacht. Erst als der Pfarrer wegen der tiefen Wunde in seinem Gesicht die heilige Messe hat ausfallen lassen müssen, und erst als die Sache mit meinem Vater und dem Auto vom Bürgermeister passiert ist, erst dann haben ein paar stumm genickt, in der Art, wie man nickt, wenn etwas passiert, was man irgendwie schon immer vorausgeahnt hat, nur nie laut ausgesprochen. Dann haben manche geraunt, dass es sich ja doch rächt, wenn man Eltern ihre Kinder wegnimmt.

Meine Großmutter hat damals nicht ein und nicht aus gewusst, ist in ihrer Verzweiflung tief in den Eigenwald hineingegangen. Dort hat sie sich verkrochen und hat nachgedacht bis an ihre Grenzen. Im dritten Winter hat sie dann diesen Traum gehabt. Sie hat geträumt, dass ich zu ihr komme, sobald die Zeit reif ist, sobald ich alt genug bin, um zu verstehen und danach zu handeln. Seit diesem Traum hat meine Großmutter gewusst, dass der Tag kommen wird. Ich muss nur geduldig sein und warten, hat sie sich gesagt. Und dass sie nicht verzweifeln darf und nicht aufgeben, weil sie noch eine wichtige Aufgabe hat im Leben. Diese Aufgabe bin ich.

Sie sagt, sie will mich alles lehren, was nötig ist. Hat auch schon damit begonnen. Aber, um ehrlich zu sein, ich bin gar nicht sicher, ob ich ein Leben wie sie führen will. Es ist wichtig, seine Vergangenheit zu kennen. Aber die Wahrheit kann auch wehtun, und man muss stark sein dafür. Meine Großmutter ist sich sicher, dass ich stark bin. Sie ist auch sicher, den Grund zu kennen, warum ich manchmal unfähig bin fürs Leben, warum ich mich tot stelle, wenn ich Gewalt erlebe. Es liegt daran, meint sie, dass ich als Kleinkind habe miterleben müssen, wie ich meinen Eltern entrissen worden bin. Daher komme meine Abneigung gegen Gewalt, glaubt sie. Nur deshalb würden sich manchmal meine Arme verkrampfen und mein Körper zum Panzer werden. Aber fortan wird das nicht mehr so sein, meint sie. Weil ich jetzt stark bin und an mich glaube. Auch ihre Hilfe werde ich bald nicht mehr nötig haben, hat sie gesagt. So könne sie irgendwann einmal getrost aus meinem Leben verschwinden, ebenso überraschend, wie sie gekommen ist.

17.

Eines quälte Jakob noch. Obwohl er seiner Großmutter schon davon erzählt hatte, rumorte dieses eine Thema noch in seinem Kopf und wollte keine Ruhe geben. Es betraf Silvia. Jakob machte sich Gedanken, dass sie ihn bloß nett finden könnte, aus Mitleid vielleicht. Schließlich war er der Dorftrottel, und in so einen konnte sich ein Mädchen wohl schwer verlieben.

»Na frag schon«, hörte er die Silberhaarige sagen.

Zappelig schritt er vor ihr auf und ab, blieb immer wieder stehen, schlackerte nervös mit den Armen, durchgrub mit den Händen sein in alle Himmelsrichtungen stehendes, zerzaustes Haar, stöhnte leise vor sich hin, umrundete den Restling in der Mitte des Platzes und tat dann mit gedankenbeladener Miene ein paar leidenschaftlich schwere Atemzüge.

»Es ist wegen der Sache mit …«, stieß er hervor, und traute sich dann doch nicht, mit der ganzen Wahrheit herauszurücken. »Na du weißt schon, weil halt alle sagen, dass ich ein Idiot bin.«

Aus dem Gesicht der Großmutter schwand jede Heiterkeit.

»Jakob«, sagte sie, »es braucht nicht viel, um in Legg, einem Fleck, der fernab von weitreichenden Gedanken ist, als außergewöhnlich zu gelten. Und von der Außergewöhnlichkeit ist es nur noch ein kleiner Schritt, ein Zufall, eine Begebenheit, um bis ans Lebensende als Spinner zu gelten.«

Jakob nickte, formte jedoch einen Schmollmund. Er war noch nicht zufrieden mit der Antwort.

»Verrückt, Jakob, verrückt wird, wer von jenem Leben abrückt, das er im Grunde leben möchte. Dem Leben, das ihm tiefen Sinn gibt. Und verrückt wird auch, wer sein Reden und Handeln von seinem wahren Ich wegrückt.« Die Alte beobachtete die Wirkung ihrer Worte. Dann schloss sie: »Und du, Jakob, da sei dir sicher: Du bist ganz du. Du redest und handelst ganz nach deinen Werten. Du, Jakob, bist so gesund, wie es ein Mensch nur sein kann. Und ganz sicher nicht schwachsinnig. Im Gegenteil: Starksinnig bist du, durch und durch.«

Die Worte der Großmutter taten ihm gut. Aber eigentlich wollte Jakob ja etwas anderes wissen, wie sich sein Ruf als Dorftrottel nämlich auf Silvias Gefühle auswirkte.

»Erzähl mir von Silvia«, forderte da die Alte plötzlich, als hätte sie seine Gedanken gelesen. »Silvia, sie ist doch dein Mädchen, nicht wahr?«

»Ja«, krächzte Jakob mehr, als dass er es sagte. Plötzlich war sein Mund so trocken.

»Und wie rufst du sie?«

Jakob verstand nicht.

»Wie du sie nennst?«

»Silvia«, sagte Jakob. »Sie heißt Silvia.«

»Ja, das weiß ich. Aber wie nennt dein Herz sie?«

Wieder verstand Jakob nicht so recht.

»Hast du denn keinen Herzensnamen für sie?«, tat die Alte empört.

»Einen Herzensnamen«, wiederholte Jakob. Es schien aber nicht, als ob ihm dazu etwas einfiele. Er hatte den Begriff lediglich für sich wiederholt, in der dumpfen Hoffnung, das könne ihn auf eine Idee bringen, eine kluge. Dem war nicht so. Nachdem sicher Minuten vergangen waren, während denen Jakobs Gesichtsausdruck, das musste sich wohl auch die Großmutter eingestehen, nicht anders beschrieben werden konnte als ochsig, erlöste sie ihren Enkel aus seiner Gedankenstarre.

»Wenn sich Menschen lieben«, begann sie, »verwenden sie nicht nur jene Namen füreinander, die auch alle anderen kennen. Dann geschieht es, dass ihre Gefühle Namen schenken, die neu sind und von Sanftheit getragen. Verstehst du?«, fragte die Alte mit skeptischer Miene.

»Milchblume«, sagte Jakob ansatzlos. »Sie ist meine Milchblume.«

Überraschung im Gesicht der Großmutter. Milchblume. Das war nicht nur ein wundervoll zarter Name. Das war auch lebensrettende Medizin. Das bedeutete immense Kraft und zerbrechliche Schönheit gleichermaßen. Milchblume. Die Alte schlug die Augen nieder. Es schien, als erkannte sie erst jetzt, wie sehr ihr Enkel in das Mädchen verliebt war. Sie räusperte sich, richtete sich energisch auf, als wolle sie eine Gefühlsregung abschütteln. »Es ist ganz normal, dass du aufgeregt bist«, sagte sie schließlich. »Aber nach allem, was du mir über Silvia erzählt hast, trägt dein Mädchen Liebe für dich im Herzen. An dir wird es sein, dem Keim Wärme und Kraft zu schenken, aber auch, ihm ausreichend Luft zu lassen. Wenn du das berücksichtigst, Jakob, wird eure Liebe erblühen.«

Ihr Enkel nickte.

»Ich will dir nun sagen, was ich über deine Zukunft denke, Jakob«, sprach die Alte, und Jakob fand, dass sich die samtigen Falten ihres Gesichts bewegten wie die Oberfläche eines Teiches im Wind. »Ich will dir sagen, was sich geändert hat für dich, seit du zu mir in den Wald gefunden hast. Du ahnst es sicher selbst. Aber ich weiß, manches Wissen zerrinnt zwischen den Fingern, sobald man es berührt. Und gewinnt erst feste Gestalt, wenn eine Stimme es benennt.«

Jakob war konzentriert und aufmerksam wie vielleicht noch nie in seinem Leben. Nun galt es aufzupassen, die sicherlich klugen Ratschläge der Großmutter aufzusaugen, jede Einzelheit davon, um später nur ja keinen Fehler zu begehen, um später, wenn es so weit sein würde, gegenüber Silvia auch sicher alles richtig zu machen. Mit weit aufgerissenen Augen starrte er seine Großmutter an.

»Du kennst nun deine Vergangenheit«, begann die Alte, ihre Hände im Schoß. »Also kannst du von nun an deine Gegenwart bestimmen. Bisher war das schwer, denn die Welt um dich hielt dich blind und taub. Dein eigenes Wesen wurde dir schlechtgemacht. Kein Wunder, dass du es schwer hattest. Und sehr wohl ein Wunder, wie prächtig du dich entwickelt, welche Fähigkeiten du dir angeeignet hast. Und welche Natürlichkeit und Liebe in dir steckt. Du brauchst keine Angst zu haben vor deiner Zukunft. Sie ist nun nicht mehr Sache der anderen, sondern die deine. Du allein wirst es sein, der deine Zukunft bestimmt. Du allein mit deinen Absichten. Sie werden dich leiten.«

Jakob saß mit offenem Mund da. Als kein Zweifel mehr daran bestehen konnte, dass die Großmutter ihre Ausführungen beendet hatte, als sicher war, dass nichts mehr nachkommen würde, was die Sache womöglich verständlicher und konkreter gemacht hätte, traute er sich erstmals wieder zu schlucken. Verzweiflung stieg in ihm hoch. Die Verzweiflung, etwas womöglich Entscheidendes nicht zu kapieren, daran vorbeizusegeln mit allzu leichtem Geist. Gut, er hatte alles, was sie gesagt hatte, aufgenommen. Das Gesagte schien auch eine innere Logik zu besitzen, war durchaus nachvollziehbar. Allein: Bei seinem konkreten Problem, fand Jakob, half es ihm nicht weiter. Er dachte nicht an das Große und Ganze seines künftigen Lebens. Und wenn er es jetzt doch tat, dann war dieses Große und Ganze keine breite, ausschweifende Sache, sondern auf einen einzigen Nenner zu bringen. Und der hatte einen Namen: Silvia. Was sich Jakob von seiner Großmutter wünschte, war kein philosophisches Bild seiner Zukunft, sondern eine möglichst einfache Anleitung, wie er verflixt noch einmal vorgehen sollte, um Silvia, das Mädchen, das er liebte, zu der Seinen zu machen. Davon war seine Zukunft abhängig, fand er. Nur davon. Von einer entsprechenden rettenden Anleitung aber war nichts zu merken, nein, keine Rede war davon. Nicht die Spur.

Es war nun schon einige Zeit her, dass die Silberhaarige ihre Darlegungen beendet hatte. Jakobs Mund aber stand noch immer offen. Und nach weiteren Minuten, in denen der Trauerschnäpper eine raffinierte Schleife um sie gezogen und sein »bitt-zeck, bitt-zeck« gerufen hatte, sonst aber kein Ton den Wald erfüllte, ja, da stand er noch immer offen, Jakobs Mund.

Die Alte wusste ganz genau, was los war mit ihm, wusste ganz genau, was er sich von ihr erhofft hatte. Doch Anweisungen waren nicht das, was sie ihrem Enkel geben wollte. Damit sollte es vorbei sein. In Jakob steckte mehr als nur die Fähigkeit, nachzuvollziehen, was andere ihm vorbeteten oder anschafften. Beinahe sein ganzes Leben lang war er gehalten worden wie ein törichter Knecht, geist- und herzlos die meiste Zeit. Und dennoch hatte er sich die Gabe bewahrt, zu lachen, zu weinen, selbständig nachzudenken über Dinge, die anderen nicht einmal ansatzweise in den Sinn kamen, über Vorkommnisse, die anderen nicht einmal auffielen. All das war es, was seine

Großmutter so sicher machte, dass ihr Enkel seinen Weg gehen würde.

»Und was genau soll ich Silvia sagen?«, fragte Jakob plötzlich, denn er hatte sich sowohl vom Schreck erholt, nicht den erhofften Ablaufplan zur Eroberung eines Mädchenherzens erhalten zu haben, als auch Mut gefasst, die entsprechende Bedienungsanleitung nun geradewegs einzufordern. Kurz schien die Großmutter verstört. Dann aber musste sie lachen. »Bevor du dein Mädchen eroberst«, sagte sie und schlug mit den Handflächen auf ihre Oberschenkel, »müssen wir ohnehin noch eine Kleinigkeit erledigen.«

»Was denn?«

»Dir die Gewehrkugel aus der Schulter rausschneiden.«

»Was?«, krähte Jakob, »ich habe geglaubt, das hast du längst gemacht! Ich habe doch zwei Tage lang durchgeschlafen, nachdem du mich gefunden hast. Da wäre doch Zeit genug gewesen!«

»Nein«, sagte die Alte knapp. »Da ging es nicht. Der Mond stand nicht gut.«

»Der Mond stand nicht gut«, wiederholte Jakob, ebenso fassungslos wie verblüfft, und ließ die Schultern hängen.

»Jetzt tu nicht so verdattert. Es wird schon nicht so schlimm werden«, lachte sie. »Und wenn wir die kleine Schnipselei hinter uns haben, dann verrate ich dir das Geheimnis der Frauen. Und auch alles«, sie setzte ein vielsagendes Gesicht auf, »auch alles, was du über ihre Verführung wissen musst.«

Mit einem Mal war der Gesichtsausdruck des Burschen wieder erhellt. Mit einem Mal strahlte er. Bis über beide Ohren, übers ganze Gesicht.

»Der Mond ist in allem Wässrigen wirksam«, murmelte die alte Frau, als sie sich daranmachte, Feuer zu entfachen, um den Eingriff vorzubereiten. »Nimmt der Mond zu, werden die Säfte von Menschen, Tieren und Pflanzen aktiv und steigen nach oben. Früchte bilden sich, Blüten treiben aus. Nimmt der Mond aber ab, atmet alles Leben wieder aus, Kraft und Energie sinken dann nach unten. Es ist eine ganz einfache Regel. Darum solltest du alles, was unter der Erde wächst, bei abnehmendem Mond ernten. Und alles, was über der Erde wächst, bei zunehmendem Mond. Verstehst du jetzt, warum ich dir die Kugel noch nicht herausschneiden konnte?«

Jakob hatte sich zwar eine ungefähre Ahnung davon zurechtgezimmert, was sie ihm eben vermitteln wollte, aber für eine Antwort reichte es bei weitem nicht.

»Nein«, sagte er.

Ohne ein Zeichen der Enttäuschung fuhr sie fort: »Es ist ganz einfach. Als ich dich fand, nahm der Mond noch zu. Dein Blut war also wach, atmete nach oben, war aktiv. Nun aber, da der Mond abnimmt, sinken nicht nur die Säfte der Pflanzen. Auch dein Lebenssaft ist ruhig. Wenn ich heute Nacht dein Fleisch öffne, wird also nur wenig Blut aus deinem Körper treten. Verstanden?«

»Ja«, sagte Jakob.

Die Großmutter fuhr mit dem Weidenstecken hin und her. Dessen Enden hatte sie mit einem Spagat zusammengebunden, sodass ein Bogen entstanden war. Um den gespannten Spagat war ein pfeilgerader, trockener Buchenstecken getadelt. Der sauste, geführt vom Bogen, in senkrechter Position um die eigene Achse. Die Spitze des Steckens rieb gegen das darunterliegende, eingekerbte Holz, erzeugte Hitze inmitten des angehäuften Strohs.

Während Jakob energisch an der bitteren Wurzel kaute, die er von der Alten bekommen hatte, beobachtete er, wie aus dem Stroh ein dünner Faden Rauch stieg. Rasch wurde er breiter. Es dauerte nicht lange, und eine Flamme züngelte empor.

Nachdem die Silberhaarige ein ansehnliches Feuer gezaubert hatte, wurde Jakob schwindlig. »Mir wird schwindlig«, sagte er und bemerkte, dass er lallte.

»Wird auch Zeit«, sagte die Großmutter. »Zieh dein Hemd aus, leg dich dicht neben das Feuer, mit dem Bauch nach unten, und kau weiter an der Wurzel.«

Als sie das lange, spitz zulaufende Messer in die Flammen hielt, begann sie zu singen. Es war ein rhythmischer, mantra-artiger Sing-Sang. Das Lied bestand aus nur einer Zeile. Einer Zeile, die sie variierte in Lautstärke und Ton, deren Rhythmus aber gleich blieb, auch, als Jakob das Bewusstsein verlor. Und auch noch Stunden danach.

Die Nacht war ruhig. Nur etwas Wind kam von Norden auf.

Er säuselte und rauschte leise in den Wipfeln der Bäume, ließ sie hin und her wogen, ein wenig nur.

Als Jakob frühmorgens erwachte, lag eine Decke über seinem Körper. Neben ihm loderte das Feuer, gut einen halben Meter hoch. Er schlug die Augen auf, da ließ die Großmutter die letzte Zeile ihres Gesangs ausklingen. Jakob war sicher, dass sie die ganze Nacht über ihn gewacht hatte. Behutsam drehte er sich zur Seite, blickte in ihre Augen. Und dann verlangte er weder nach Wasser noch nach Essen, erkundigte sich nicht nach seiner aufgeschnittenen Schulter, wollte nicht wissen, ob alles in Ordnung war mit der Wunde, und erwähnte auch nicht den

Schmerz, den er verspürte. Das Erste, was Jakob sagte, als er an diesem Morgen erwachte, war: »So, und jetzt erzähl mir, wie man ein Mädchen für sich gewinnt.«

Die Alte lachte. »Gut«, sagte sie. »Ich werde dir das Gesetz des Verfahrens verraten.«

Jakob riss die Augen auf, und seine Großmutter begann mit ruhiger Stimme zu sprechen: »Es gibt nur eine Regel. Bevor du über deren Kürze enttäuscht bist, weil du daraus schließt, dass sie dir zu wenig verrät, bedenke zuvor noch einmal ihren Sinn; überlege dir, was dahintersteckt. Die Regel lautet«, sagte sie und zelebrierte die nächsten Worte in aller Langsamkeit: »Frauen wollen Männer.«

Jakob starrte sie an.

»Das ist es?«, rief er.

»Ja, das ist es.«

»Dafür«, japste er, »dafür habe ich mir die Schulter aufschneiden lassen?«

Die Großmutter konnte ihre Heiterkeit über seinen Gesichtsausdruck kaum zurückhalten. Doch dann besann sie sich und wiederholte: »Frauen wollen Männer. Das ist die Wahrheit. Mehr gibt es dazu einfach nicht zu sagen.«

Jakob war bereit, über den tieferen Sinn dieser drei Wörter nachzudenken, dieser drei Wörter, die seine Großmutter so vielsagend ausgesprochen hatte, deren Nutzen er aber beim besten Willen nicht erfassen konnte. Gerade, als zumindest der Funke einer Ahnung durch seinen Geist stob, setzte die Alte fort.

»Ebenso beruhigend wie das Wissen über diese ewige Wahrheit ist die zweite Tatsache, die es über das Gewinnen und Verführen einer Frau gibt«, sagte sie, und dabei bekam die faltige Landschaft ihres Gesichts schelmische

Züge. »Ihr Männer«, sie schüttelte den Kopf, »ihr Männer überschätzt eure Bedeutung. Auch bei dieser Angelegenheit. Ihr glaubt, es ist an euch, uns zu verführen mit hoher Kunst, mit verwegenem Lächeln, mit geschwellter Brust und tiefem Ton. Doch ich verrate dir etwas, Jakob: In Wirklichkeit sind wir es, wir Frauen, die längst entschieden haben, welchen Mann wir uns wählen, welchen fürs Leben und welchen fürs Abenteuer. Wir beobachten nur noch, wie ihr es anstellt, uns zu verführen. Uns bleibt nur noch das Vergnügen, euer sehnliches Drängen zu genießen, euer aufwendiges Werben, das wir selbst provoziert haben, freilich ohne dass euch das so recht bewusst geworden ist. Euren Bemühungen geben wir schließlich nach, wenn ihr halbwegs geschickt vorgeht. Oder wir erbarmen uns eurer rasch genug, bevor unsere Lust verfliegt wegen eurer Tollpatschigkeit. Kurzum, Jakob: Silvia hat dich längst zu ihrem Mann gemacht. Du musst nur noch auf sie zugehen.«

✳

»Und nun tun wir deinem Körper etwas Gutes«, hat meine Großmutter gesagt, am frühen Morgen, nachdem sie mir die Gewehrkugel mit ihrem alten Brotmesser aus meiner Schulter gemergelt hat. Und weißt du, was sie dann gemacht hat? Weißt du, was sie gemeint hat, als sie von »etwas Gutem« für meinen Körper gesprochen hat? Ihre qualmende Pfeife hat sie gemeint. »Du musst den Rauch in deine Lunge strömen lassen, lang und tief«, hat sie mir erklärt. Es sei Zigeunertabak. Getrockneter Huflattich, gemischt mit Salbeiblättern, Lobelie und Thymian. Weil das gar nicht so schlecht geklungen hat, habe ich einen tiefen Zug aus dem abgebissenen Pfeifenstiel gemacht und dann war mir, als würden brennende Pfeile durch meine Brust schießen. Ich habe geglaubt, ich müsse all meine Sünden abbüßen und meine Lunge in tausend Stücken in den Wald husten. Meine Großmutter hat nur gelacht und gemeint: »Am Anfang ist es ein bisschen ungewohnt. Aber du wirst sehen, die Pfeife vertreibt jede Krankheit.« Dass ich überhaupt nicht krank bin, hat sie nicht hören wollen.

Kaum habe ich mich von ihrer Medizinpfeife halbwegs erholt, hat sie unternehmungslustig in die Hände geklatscht, ist aufgesprungen und hat gesagt: »So, jetzt ist es aber höchste Zeit, zur Bachlichtung zu gehen.«

Nach vielleicht zehn Minuten zügigem Marsch durchs morgendliche Halbdunkel waren wir dort. Sie hat sich auf ihre Fersen gesetzt, auf ein Dutzend kreisförmige, in spitzen Blättern zulaufende Pflanzen gezeigt und gesagt: »Trink.« Zufrieden war sie erst, als ich alle Kelche ausgeschlürft hatte. »Was du gerade zu dir genommen hast«, hat sie erklärt und mit der flachen Hand über die wippenden Pflanzen gestrichen, »das waren Himmelstropfen. Du findest sie bei Sonnenaufgang. Und nur in den Blattkelchen des Frauenmantels. Es ist heiliges Wasser. Wasser des Bodens, das der Frauenmantel über seinen Kelch veredelt und geläutert abgibt.« Dann hat sie mir noch von einer anderen Form von besonderem Wasser erzählt: dem Tau. »Pflanzen haben mehr Kraft«, hat sie gesagt, »wenn noch der Tau auf ihnen liegt. Wenn du sie pflückst, komm deshalb rechtzeitig, denn nur die ersten Strahlen der Morgensonne bringen die Tränen der Nacht zum Vorschein.« Ich habe genickt, und schon ist ihr die nächste Idee gekommen. »Zieh dein Hemd aus, ich will Morgentau auf deine Wunde geben.« Ich habe mich zwar über die Art gewundert, wie sie mit meiner Verletzung umgegangen ist, aber eines muss ich zugeben: Noch am selben Abend war der Schmerz in meiner Schulter verflogen, und die Wunde ist rasch verheilt.

In den nächsten Tagen hat mich meine Großmutter ständig in Bewegung gehalten. Meine Beine und Arme genauso wie meinen Kopf. Unablässig sind wir auf Streifzüge durch den Wald gegangen, hat sie auf mich eingeredet, mir Pflanzen und ihre Eigenschaften erklärt, mich in der Deutung und Vorhersage des Wetters unterrichtet, mir beigebracht, wie die Spuren der Waldtiere zu lesen sind, mir gezeigt, wie sie am besten zu jagen und zuzubereiten sind, mir erzählt, was aus Träumen zu erfahren ist, und, und, und. Ihr Wissen war unendlich. Und auch ihr Bemühen, es mir Stück für Stück zu schenken. Sicher hat sie gespürt, dass ich nicht mehr lang bei ihr bleibe, und ich glaube, es hat sie ein bisschen traurig gemacht, so wie mich. Ich war wieder bei Kräften, und alles in mir hat sich nach Silvia gesehnt. An dem Abend, an dem ich meiner Großmutter habe sagen wollen, dass ich zurückgehen müsse, um nach meiner Milchblume zu sehen, ist sie mit raschen Schritten auf mich zugekommen, hat mich mit beiden Händen an den Schultern genommen, so energisch, dass ich erschrocken bin, und dann hat sie gesagt: »Es ist Zeit, dass du gehst. Morgen wirst du mich verlassen.«

Verlegen habe ich genickt. Und sie hat gelächelt. Dann hat sie mir den Rücken zugewandt, sich zum Feuer gebückt und gemeint, dass es ratsam sei, vor meinem Aufbruch noch ein Taubad zu nehmen. Das würde mir die Frische und Kraft geben, die nötig sei. »Denn schließlich«, hat sie betont, ohne das Hantieren am Feuerplatz zu unterbrechen, »schließlich kann Frische und Kraft nicht schaden, wenn ein junger Mann an den Ort zurückgeht, an dem dank seines Willens fortan alles anders sein wird für ihn.«

Ich habe geglaubt, meine Großmutter würde mir in dieser Nacht noch Ratschläge geben, mir sagen, wie ich mich am besten verhalten solle, wenn ich nach Legg zurückkehrte, wenn ich zum ersten Mal wieder auf den Seifritz-Bauern träfe, den Bürgermeister, den Pfarrer und all die anderen. Ich habe auch erwartet, dass sie mich vor mir selbst warnen, mir einschärfen würde, nicht den Fehler meines Vaters zu machen. Dass sie mir raten würde, den Menschen, die mir so viel angetan haben, nicht mit Hass zu begegnen. Weil doch die Gefahr beim Hassen ist, dass man, sobald man einmal damit angefangen hat, mehr davon bekommt, als man eigentlich wollte. All das und mehr, habe ich mir ausgemalt, wird meine Großmutter mir mit auf den Weg geben. Doch nichts von alldem hat sie gesagt. Und ich glaube, ich weiß warum: Sie hat gewusst, dass es nicht nötig war, hat an meinen Augen abgelesen, dass ihre Ratschläge und Warnungen schon in mir waren. Und deshalb war das Einzige, worauf sie diese Nacht alle Zeit verwendet hat, die Einweihung in die Kunst des Taubades. Nur darüber haben wir gesprochen, über sonst nichts.

Gegen Mitternacht hat sie mich ein letztes Mal abgefragt, hat sich versichert, dass ich mir auch alles eingeprägt hatte. Und dann hat es diese kleine, drahtige, alte Frau wieder einmal geschafft, mich zu verblüffen.

»So, und jetzt geh«, hat sie gesagt.

Ich habe nicht glauben können, was ich gerade gehört hatte. Es war mitten in der Nacht. Im Wald war es fast stockdunkel. Nur der Mond hat ein wenig nebelig-weiches Licht durch die Baumwipfel geworfen.

»Was, jetzt soll ich gehen?«, habe ich gefragt. Und sie

hat seelenruhig gemeint: »Freilich jetzt. Du willst doch bei Dämmerung neben deinem Taubad in der Nähe der Bachlichtung erwachen, so wie es die alte Lehre verlangt.«

Was ist mir übrig geblieben, ich bin losmarschiert. »Immer Richtung Mond«, hat sie mir nachgerufen, als ich mich mit einem Brummen davongemacht hab.

Die kleine Lichtung beim Bach habe ich gleich gefunden. Im Schein des Mondes bereitete ich mein Bad vor, wie das Ritual es vorschreibt. Als alles fertig war, habe ich mich am Waldrand ins trockene Moos gelegt.

Am nächsten Tag bin ich genau im richtigen Moment aufgewacht, vor dem Aufleuchten der ersten Sonnenstrahlen. Sofort bin ich aufgesprungen und nackt auf mein Bad zugegangen. Bewegungslos stand ich davor und habe versucht, mir die Wärme der Strahlen auf meinem Körper vorzustellen, habe das verlöschende Licht der Sterne beobachtet, und dann habe ich es getan. Dann habe ich mich in die über und über mit Tau benetzten Pflanzen und Gräser geworfen. In dem Augenblick, in dem mein Körper den nassen Boden berührt hat, habe ich geglaubt, er zieht mich tief hinunter in sein Innerstes. Es war wie ein Beben, wie zwischen Leben und Tod. Ich habe versucht, meinen Atem zu kontrollieren, und je mehr mir das gelungen ist, desto herrlicher ist mein Bad geworden. Ich habe mich vollkommen gefühlt, unendlich stark und rein wie der Tau selbst. Als ich aufgestanden bin, war mein Körper über und über mit Blättern, Blumen und Kräutern bedeckt. Aufrecht bin ich der Sonne entgegengegangen, und erst als die Vögel mir Signal gegeben haben, bin ich umgekehrt. Mein Körper hat gebebt vor Energie. Es war, wie es mir meine Großmutter angekündigt hatte: Der Tau, das Blut der Pflanzen, hat mich erneuert, von Grund auf.

Beim Weg zurück zum Lagerplatz habe ich mein Gewand in der Hand getragen, bin nackt und bloßfüßig durch den Wald gewandert. Erst als ich geglaubt habe, dass ich in der Nähe vom Lagerplatz bin, habe ich wieder Hose und Hemd angezogen. Sie sind mir vorgekommen wie Fremdkörper. Dann sind die Restlinge aufgetaucht, aber von der hölzernen Behausung war keine Spur und auch nicht vom Feuerplatz. Kurz habe ich geglaubt, dass ich mich verlaufen habe, aber da ist schon meine Groß-mutter vor mir gestanden. Ich weiß nicht wieso, aber wir haben kein Wort miteinander geredet. Wir haben das nicht vereinbart, irgendwie war unsere Stille selbstver-ständlich. Zur Begrüßung haben wir uns nur zugenickt.

Als ich dicht vor ihr gestanden bin, hat sie ein Leder-band aus ihrem zerschlissenen Umhang gezogen, mit ei-ner Bärenkralle daran. Sie muss von dem alten Bären ge-wesen sein, auf dem ich als Kind geritten bin. Wortlos hat sie mir das Band um den Hals gehängt. Dann hat sie mich fest bei den Schultern genommen, mir energisch in die Augen geschaut und auch mich tief in sie schauen lassen, so dass ich ihre Liebe habe sehen können. Gleich darauf hat sie ihren Blick wieder verriegelt, mich noch einmal gedrückt, so fest, als wäre sie nicht meine kleine, faltige Großmutter, sondern ein kraftstrotzender Riese, und dann hat sie mir resolut den Rücken zugedreht und sich neben einen Restling gehockt.

Ich habe zu ihr gehen wollen und sie auf die Wange küs-sen, habe ihr danken wollen und ihr sagen, dass ich nur nach Silvia schauen wolle, um danach rasch wiederzu-kommen. Wenn alles gut gehe, habe ich ihr sagen wollen, würde ich sogar gemeinsam mit meiner Milchblume kom-men, ja, mit meinem Mädchen, damit sie einander ken-nenlernten. Das alles habe ich ihr sagen wollen. Aber ich habe rechtzeitig gemerkt, dass das nicht nötig war. Ich habe mich umgedreht und bin davongegangen. Richtung Südosten, Richtung Legg. Während der ersten Schritte hat meine rechte Hand die Bärenkralle umfasst. Sie hing am Lederband über meinem Herzen.

18.

Etwa eine Stunde mochte Jakob unterwegs gewesen sein, durch den Eigenwald, Richtung Legg, da ging ein Gewitterschauer nieder. Jakob breitete die Arme aus, streckte sie weit von sich, legte den Kopf in den Nacken und schmeckte die Tropfen, die auf ihn niedergingen. Das Gewitter hielt nicht lange an, rasch hatte es seine Kraft entladen, und die Sonne schob sich zwischen die Wolken. Die Luft war gereinigt vom kühlen Nass. Regentropfen glitzerten auf Zweigen, der Wald dampfte, frisch und klar.

Als Jakob die Lichtung des Waldes erreicht hatte, bemerkte er, dass er das Lederband mit der Bärenkralle nicht mehr um den Hals trug. Er wunderte sich, wie wenig ihn das kümmerte.

Als er sich dem Dorf näherte, verspürte er keine Angst, auch nicht vor dem Seifritz-Bauern, der zuletzt auf ihn geschossen hatte. Alles in Jakobs Geist drehte sich um Silvia. Wie wird es ihr gehen, fragte er sich. Wird sie noch Freude haben in sich, nach all dem, was ihr angetan worden ist? Oder ist alles erdrückt worden in ihr? Ihr Lachen, die Grübchen in ihren Wangen. Und, am wichtigsten: das Leuchten ihrer Augen. Besonders daran, wusste Jakob, würde er erkennen, wie es um Silvia stand, ganz gleich, was sie ihm vormachen würde, auch wenn sie schwindeln würde, zu seiner Beruhigung. Ja, auf dieses Leuchten kam es an.

In Legg hatte sich während seiner Abwesenheit einiges zugetragen. Das war nicht selbstverständlich, denn in einem Flecken wie diesem konnte es durchaus vorkommen, dass längere Zeit hindurch nichts geschah. Diesmal aber hatten sich die Ereignisse – zumindest an den üblichen Legger Verhältnissen bemessen – förmlich überstürzt.

Der Pfarrer etwa hatte eifrigen Kontakt mit dem Bürgermeister. Händeringend erinnerte er ihn daran, dass damals, er wisse schon, als diese unselige Geschichte geschehen sei mit den Zigeunern, dass sich damals die Älteste der Sippe ja im Eigenwald verkrochen habe. Vielleicht, gab der Pfarrer mit gefalteten Händen und bewegter Miene zu bedenken, sei es ja doch ein Fehler gewesen, ihr damals nicht nachzustellen und sie ganz davonzujagen aus der Gegend. »Der Teufel schläft nicht«, verwies er auf andere Mächte und bemerkte es erst, als es seinen vernarbten Mund verlassen hatte. Jedenfalls, fuhr er fort, wisse man ja nie. Eventuell lebe die Alte ja wirklich noch, irgendwo, tief drinnen im Wald, und Jakob sei womöglich über sie gestolpert. Und jetzt, klagte der Pfarrer, plötzlich in weinerlichem Ton, jetzt wisse er vielleicht alles vom Tod seiner leiblichen Eltern, wisse womöglich von seiner »wahren, schmutzigen Herkunft. Und all die gute katholische Erziehung ist für die Katz gewesen.«

»Vielleicht, womöglich, unter Umständen«, reagierte der Bürgermeister schroff. »Und von wegen alte Zigeunerin, so ein Blödsinn! Ist doch nur Altweibergeschwätz!« Der Pfarrer ging ihm auf die Nerven. Doch dann besann sich der Bürgermeister seiner geistigen Überlegenheit und verlieh seiner Stimme einen versöhnlichen, beinahe vergnügten Ton: »Wahrscheinlich machen wir uns ganz unnötig Sorgen und unser Jakob gönnt sich nur ein paar Tage Ruhe im Wald.« Mit hochgezogenen Brauen linste der Bürgermeister zum Pfarrer, auf dessen Reaktion wartend und in der Hoffnung, dass er nun Ruhe geben würde.

»Und was ist«, meldete der Pfarrer nach ein paar Sekunden Stille neue Bedenken an, »wenn Jakob nun doch alles erfahren hat und er die ganze Sache von damals an die Öffentlichkeit bringt?«

Der Bürgermeister schüttelte sich vor Verblüffung. »Jakob?«, rief er in hohem Ton, »unser Narr Jakob? Was soll der denn an die Öffentlichkeit bringen? Und außerdem: Wir haben ja nichts verbrochen!«

Nach seiner Unterredung mit dem Pfarrer ärgerte sich der Bürgermeister über seine Gedanken. Er hatte sich vom Pfarrer einen Floh ins Ohr setzen lassen: Was würde wirklich passieren, wenn Jakob plötzlich in der alten Geschichte zu wühlen anfinge und sie lauthals herumerzählte? Lästig wäre es allemal, ganz lupenrein war die Sache damals ja nicht, überlegte er und versuchte, sich selbst zu beruhigen: »Obwohl, rein offiziell betrachtet, hat ja alles seine Richtigkeit gehabt. Quasi.«

Weil ihm nichts einfiel, um das belastende Gefühl loszuwerden, das ihn noch immer quälte und das langsam drohte, seinen ganzen Tag unleidlich verlaufen zu lassen, entschied sich der Bürgermeister für einen Besuch beim rekonvaleszenten Seifritz-Bauern. Etwas hinkend, mit schiefer Körperhaltung und einbandagiertem Gesicht kam der ihm entgegen.

»Und?«, begrüßte der Bürgermeister ihn, »zahlt die Versicherung für deinen Unfall mit der Häckselmaschine?« Obwohl jeder wusste, was tatsächlich am Hof vorgefallen war und wie die Verletzungen des Bauern zustande gekommen waren, verzog der Bürgermeister keine Miene, als er sich derart nach dem Stand der Dinge erkundigte.

»Weißt eh«, antwortete der Seifritz-Bauer, lispelnd

wegen der eingeschlagenen Zähne und ganz so, als glaube er bereits selbst an die neue Wahrheit, »die von der Versicherung sind alles Halsabschneider, drücken sich jedes Mal, wenn es einen Schaden gibt und sie was zahlen sollen.«

»Ja, ja«, sagte der Bürgermeister und tat eine Handbewegung, »sind alles gemeine Lumpen.«

»Du, was anderes«, fragte er nach einer Pause. »Gibt's was Neues vom Jakob? Ist er schon wieder zurück?«

»Nein«, antwortete der Bauer und drehte seinen Körper zur Seite, »der drückt sich vor der Arbeit.«

Wenn zwei aus demselben Holz geschnitzt sind, braucht es zwischen ihnen nicht viele Worte. Und so kam es, dass sich der Seifritz-Bauer und der Bürgermeister rasch einig waren, wie sie in der unseligen Angelegenheit vorgehen wollten. Das Wichtigste sei vorerst, weder Anstand noch Nerven zu verlieren. Nur kein unnötiges Aufsehen also. Und so gab der Seifritz-Bauer auch gut eine Woche nach dem Verschwinden Jakobs keine Vermisstenanzeige auf. Und so leitete der Bürgermeister auch keine Suchaktion ein. Und so wurde die Gendarmerie nicht eingeschaltet. Und so tranken sie einen Schnaps miteinander. Und weil auf einem Bein schlecht stehen ist, noch einen.

»Prost«, sagte der Bürgermeister.

»Prost«, sagte der Seifritz-Bauer.

Nur scheinbar ihren altgewohnten Lauf nahmen die Dinge am Huber-Hof, an dem die Bauersleute, obgleich sie es voreinander nicht zugaben, ihren Knecht vermissten. Der Bauer, weil er selbst nun wieder all die harte, widerwärtige und schmutzige Arbeit verrichten musste, für die bis vor Kurzem Jakob hatte herhalten müssen. Und die Bäuerin, weil ihr schlicht die Gegenwart des Burschen fehlte. So kam es, dass am Huber-Hof in diesen Tagen wieder öfter gemurrt, geraunzt und genörgelt wurde. Es war wie früher, vor Jakobs Zeit.

Am Lagler-Hof, dessen Nebengebäude und dessen Stall Opfer der gelegten Flammen geworden waren, entschied man sich für die Vorzüge oberflächlicher Normalität und gegen die Nachteile tiefschürfenden Nachsinnens. Was würde es schon bringen, sagte sich die Bäuerin, die Schuld ihres Buben Kurt, des letzten Menschen, den sie noch hatte, an die große Glocke zu hängen. Alles würde doch nur noch schlimmer. Was an Erinnerung blieb, waren stumme Mahnmäler, waren die verkohlten Reste des östlichen Hof-Traktes und zwei neue Inschriften am Grabstein der Familie. Der Lagler Kurt indes ging nun doch nicht in die große Stadt, denn die Versicherung zahlte nicht. Stattdessen arbeitete er mit hartem Gesicht und leeren Augen an der Wiederherstellung des Hofes, von dem er und sein toter Bruder nicht mehr gewollt hatten, als ihn hinter sich zu lassen. Jeder Handgriff am verhassten Gehöft erinnerte Kurt daran, dass er den verbrannten Großvater auf dem Gewissen hatte und seinen Bruder, der sich im Wald aufgeknüpft hatte. Sprechen konnte er darüber mit niemandem, schon gar nicht mit der Mutter. Das Geschehene wurde von den beiden unter der Oberfläche gehalten – und musste folglich in die Tiefe wachsen, also in ihre Seelen. Denn irgendwohin drängt sie immer, sucht sie sich immer ihren Weg, die Wahrheit.

Die für alle wahrnehmbarste Veränderung ging woanders vonstatten. Sie ging von zwei Menschen aus, von denen es in Legg alle am wenigsten erwartet hätten: den Seifritz-Großeltern. Schon am Tag, nachdem sich ihr Sohn über

Silvia hergemacht hatte wie ein räudiges Tier, schon am Tag, nachdem ihr Sohn splitternackt und blutverschmiert im Dreck gefunden worden war, hatten die beiden Alten beschlossen, ihr Testament zu ändern.

Silvia sollte zu diesem Zweck einen Brief zum Postamt bringen. Als Botin wurde sie gewählt, weil ihren Brüdern nicht über den Weg zu trauen war. Zu sehr waren Hans und Fritz ihrem Vater hörig. Es dauerte eine Weile, bis Silvia auch nur dazu gebracht werden konnte, einen Spalt weit die Kammertür zu öffnen. Als sie die Großmutter aber den Inhalt des Briefes Wort für Wort lesen ließ, brauchte es keine Überredungskunst mehr. Silvia rannte die Strecke vom Hof zum Postamt derart rasch, dass die Großeltern anfangs dachten, sie sei gar nicht dort gewesen.

Ein paar Tage später staunten die Bewohner Leggs nicht schlecht, als der Wagen des Notars vorfuhr am Seifritz-Hof. Der Notar, der eigens hier herausgekommen war. Von der Bezirkshauptstadt eigens nach Legg. Und weil der Notar zwar weltgewandt war, aber nicht ortskundig und deshalb einige Male hatte nachfragen müssen, wie er denn nun zum Seifritz-Hof komme, wusste halb Legg schon vor dem Eintreffen des Wagens am Hof, dass etwas Besonderes im Gange war. Etwas, das es lohnte, Augen und Ohren offen zu halten.

Mit elegant schnurrendem Motor rollte der dunkle Wagen auf das Gehöft zu. Blank poliert war er. Und unter den sauberen Reifen knirschte der Sand. Knapp bevor das Fahrzeug zum Stehen kam, fügten sich, schmatzend und saugend, Kuhdung und Hühnerdreck ins Profil. Der Notar war an seinem Ziel angelangt.

Der Seifritz-Bauer, der auf den Wagen zugewackelt war mit nach wie vor schmerzverzerrtem Gesicht (seine großflächige Wunde im Schritt war wieder eitrig aufgebrochen), wollte den fein gekleideten Herrn, der mit skeptischem Blick dem noblen Auto entstiegen war, postwendend wieder fortschicken. Als der Notar keinen Willen erkennen ließ, kehrtzumachen, sprach der Bauer von einem Missverständnis. Ganz sicher sei hier am Hof kein Notar nötig. Als der Notar aber erwähnte, dass er das anders sehe, und der Bauer erkennen musste, was hinter seinem Rücken vom Großvater und von der Großmutter vorbereitet worden war, fiel ihm nur noch eine Lösung für sein Problem ein: Er drohte dem Notar mit der Mistgabel. Woraufhin der bislang souveräne Mann erschrak. Gehörig erschrak.

Es machte schon den Anschein, als sei die Mistgabel das geeignete Instrument gewesen, um die Angelegenheit im Sinne des Seifritz-Bauern zu regeln, da standen die beiden Alten auch schon im Türstock und winkten und schrien, der Herr Notar möge doch bitte näher treten, nur zu. Und wenn er sich nicht traue, könnten auch gerne sie mit ihm kommen, mit seinem Wagen, und in die Bezirkshauptstadt fahren, um die Angelegenheit zu regeln.

Als der feine Herr mit zur Vorsicht eingezogenem Kopf am Seifritz-Bauern vorbeitänzelte, den Aktenkoffer schützend vor sich haltend, und schließlich das Haus betrat, hatte sich bereits, wie zufällig, eine Handvoll Legger in der Nähe eingefunden. Ihre Anwesenheit verlieh dem Ereignis zusätzlichen Reiz, machte es größer, als es ohnehin war, und beschenkte die Anwesenden so mit einer wunderbaren Bedeutsamkeit. Abermalige Aufladung erfuhr das Geschehene, als die Augenzeugen wenig später darangingen, das Erlebte weiterzuerzählen, Gott und der Welt.

Auf diese Weise hörte auch Silvia erst nachträglich von

der Sensation, die sich am Hof zugetragen hatte, dass nämlich der Notar aus der Bezirksstadt höchstpersönlich gekommen war, um das Urteil der Großeltern zu vollstrecken: die Enterbung ihres Sohnes, des Seifritz-Bauern. Silvia hatte von all dem Zirkus nichts mitbekommen, da sie die Zeit von Sonnenaufgang bis Sonnenuntergang im Wald zugebracht hatte – wie meistens seit jenem heißen Tag im Juli, der so abrupt ihr Leben verändert hatte.

Anfangs war sie jeden Tag an den Ort gegangen, an dem Jakob aus ihrem Leben verschwunden war. Sie hatte ihn gesucht im Wald und sich immer tiefer hineingetraut. Hatte seinen Namen in alle Himmelsrichtungen gerufen, doch nicht nur das. Ihr Herz hatte sie dem Wind anvertraut, ihren Schmerz und ihre Sorge. Hatte »Jakob!« gerufen und dabei Liebe gemeint und Sehnsucht, war in diesen Momenten ganz bei ihm gewesen, und auch ihre Gebete drehten sich nur um ihn. Jedes Mal, wenn Silvia sich wieder auf den Rückweg machen musste, weil die Sonne hinter die Baumwipfel glitt, jedes Mal, wenn sie ihn abermals nicht gefunden hatte, spürte sie, wie die Kraft aus ihrem Körper kippte. Dann gaben ihre Knie nach, und sie musste an den nächsten Tag denken, die nächste Suche nach ihm, um genug Willen aufzubringen, zurückzugehen und nicht einfach liegen zu bleiben, gleich hier, egal, für immer.

Das Weinen half ein wenig. Mit den Tränen fand die Verzweiflung einen Weg nach draußen, konnte ihre Sinne verlassen, zumindest für kurze Zeit.

Wenn Silvia dann am Abend zum Hof zurückkehrte, stand, wie stets, bereits das Abendessen für sie bereit. Am Boden stand es dann, vor jener Tür, die zu Jakobs Kammer führte. Es war das einzige Zimmer, das Silvia noch bereit war zu betreten. Von den anderen wurde ihr Verhalten akzeptiert, ebenso ihre Weigerung, weiter an der Hausarbeit teilzunehmen oder an den Arbeiten auf dem Feld und im Stall, oder an irgendwelchen Tätigkeiten, die auch nur im Entferntesten etwas mit dem Seifritz-Bauern zu tun hatten.

Silvia erwartete nicht, dass die anderen für sie sorgten. Das geschah einfach. Jeden Morgen fand sie ihr Frühstück vor der Kammertür. Jeden Abend ihr Abendbrot. Meist war es die Großmutter, die es ihr brachte. Manchmal die Mutter.

✻

Schön, dass du mir so lange zugehört hast. Es war gut, mit dir zu reden. Weißt du, es gibt nicht viele wie dich. Fast alle sagen, dass ihnen das Leben wichtig ist, und der Sinn, aber so wenige handeln danach.

Solche Sehnsucht haben die Menschen nach dem Schönen, dem Puren, nach der Wahrheit. Aber wenn sie all das direkt vor ihrer Nase haben und nur zugreifen müssten, werden sie plötzlich misstrauisch und fürchten sich, daran zu glauben.

Ich muss jetzt zu meiner Milchblume. Ich habe ihr viel zu erzählen, viele neue Wahrheiten. Sie wird sie zulassen, da bin ich sicher. Ich habe Vertrauen, dass alles gut wird. Beginnen werde ich ganz einfach damit, Silvia Glück zu schenken. Ich werde ihr zeigen, wie gut es tut, leicht zu sein und mit dem Leben zu schwingen. Ich will auch deinen Rat beherzigen und sinnvoll umgehen mit meiner Lebenskraft. Unnützes werde ich meiden, werde es einfach liegen lassen auf meinem Weg, um den Sinn für Wichtiges zu bewahren und die Zeit für Schönes. Gemeinsam mit meiner Milchblume will ich jeden Morgen bereit sein für alles Neue, will es fühlen, bestaunen und danach greifen. So wird mein Leben Bedeutung haben.

Besuch uns bald, mein Freund. Komm zu uns. Ich möchte dich ihr vorstellen.

Das wird rascher geschehen, als ich denke? Was meinst du damit?

Was heißt, das werde ich schon sehen?

Ja, gut. Dir auch alles Glück!

Na flieg schon.

Flieg!

19.

Silvias Herz zersprang beinahe vor Aufregung. Sie hielt den Atem an, kniff die Augen zusammen, ging langsam näher, vorsichtig, auf weichen Sohlen. Ganz so, als könnte zu starkes Auftreten jenes Bild zerstören, das vor ihren Augen an Schärfe gewann.

Und dann musste sie keinen Schritt mehr tun, denn sie war gewiss. Ihre nackten Füße hielten inne in der regennassen Wiese, und Silvia entschied, das Herannahen des Glücks zuzulassen. Tränen stiegen in ihre Augen, kitzelnd und seelentanzend wunderbar, Tränen uferloser Dankbarkeit. Da oben, am Waldrand, da saß Jakob.

Sie beobachtete ihn vorsichtig von der Ferne. Er schien mit jemandem zu sprechen. Sie aber konnte niemanden erkennen. Silvia musste sich zusammennehmen, nicht lauthals jauchzend auf ihn zuzulaufen, musste ihr Herz beruhigen. Vorsichtig, ganz vorsichtig ging sie näher, Schritt für Schritt, nur nichts zerstören, nur nichts zerbrechen.

Jakob schien zu gestikulieren, er hob und senkte die Arme, nickte, wiegte den Kopf. Ja, es schien, als würde er sich mit jemandem unterhalten. Doch sosehr Silvia ihre Augen auch bemühte, da war niemand auszumachen.

Sie wurde nicht müde, ihn zu beobachten, genoss schon jetzt seine Nähe, umschmiegte ihn und ließ ihn nicht mehr los, küsste ihn schon jetzt zärtlich auf die Wange, fuhr ihm durch sein Haar, das wie immer in alle Himmelsrichtungen stand, flüsterte ihm ins Ohr. Ein bisschen noch wollte sie sich näher trauen, ein bisschen nur. Ihre

Sohlen streiften das Gras, ihre Arme hielten Balance, fühlten warmen, leichten Wind.

Und dann sah sie es, sah, wem Jakob gegenüberhockte auf dem sonnenbeschienenen Restling, der am Waldrand flach aus dem Boden ragte. Ein Rabe war es. Jakob saß, eine kleine Ewigkeit nun schon, einem Raben gegenüber.

Und so merkwürdig es Silvia auch schien, nach wie vor hatte sie den Eindruck, als würden die beiden miteinander reden, als unterhielten sie sich, kaum eine Armlänge voneinander entfernt. In der Sekunde, in der Silvia sich entschieden hatte, nicht länger zu warten, nun zügig näher zu gehen und nach Jakob zu rufen, hob der Rabe unvermittelt seine Flügel. Er formte sie eckig, duckte dabei den Kopf zwischen seine Schultern, tat ein paar Schritte, stieß sich ab und flog davon, mit rhythmischem Flügelschlag, in den offenen Wald. Jakob sah ihm hinterher und wandte dann sein Gesicht, wandte es der Wiese zu und sah, zierlich und im Sommerwind, Silvia.

Gerade noch wollte sie ihm entgegenlaufen mit fliegenden Fersen. Doch nun war nichts mehr möglich, starr war sie, durch und durch, und wie angewurzelt. Jakob hingegen erhob sich und tat den ersten Schritt. Tat den zweiten, dritten, kam ihr entgegen, ging auf sie zu mit federndem Gang, mit klarem Gesicht und geradem Rücken. Gewiss, er war es, natürlich, es war ihr Jakob, aber Silvia spürte, dass etwas mit ihm geschehen war. Es war nicht nur sein selbstsicherer Schritt, es war auch sein Blick, der war so klar wie nie zuvor. Klar und voller Kraft und Sicherheit, ja, als wäre etwas Bedeutendes mit ihm geschehen.

Silvia betrachtete ihn, angespannt, unsicher, gänsehäutig bis in die zartesten Härchen ihres Nackens. Und dann, endlich, schickte er ihr ein Lachen. Es fiel durch ihre Augen in ihr Herz, lag dort, einen kleinen Moment nur, und entfaltete dann sein Glück, rieselnd bis in die Fingerspitzen. Plötzlich zog es ihren Körper nach vorne, ihre Beine bewegten sich, gerieten ins Laufen, Leichtigkeit übernahm ihr Herz, und dann rannten sie aufeinander zu. Silvias Zöpfe sprangen im Wind, ihre Wangengrübchen machten Jakob lachen, mehr und mehr, und dann sah Jakob den Glanz in ihren Augen. Glanz in den Augen seiner Milchblume. Und wusste nicht, dass dieses Leuchten jetzt erst wieder erwacht war, jetzt soeben, ja, gerade erst.

Momente später war es, Hände, Atem, erste Zärtlichkeiten, da vernahmen die beiden ein immenses Summen. Erschrocken blickten sie auf. Rasch kam das wuchtige Geräusch näher, hartes Schnurren, jetzt knapp über ihnen, rauschend tosender Flügelschlag, fest und kräftig. Da sahen sie, es war ein Rabe.

Mit kreischendem Gesang, leidenschaftlich die Luft peitschend, zog er dicht, ganz dicht über ihre Köpfe hinweg, berührte sie beinahe, sah nach unten, zu ihnen, und formte dann am Himmel eine Schleife, ganz so, als wolle er sie vermählen.

Thomas Sautner
Fremdes Land
Roman
256 Seiten
ISBN 978-3-7466-2864-6
Auch als E-Book erhältlich

Der Verlust der Freiheit

Jack Blind glaubt, die Welt verändern zu können. Als Stabschef einer neuen Regierung wähnt er sich an den Hebeln der Macht. Tatsächlich aber wird er unbemerkt zur Spielfigur in einem System, in dem der Einzelne nur noch als Konsument zählt. Freiheit, Anstand und Selbstbestimmung sind bloß noch Schlagworte. Seine Schwester versucht, Jack die Augen zu öffnen. Doch er hält an der herrschenden Politik fest – bis er gezwungen ist, eine neue Wahrheit zuzulassen.

Thomas Sautner, österreichischer Bestseller-Autor, beschreibt in einem hoch-aktuellen Roman die nahezu gegenwärtig anmutende Vision einer Scheindemokratie in Zeiten des Sicherheitswahns. Seine Stilmittel: schwarzer Humor, böser Witz und bissige Satire.

»Caring Mom statt Big Brother. Thomas Sautner zeigt mit den Mitteln der Satire, wohin eine von tausend Ängsten eingeschüchterte Gesellschaft treibt.« Der Standard

Regelmäßige Informationen erhalten Sie über unseren Newsletter. Jetzt anmelden unter: www.aufbau-verlag.de/newsletter

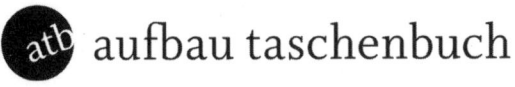

aufbau taschenbuch